300年先まで残る国であるために

―"とりあえずの幸せ"を超えて―

堀源太郎
HORI GENTARO

幻冬舎 MC

３００年先まで残る国であるために

――〝とりあえずの幸せ〟を超えて――

はじめに

「あなたは日本人ですか?」と聞かれたら、私は多分返答に躊躇して、困るに違いない。生まれも育ちも、日本なのに、だ。

これは、よくよく考えてみると、とても珍しい事のように見える。つまり、日本人と外国人、両方の立場になって物事を考える事が出来るからだ。最初から、意図した事ではないが、これは、一朝一夕に出来上がった訳ではない。

日本国内の学校の行事では、日本の国歌、君が代と共に、フランス国家を歌い、海外に4年、日本国内でも海外の企業に30年、一度も日本の企業に勤務した事が無い。そんな出自が、私を日本人でもなく、外国人でもない事にさせたのか?

「天下国家」という程、大袈裟ではなくても、日本の行く末を憂えている人は多い。私が憂いているのは、今から100年後、300年後、1000年後の日本と日本人の事だ。果たして、日本という、素晴らしい国が、「そういえば、そういう国があったね、でも、その国は遠の昔に無くなってしまったね」ではあまりにも残念、という他ない。

私が実際に訪ねた国の中にも、そういう国が幾つかある。例えば、東ドイツ、南ベトナム、ユーゴスラビア等々である。個人も、会社も、国も、その時々に浮き沈みがあって然るべきだ。しかし、この世から消えてしまってはいけない。特に、日本のような素晴らしい国は、である。

「近頃の若者は」と、世の風潮を憂える事は、平安時代にもあった、と聞く。いつの世にも、現状を憂える人はいるのだ。本書では、日本が1000年後も命脈を保ち、この世に存在している事を願って、エッセイ風に綴ったものである。

サブタイトルにある「とりあえずの幸せ」とは、例えば、駅で電車を待っているとする。私のような年配は、入って来た電車をさっと見て、近頃はあまりクルクルと回転しなくなった頭で計算して、座れそうな席に突進する。席に座れれば、良かった、と安堵する。そんな事が「日本人のとりあえずの幸せ」だ。それは、その場限りの刹那的な幸せである。その「幸せ」は、はかなく、すぐに消えてしまう、とりあえずの幸せである。

日本人のとりあえずの幸せ

私の習慣は、朝食の後、居間のソファーに寝っ転がって、新聞を読む事である。私は、その時を「至福の時」と呼んでいる。少なくとも一時間、時に昼食時間まで読み続ける事もある。だから、私の主な情報源は「新聞」という事になる。加えて、随時テレビのニュースとネットのニュースが加わる。私は自分自身で「ニュース狂」と思っているが、誰に指示された訳でもなく、それが何だ、と言われればそれまでだが、ただ単に「今、世の中で何が起こっているか、知りたい」というのが私の習慣の元である。「至福の時」と感じる所以は、一切の雑事を忘れ、「記事」という窓を通して、世界の森羅万象を知る事にある。

私は日本も、日本人も、大好きだが、私のもっぱらの関心は、日本の、１００年後、３００年後、１０００年後の日本が何とか命脈を保ち、日本の国土の中で、日本人として、存在する余地があるかどうか、である。1000年後と言えば「源氏物語」の書かれた平安時代から現在の日本を想像する事に等しい。実の所、その姿を想像しようとしても無意味であり不可能だと言える。それよりも、その1000年先に向けて、日本が命脈を保つ為に、今何をすべきか考えた方が良いのかもしれない。

日本の今の状況を考えると、真に心もとなく、非常に「脆弱」な存在だと見ている。その「脆弱」な存在でも、自らの弱点・欠点を知り、それを対処し克服出来れば、解決は可能ではないかというのが私の思いだ。もう一つ、生き残るために大事な事は、「変わる」事を厭わない気持ちだ。国も、会社も、個人も長期に渡り生き残る為には、自分の主義主張とは違っても、「変わる」事が必須となる。丁度今、日経の「私の履歴書」でアメリカの投資会社KKRのヘンリー・クラビスが当時の事を振り返って、いみじくもこのように書いている。「日本の企業風土は『We can't（出来ない）』『変わりたくない』。しかし私は、居心地の良いコンフォートゾーンから出て初めて成長する、と信じている」と。この事は世界の中で、100年存続している企業で言えば41・3%、200年企業で言えば65%が日本の企業だという事からも大多数の組織が変えたくない、変わりたくない、と考えていると推し量る事が出来る。多くの１００年・２００年と続く企業の存在を、ただ単に「良し」とするのか、環境が大きく変わる、これからも存続し続けられるのかは、分からない。

お昼時、隅田川の左岸、浅草の近くでお蕎麦屋さんに寄ろうと何人かで店に向かった。以前、その店で大分待たされた事もあって、開店前に行こうと目論んだ。角を曲がって、店に着くと、既に列が大分伸びていた。最後尾と思われる場所に並んだが、少し後になって、そこが列の先頭であった事に気が付いて、すぐ最後尾に並びなおした。驚いた事に、その間、誰一人として異議を唱える人が居なかった事だ。もしこれが、他の国で起きた事だったら、一悶着も、二悶着も起こった事だろう。これは些細な事だが、日本人の特質を良く表した事例ではないだろうか。

２０２４年１月、羽田で航空機事故が起こった。札幌から羽田に飛んだ日本航空機と海上保安庁の飛行機が夕方、滑走路上で衝突した。テレビでは中継が行われていた。みるみる炎が広がって飛行機が燃え上がるのを目撃する事になった。見ていて気になったのは、乗員・乗客の事だ。後で分かった事だが、乗員・乗客379名は全員避難し、無事だった。衝突や機内からの避難も含めて一歩間違えば大惨事であった。事故の経緯と原因究明、再発防止が求められるが、注目すべきは、乗員乗客が全員、殆ど無傷で避難出来た事だろう。海外のメディアでは「奇跡」という言葉が使われていた。これは、日本航空の「御巣鷹山」の事故から学んだ教訓や不断の訓練の賜物であった。機外では炎が上がり、左右に8つある脱出装置の全てが使える訳ではない。緊迫し騒然とした機内で、その事を的確に判断出来たのは賞賛に値する。この奇跡的な避難を可能にした要素は数々あるが、手荷物を機内に残し、身一つで避難する事を実行した乗客と客室乗務員の連携がもたらしたものだろう。それもこれも、大多数の乗客が日本語を解する「日本人」であった事が大きいのではないか。私の経験から言っても、羽田に無事到着したという安堵の中、突然、夕闇の中緊急に脱出し、寒く普段は人のいない滑走路と、その脇の草地に突然放り出された400名近い人々は安堵と当惑の入り混じった心境であった事は想像に難くない。報道はされていないが、突然広いエリアに散らばった人々を収容し、ターミナルに戻るという困難な作業を完遂した人々の事も忘れてはならない。

目次

第一章　日本の社会・歴史

日本は長い間、四海の海に囲まれ、その海が堀の役割を果たし、守られて来た。一方、その堀が日本を世界から隔て、日本を孤立させる役割も担った。それが、飛行機や新幹線などの、より早い交通機関や、通信手段の進歩で、近年、日本を取り巻く環境は大きく変わった。その変化は、日本にとって、プラスにもマイナスにも作用した。

日本人の出自

伝言ゲームは、口伝えでは、時間の経過と共に内容が歪められ、忘れ去られる、という事を題材にしたゲームである。別の言い方をすれば、「口伝え」では、真実は歪められ、物事を正しく伝える方法としては、「文書」とは比較にならない程、難しい事を知る為のゲームではないか。今でこそ、「話した事」を記録に残す方法はあるが、例えば、日本の3世紀の歴史の一部は、三国志の魏志倭人伝で知る事が出来る。自国の歴史を他国の書物のみで知る事が出来るという、我々にとっては些か当惑する事態ではないか。一方、中国との交流が途絶えた4世紀は、空白の、又は謎の4世紀とも言われる。文字があり､記録に残す事の大きな違いは一目瞭然だろう。我々が「勉強」をする時、教科書を読んだり、ノートを書いたりして覚える訳だが、もし、文字が無く、教科書やメモを取る事が出来ず、「耳で聞く」という方法しか無かったとすれば、「勉強」の成果に大きな違いが出て来るのは明白だろう。今でも口伝や口述には正確性の観点からも限界がある事がお分かりだろう。正確な事は不明だが、文字が日本に伝わったのは、３世紀～５世紀と言われ、紙が日本に伝わったのは７世紀という。逆に言えば、文字が日本に伝わったとされる、３世紀～５世紀の前までは、日本には「文字」が無かったという事になる。文字が日本に伝わったのは、或いは、伝える事が出来たのは、当時の技術で、文字の発明された中国から行き来出来る距離にあったからに他ならない。太陽からの地球の位置が、近すぎず、遠すぎず、絶妙の距離に偶然、収まった為、「生物」が生まれ、生きて行く事が出来た事と同じような事だ。もし仮に、日本が、文字の発明された国から行き来出来ない程の距離にあったとすれば、我々は、「文字のない国」の運命を辿る事になる。世界を大別すれば、「文字のあった国」を、仮に「A組」、「文字のなかった国」を「B組」とすれば、文字のある国と、無い国との差は歴然としている。「文字のなかった」人々は、例えば、「アイヌ」「インディオ」「アメリカン・インディアン」等々、今や辺境に追いやられ、見る影もない事にお気付きになるに違いない。つまり、我々は、元々は「B組」だったけれど地理的な条件が作用して、偶然運命が、「A組」に変わった、という稀有な存在なのではないか。この事を最初に認識して置く事が大切だ。今我々が、少なからず命脈を保っていられるのは、真に偶然の産物なのだ。そう言われてみれば合点の行く事も多いのではないか。「A組」の方々は、「結果を予測して事前に対処する」という考え方だが、我々は、起こった事に対処する、と考える。大分改善はされたとは言え、「地震」等の対処を見ていれば良く解る。しかしながら、「欠点」を克服する道はある。大事な事は、自分の欠点を良く認識し、事前に「克服」する為の「しかけ」を作っておく事だ。繰返しになるが、我々は元々「B組」であり、文字の発明された国から行き来出来る距離に無ければ、文字のない国々の人々と同じ運命を辿っていたかもしれないのだ。

温暖化

「暑くてすいません」北海道の宿に着いたら、ご主人がしきりに、予想外の暑さに恐縮していた。もとより、暑さは、ご主人の責任ではない。夏の時期、涼しさを求めて北海道に来る事は想像できる。期待に反したので、「ごめんなさい」という訳だ。私は、夏の冷房と、冬の暖房は長年していない。が、昨年の夏の暑さには閉口した。来夏は、何か工夫をしなければと考えている。それにしても、人一人のライフサイクルの中で、これ程目に見えて気候が変動する事は、「異常」だろう。突き詰めて考えてみれば、「人間」の活動にこそ、その原因がある事は明白だ。身の回りの、大量生産・大量消費だけ見ても、その原因は分かろう、というものだ。日本国内の農作物の被害だけでも甚大だ。今まで、適地だった所が、温暖化の為、生育に不向きな土地に代わり、期待した収量が上がらないのだ。その影響は、大多数の農産物に及び、お米の適地も北上していると言われる。例えば、「トマト」でも、ひび割れが生じ、価格が下がっているという。地球温暖化対策の２０１５年「パリ協定」では、２０２０年以降、「世界の平均気温上昇を産業革命以前に比べて2℃より十分低く保ち、１・5℃に抑える努力をする。21世紀後半に温室効果ガス排出を実質ゼロにする」事を、開発途上国を含めて削減が求められている。このまま「悪化」した場合、我々の「環境」がどう変化するかを考えた時、このままで良い、という結論は無いであろう。人はどうあれ、他国はどうあれ、一人一人の問題として対策が必要だろう。

世界がもし、日本だけなら

仮定の話だが、もし世界が「日本」だけで構成されているとしたら、何と素晴らしい事だろうか。そうなれば、国家間の競争も、戦争も無く、何をやっても、他国に干渉される事はない。そういう意味では、長崎の出島に限定されたオランダとの交易を唯一の例外とした、江戸時代が、それに近いかもしれない。だが、グローバルの今の時代、それは幻想である。むしろ逆に、世界規模で群雄割拠、弱肉強食の世界だ。2022年と2023年に顕在化した、ロシアとウクライナ、イスラエルとパレスチナの紛争が象徴的だ。「日本」だけが世界なら、縄文時代のままだろうと、江戸時代のままだろうと、何ら不都合は生じない。日本国内だけの限られた競争に終始していたはずだ。領土紛争では、現状は、正しく、ゼロサム・ゲームと同様に、自分の得点は、相手の失点であり、その逆も又真なり、という訳だ。幕末には、黒船等の外圧により、開国が強いられた。結果として、そうなる事は必然とも言えるが、不平等な条約を締結する事を余儀なくされた。その事が彼らの目的だから、当然と言えば、当然の事だったが、「関税自主権」や「治外法権」等で日本にとって不利な条約となった。その為、明治維新後、日本政府は、明治期のほぼ全てを通して、多くの人の努力によってその「改定」の為に時間を費やす事となった。それを、「教訓」として同じ事を繰り返してはならない。私の個人的な見解で言えば、本来、日中韓が連携するのが本筋であるはずだが、実情は、それとは真逆の状態になっている。その事で、一体誰を利しているのだろうか？

ショック療法

日本の現今の凋落振りを見ていると、このまま行けば、奈落の底に落ちるのは必至だろう。その原因の一つは人口減少だ。毎年数十万人規模で人口が減っている。「人口」は国力だから、人口が減っているという事は、日本の国力が低下しているという事である。今から数十年前、現在の人口減少を見越し、警鐘を鳴らしていた人は少なからずいた。が、問題は、何も手が打たれず、その弊害が露になって初めて、慌てふためく、という何時ものパターンになる事だ。例えば、G7の構成国でなくなるとか、別の国が入れ替わるとか、国力の低下が具体的な現象が起こったときに初めて手を打っても、その時にはもう遅い。重要な事は、今より多くの人が、「このままではいけない」と思い、行動する事である。その為には、目に見える変化が必要である。日本人が自らの手で「改革」を成し遂げた一例は、「明治維新」である。従って、「明治維新並みの改革」が、今必要とされている。明治維新並みの改革とは、①版籍奉還（明治2年）②廃藩置県（明治4年）③廃刀令（明治9年）④不平等条約の改定（明治27年）⑤大日本帝国憲法の発布（明治22年）⑥学制公布（明治5年）⑦徴兵令（明治6年）⑧地租改正（明治6年）⑨殖産興業（明治初期〜）⑩近代的立憲君主国の確立（明治22年）、等々であった。

今、明治維新の改革に匹敵するとすれば、例えば、変化を目に見える形で示す為①首都を、東京から関西に移す ②不要になった東京の「国会議事堂」を議会博物館にして、関西の国会議事堂は、新たな視点で作り変える ③外国語教育は、すっぱりと諦めて、現代のデジタルの技術を利用する ④徳政令を出して、国の借金を半減して、国民が等しく背負っていた荷を軽減する ⑤法改正をして、住宅の寿命を長くして、最低、2〜3世代が住み続けられるようにする（機器の更改や、リフォームを予め見込んで）⑥中央省庁の改革（組織的改革・抜本的な待遇改善・施設の改善等）⑦教育の改善（制度と待遇）⑧デジタル化の今以上の推進 ⑨必要な法改正のスピードアップ、等々が考えられる。少なくとも、これだけの事が出来れば、現状を認識し、「世の中が変わった」と思って貰えるのではないだろうか？

差別

遣唐使以来という、2度に渡る使節団が日本から海外に派遣された。最初は、1860年（万延元年）、日米修好通商条約批准書の交換の為であった。正使の他、福沢諭吉・勝海舟・ジョン万次郎他、総勢77名の約9ケ月に渡る、ハワイ・サンフランシスコ・ニューヨーク・アフリカ・東南アジアを経由する世界一周の旅であった。乗船したのは、米海軍所属のポーハタン号で咸臨丸が随伴した。2度目は、1871年（明治4年）から1873年（明治6年）の18ヶ月間に渡る、所謂、岩倉使節団である。岩倉具視以下、木戸孝允・大久保利通等、107名が米欧12ヶ国を旅し、スエズ運河から、アジアの植民地を経由して帰国した。此の旅は、「文明開化」には貢献したものの、主目的であった「不平等条約」の改正は、相手国からは歯牙にも掛けられず失敗したという。これ等2度の「視察」旅行は、「蛙」が井戸の外に出た事に等しい。「蛙達」は、多くの事を見聞し、多くの事を学び、その後の「改革」に生かされた事は間違いがない。「蛙達」は、一言で言ってしまえば、「彼我（ひが）の差に驚愕」したのだ。今の世界でも、東京から飛行機に乗ってニューヨークに行ったら、そこは、「22世紀」の世界であった、となれば、我々も、同じく「驚愕」する事は間違いないだろう。その結果、「西洋社会」に対する、憧憬が強まり、逆に「植民地化」された、国々の人々に対する幻滅や失望が高まったという訳だ。つまり、西洋に対する憧れが、東洋に対する「差別」になったのだ。憧憬や憧れと、優越感は「裏返し」の関係にある。世に、横文字や外来語が溢れているのは、その憧れの紛れもない証拠だ。日本人は「差別的」な国民であるかと問われれば、多くの人は「違う」と答えるかもしれない。だが、それは大いなる誤解である。殆どの人が差別する経験も、差別される経験も無いのだから「違う」と答えるのも当然の事だろう。それは、ただ単にそういう「機会」が無かった為だけである。本当は非常に「差別的」なのだ。それは、均質的な「村社会」であったと同時に、外に出て、初めて知った西洋との驚天動地の「彼我の差」が元となったのだろう。もうそろそろ、と思うのだが、幕末以来150年以上経っても、それは未だに払拭されていないように見える。東洋人に対する「差別」は、西洋に対する憧憬の裏返しに過ぎない。西洋に対する憧れや劣等感が払拭されて初めて、その差別意識は解消されるに違いない。

民を富ませない、お上

江戸時代以来、将軍家・各大名は、民を徴税の対象としてのみ意識し、「民を富ませる」意識に欠けていた。その意識は、明治維新後にも引き継がれ、民（国民）とお上との関係を一方通行の物とした。卑近な例だが、１９８７年（昭和62年）のＮＴＴ株の売却は好例だろう。売却予定価格１１９万円に対し、初値は１６０万円であったから、まずまずの滑り出しであった。僅か、３ヶ月後には、一株３００万円以上となった。以降、今日に至るまで最高値を上回る事は無い。つまり、昭和62年当時、ＮＴＴ株を熱気に煽られて購入した人々は、「高値掴み」をさせられ、一方、国は「高値で売り抜けた」事になる。これは、ある種の、国による、民に対する「裏切り行為」に他ならない。株の投資は自己責任とは言え、国は、なけなしのお金を投資した国民に対し、決してこのような仕打ちをしてはならない。心を入れ替えたかどうかは別として、２０２４年には「新ＮＩＳＡ」が導入され、民の貯蓄を利用して、「運用」に舵を切りつつある。果たして、成功するかどうか、お手並み拝見と言った所だ。「民を

富ませる」事の重要性に、国の「手許不如意」が気付かせたのだろう。「遅い」とし
か言いようがない。日本では、「家」を建て、そのローンの返済に当てる事に、生涯
が注がれる事が多い。しかも、一世代一世代毎にだ。これも、「高度成長」を経験し
ながらも、真の「豊かさ」を実感できない、一つの原因ではないか。日本では「木造」
という事に拘りがあるが、内装を更新しつつ、代を重ねて、住み続けられる住宅の推
進をしては如何だろうか？　これは、家を建て、ローンを返済するという事を、一代
毎に行うのではなく、数世代にわたり行うという事になる。その為には、内装の更新
を前提として、火災や地震にも強い材質で家を建てる事が必要だろう。

ある時、私の勤めていた会社の同僚、スミス氏から、ロンドン市内の自宅に招待さ
れた。「庶民」の代表格だった氏の自宅は、郊外の同じような煉瓦建ての建物の連なっ
た、所謂労働者の為のテラスハウスであった。家を訪れるとすぐ、家のリフォーム自
慢が始まった。家のリフォームとは言っても、家の中全てだ。ベッドの彫刻の補修、
室内や階段等の絨毯の張替、壁紙の張替、トイレや風呂場まで、つまり建物の屋根や
外壁以外を、その家に住みながら、コツコツと自分でリフォームするという訳だ。そ
れが、彼の「趣味」だという。「趣味と実益を兼ねた」という言葉があるが、正しく、

その事を地で行っていたのだ。いかにもイギリス人らしい趣味であり、レンガ建ての外装は、内装さえ新しくすれば、「新品同様」となる訳だ。そして、趣味と実益を兼ねたリフォームが完成し「新品同様」になった家を売り、もう少し大きな「ぼろ家」を買い、住みながら、そして趣味に勤しみながら、実益を上げるという生活をしていたのだ。日本で同じ事をするのは、今の所、少しハードルが高いように思えるが、色々な観点から、示唆に富む話ではないだろうか？

金儲け

日本人は、今や、間違いなく、世界的に見て「お金が足りない」人々の部類に入る。その割には、残念ながら「お金の稼ぎ方」を知らない国民である。外国人に、陰に陽に、その事を指摘され政府の姿勢は、ほんの少し変わって来たように見える。世界に冠たる「商売人」と言われる人々と、日本人とを比べ、単刀直入に言って、「日本人が、世界の中で、金儲けが巧い民か？」と問われた時、自信を持って「ＹＥＳ」と答えられる人は少ないはずだ。むしろ、そんなレベルではなく、「下手」と言った方が的を射ているかもしれない。それは、2022年末の統計で、日本の金融資産の合計が、2005兆円であり、その54・8%が「預貯金」であり、その資産を生かさず自ら「商売下手」だと、証明されている。過去20年で、米国は、家計の金融資産が約3・3倍に対し、日本は1・5倍と大きな差がついている。世界の中で、「商い」に長けた人々を挙げるとすると、やはり思い浮かべるのは、中東の国々の商人。例えば、アラブ・アルメニア・ユダヤ・トルコという事になる。江戸時代、日本の支配階級であった「武士」は、「お金等には関わらない事を、宗としていた」と言われる。今で言う、「財務大臣」に相当する「勘定奉行」の地位もそれ程高くはなかった。例えば、武士が「買い物」をして支払う時、「財布ごと」相手に渡し、売り手は、そのサイフの中から、相当額を貰い、サイフを相手に返したという。それ程、「お金」に触り、関わる事を嫌っていたのだ。「貴穀賤金」(穀物は尊いものであり、お金は卑しいものである)と言われた「気風」は、明治維新でも変わる事なく今に続いているのではないか。それらは、「利に聡い」人の対極にある姿勢だが、決して豊かとは、もはや言えない日本では、ここまで凋落したら、もう少し考え直しても良いのではないだろうか? そんな事もあって、2022年からは高校の家庭科で「金融教育」が始まった。学校で「教える」

という事は大切だが「英語」教育のように「やっています感」を醸し出すのではなく、専門家による実質的な教育が求められるのではないか？　「質素・倹約」も大事な事だが、その結果、豊洲に来るべきマグロが外国の市場に流れてしまうのは、悲しい事だ。私は、ずっと「値段はメッセージ」という事を言ってきた。安くても、高くても、それは、消費者に対するメッセージ、という訳だ。「安い値段」は、安さを魅力に売ろうとし、高い値段は、付加価値や品質や中味で売ろうという訳だ。同じ物なら、安い方が良い、というのが一般消費者の論理だ。２０２３年、２０２４年の賃上げ交渉では大幅な賃上げが見込まれている。大いに賃上げをして、高くても、厭わない資力を備える事が肝心だ。

古き悪しき時代

「火事場の2階では、良い政策は生まれない」というのが、私の思いだ。階下が火事で、尻に火が付きそうな時に、10年後、20年後の政策を考えていられるだろうか？

私は、お役人勤めをした事が無いので、実体の詳細は分からない。今も続いているかどうか分からないが、喧伝されている「国会での答弁書」作成の為、徹夜もしばしばだという。一事が万事、慌てふためきながら良い政策は生まれるはずがない。誰が考えてもそうだろう。現に「国家公務員」の応募者が減っているという。まあ、「優秀な人間」を、ただ単に、馬車馬のように、昔の「陸軍」の兵隊のように酷使した咎めが来たのだろう。その事が喧伝された結果だろうか、２０２１年6月付で、人事院総裁に元早大教授で「企業統治」や「金融企画経営」が専門の川本裕子氏を当て、改革を始めている。思い切った改革で、成果を期待したい。今の所、「働き方改革」の動力源であり、その一つとして「国家公務員制度改革」に取り組み、現在の4週で１５５時間の勤務を維持しながらの「週休3日」を、内閣と国会に提案している。令和7年に施行に必要な法改正を求めている。私の観点で言えば、枝葉末節かもしれないが、「働く時間は短く」「給料は高く」「休みは多く」「最先端の道具で」「広く、快適な執務環境で」等、政府予算の使い道の一つとして考えても良いのではないか？

大艦巨砲主義

プロ野球の球団で、お金に物を言わせ、他球団の４番バッターを集めチームを作っていた所があった。チームは、本来、色々な役割の人が集まり、夫々が、自分の役割をこなし、勝つのが本筋である。もし、各チームの４番を集めて勝てるのなら、それは「お金」の多寡が勝敗を決める、という事になってしまう。そこには、お金は有っても、「人を育てる」とか、戦略的な考えはない。それが、常勝軍団の低迷の主原因でもあり、結果を早く求める事の弊害でもある。これは、敵を凌駕する為に、より大きく、より強い物を揃えて対抗する、という、今では相当時代遅れになってしまった戦時中の戦艦大和に象徴される「大艦巨砲主義」である。日本人の特徴の一つは、目に見えないものに対し、目に見えるものの方に重きを置く事だろう。それは「B組の性(さが)」でもある。端的に言えば、戦艦大和のような、目に見える、強大な物に価値を置き、「暗号の解読」や「宣伝」と言った事に、重きを置かない事だ。ソフトとハード、の違い、と言っていいかもしれない。

目には見えないが、それは水面下で現在進行中の事である。その流れが、現在の「デジタル化」の遅れに象徴されている。勿論「装置」は大事な要素であるが、今やハードよりソフトの時代である。卑近な例だが例えば、送金の為、銀行に行って手続きをするのと、ネットで手続きをするのとの違いだ。何処の国でも、「国力」を上げる為に必死になっているが、あれ程、あれやこれや日本について「文句」を言いながらも、日本のデジタル化の遅れについては、全く口を閉ざし、「ほくそ笑む」だけである。それは、当然の事と言えば、当然だろう。バトンリレーで言えば、近隣の諸国は、既にバトンの受け渡しを終え、走り始めているにも拘らず、日本は、まだバトンを受け取れず、走り始めていない状態だからだ。２０２３年、ＪＲ東日本で、鎌倉での電線接触事故を受けて、８７００本の電柱を総点検したという。上に立つものは、一本の指令で事が済むかもしれないが、８７００本の電柱の点検は、現場の苦労が伴う。先の大戦のように、「人を消耗品のように考え、馬車馬のように酷使するさま」が見える。想像で言えば、ＪＲ東日本も、競争力のある、「人を馬車馬のように使わない」方法を研究中と思うが、問題はそのスピードだ。「他国を凌駕するスピード」で改革しない限り、その差は開くばかりだ。「欠点」は、それを認識する事によって克服できる。

大事な事は己の足りない所を知る事である。

働き方改革

デフレは「麻薬」である。麻薬は、人の体と精神を蝕む。物価も給料も上がらない状態が、30年以上の長きにわたり続いた。ぬるま湯につかり、ゆでガエル状態が長い間続けば、このような「冴えない」状態が続く事は当たり前だ。だからこそ「デフレからの脱却」は是非とも必要なのだ。近隣の諸国は、ただ黙って「ほくそ笑み」見ているだけである。国力は、ゼロサムゲームだから、一国の縮(ちぢみ)は、他国の伸びとなる。日本が縮んでいる間、文句を言う、親切な国はない。近年、デフレからの脱却が見えつつあるが、政府からの正式な発表は、まだない。

ここ数年、日本では「働き方改革」が叫ばれている。これは、「日本再興」の一丁目一番地でもある。それも、これも、長く続いた、デフレが原因だ。バブル期とは、1986年から1991年にかけての、何もかにも、物価が上がり、好景気に沸いた時代を指すという。その時代、3度の失政が重なった事はあまり指摘されていない。

一つは、バブルの弊害を意識せず、バブルを発生させた事だ。今から考えてみれば自分の身に、何が起こりつつあるのか、あまり意識せずに起こった事である。もう一つの、大きな失敗は、そのバブルをやみくもに鎮静化させ、大不況を招いた事である。一度の失敗でも大きな事にも拘らず、2度失敗をした。それ等の失敗が、その後30年続くデフレの原因になった事は間違いが無い。だから、改めて言えば、1度目の失敗はバブルを起こし、2度目は、バブルをやみくもにつぶし、3度目は、その後に長く続くデフレを起こし、長い間対処できなかった事である。失敗が3度続けば、致命的である。結果的に、35年も意に沿わない事を続けながら今を迎えている訳だが、責任は、誰も取らない。今までは、失政の皺寄せの大部分が、「働く者」に来ていた。彼らに「リスキリング」の機会も殆どなく、休みも纏めて取れる機会も少なく、働く時間は限りなく長く、報酬はその逆に、限りなく安くという、はっきり言えば悲惨な状態で働く事を余儀なくされていた。長く続いたそのデフレの結果が、今の「安い」日本である。残念な事だが、原因の一つは、我慢強い「働く者」にも起因していた。日本人の持つ特質の一つ、「大人しく我慢強い」が災いしたのである。ここにも、大胆な「発想の転換」が必要だ。働く時間は何処よりも短く、賃金は何処よりも高く、休みは何処よりも長くありたい。素人判断で言えば、「日本式」を長らく続けて、デフレからの「脱却」が出来なかったのだから、思い切って全て「逆」をやってみるべきではないか。それでは、「勝てない」というかもしれないが、「より良い待遇」が与えられない組織は、どんどん、退場して頂く。その代り、気軽に転職できるよう、「職を失ったり」「職を変える」事に対する手当を充分に施すべきだろう。もう一つ、敢えて付け加えれば、これも「デフレ」の為せる業なのかもしれないし、「デフレ」に対処する為の、浅はかな処置だったのかもしれないが、正社員、パート、臨時等の、様々な「階層分け」を止めて、時と場合によって、変わる、「働き手の都合」に合わせた改革を実行すべきではないだろうか。各種処方箋は、既に明らかになっている。米国では、定年が無い。１９８６年の「連邦雇用差別法」（ＡＤＥＡ）の骨子は年齢差別の禁止、主な例外は、パイロットの65歳、管制官は56歳定年となっている。自分が、何歳まで働くかは、自分自身の選択なのだ。

生産性

羽田空港で、ある航空会社のチェックインを見ていた。列に、相当な数のお客さんが並んでいる。そこでは、大きなサイズの荷物や、ペットを預ける人、新しく航空券を購入する人達が並んでいた。私は、荷物を預ける人と、切符を買う人は別々の列にした方が良いのではないかと思うのだが、「多くの人を早く終わらせて、待ち時間を少しでも少なくする」という視点がないように感じた。職員の側は、列が長かろうが、短かろうが「丁寧」さは、いつもと変わらず、臨機応変にギアーチェンジが行えていない。先頭に並んだ人を、カウンターから出てきて、自分のいるポジションに誘導する事などは、工夫が必要だろう。結局、列に並んでからサービスを受けるまで35分も並んでいた事になる。列に並んでいた外国人たちは口にこそ出してはいなかったが、相当イライラしている様子が見て取れた。これは、日本の「労働生産性」が低い一因だが、それでも、そこそこの競争力を保っているのは、「目に見えない所、めったに起こらない事」に対する準備や対応を省いて、競争力を保っているのが現状だろう。

それが、逆に、「日本の労働生産性の低さ」を見えないようにしているのではないか？

科学の進歩

２０１１年の「東日本大震災」以降、「原子力発電」の旗色が悪い。元々原子力に対するアレルギーが強かった日本だから残念ながら原子力に対するブレーキがかかったのは否めない。本来、自前のエネルギー源に限りのある日本の電源構成を考えれば、原子力も大事な選択肢の一つであったのだから禍根を残したと言えよう。この所、国は、原発の再開に力を入れているように見える。「ほとぼり」を冷ますのに、大切な10年の歳月がかかった。もっとマクロ的に考えれば、この所アメリカ製の厄災に見舞われている。一つは、飛行機の隔壁の修理を誤った、ボーイング社の飛行機、所謂「日航ジャンボ事故」や、東北大震災の際、津波の影響で爆発事故を起こした、ゼネラル・エレクトリック社製の原子炉「マークⅠ」等である。飛行機でも原子炉でも、事故後の対応は様々だ。原子炉の事故で言えば、原子炉の使用を止めてしまう事は、最も安易な解決方法ではないか？　科学の進化・進歩は、失敗に学び、原因を究明し、対策を立てるという、地道な努力の結果ではなかったのか。ここに挙げる事例は、「世界初」のジェット機に挑戦した事例である。イギリスの航空機メーカー、デ・ハビランド社は、１９４３年（昭和18年）世界初となる、「ジェット機」の開発に着手、１９５２年（昭和27年）に「コメット（彗星）」として初就航した飛行機である。今までの飛行機と違う「高度」を飛ぶ為、「与圧キャビン」を採用した。しかしながら、初就航後、数年で「事故」が連続し、時の、イギリスの首相、チャーチルの号令の下、原因究明と再発防止が急務となった。事故機を海底から引き上げ、調べた結果金属疲労が原因だった、という事が判明した。先駆者の乗り越えなければならないハードルの一つである。その後、後発の航空機メーカー、ボーイング社に取って代わられたが、今、我々が、ジェット機に乗り旅が出来るのも、「チャレンジャー」が居たからこそである。

家族

将来は、家族とか、親子の関係が無くなり、「個」と「個」の関係になるかもしれない。世の中の「進化」を見ているとＡＩも含めて際限がないように見える。医学的分野でも、その進化は著しい。結論から先に言えば、もう既に、そうなっているかどうかは別として、両親がいて、その間に「子供」が出来、必要な妊娠期間後に「出産」するという、今は常識的な形態が変わる可能性がある。つまり、女性が10ヶ月の妊娠を「拒否」する可能性だ。試験管の中で人工受精が可能ならば、「妊娠」という事は不要となる。世の中の進化・変化を見ると、十分にあり得る話だろう。もしそうなれば、旧来の「結婚観」や「妊娠」は根底から覆される。従って、親も無ければ、兄弟も無い人が「個々」に存在するという形態である。最も保守的な国の一つである日本では遅くやって来る事が、「時間は無いけれどお金はある」国では、秘密裏に既に行われているかもしれない。悍ましい事である。

メッセージ

コロナ以降、物価が上がった。それも、半端ではない規模である。全ての値段は、その値付けをする人が考えに考え抜いて決めた、究極の「数字」である。高かろうと、安かろうと、その値段には「メッセージ」が込められていると私は考える。「値段」は、生きるか死ぬかのぎりぎりの状況で、考え抜かれた、受ける側への、一つのメッセージなのだ。一方、受ける側は、その物の値段を含めて、買うかどうかを決める。「安い」のもメッセージ、「高い」のもメッセージである。

能登半島地震

能登半島地震の被災者は、責任の持って行き場がない為、美談と復興の槌音に隠れて自分達の「苦痛」をひたすら、我慢している。それは何時もの図式だ。平時の準備の欠陥が顕著に現れたのが、能登半島地震だった。能登半島地震は、真冬の最悪の時期に、最悪の場所（半島・過疎化老齢化が進んだ地域）で起こった災害だ。私がマスコミの報道を見ていて感じるのは「準備不足」である。例えば、携帯電話が使えなければ、通信は途絶し、所謂「孤立」した地域で何が起こっているのか、全く分からない。遠い昔の話ならともかく、現在の話である。衛星電話の一つもあれば、格段の違いだろう。これが、「G7」と言われるような国で起こるとは……。戦後の「高度成長」も、唯ひたすら、人件費を削り、残業も含めて長い間働かせた結果であり、「万が一の準備」にもお金を掛けず、端折った結果だ。

「地震大国」と言われるこの国の準備がこの体たらくでは情けない。日本人の短所長所で言えば、事前の準備は人々の我慢を前提に怠り、事が起こった後は「速やかに」と掛け声は良いが、既知には、何とか対処できても、未知に弱いお国柄だと言える。日本は「災害大国」と言われるがこの事に異議を唱える人はいないだろう。地震・洪水・噴火・台風・津波等々である。一方、日本は「世界一安全な国」とも言われる。その「安全」は治安の事である。数々の自然災害の多さを考えると、「治安上の安全」は、せめてもの「なぐさめ」と言った所だろうか？　では、自然災害の備えはどうだろうか？　それは、進化・進歩したとは言え、「これで十分」というには程遠い。災害の準備や復旧・復興に関しても、スピードに欠け、ほぼ同時期に起こった台湾のスピードに学ぶ点は多い。倒れた建物が、長い間、そのままという状態は好ましくない。行政の立場からすれば「法律」「人手」「お金」等々、遅れる理由を挙げれば切りが無いが、ここでも「スピード」という点で「発想」の転換が必要だろう。ここでも、「B組」の欠点、「想像力の欠如」が如実に現れている。災害には、何が起こるのかを予想して準備する事が、被害が起こってから復旧するより、費用がずっと安くなる事は自明である。もっと、デジタルやドローンを利用すべきだろう。

デジタル化

コロナ禍で、国中が右往左往する中、日本のデジタル化の遅れが露わになった。外部に居て詳細は分からないが、象徴的だったのは、情報の収集を担う「保健所」にファックスで情報を集約し集計していたという。ここでも現場の職員の馬車馬のような、頑張りに皺寄せが来ていた事を伺わせる。その後、保健所で「改革・改善」が為されたかどうかは報道が無いので分からない。昔の古い映像として、太平洋戦争時に、現場の兵隊が「泥まみれ」になってジャングルを移動する姿が時として放送されるが、その姿と、保健所の職員の置かれた立場を比較すれば、容易に「皺寄せ」が誰に来るかは想像できる。そういう意味で、「頑張る」事は大事だが、日本人は少し「頑張り過ぎ」なのではないだろうか。その「頑張り過ぎ」が高じて、もしかしたら、我々を苦しめていた「デフレ」の原因だったのかもしれないと私は思っている。

北海道の地方都市で考えた

最近、北海道の東側のある町を訪れた。この町は歴史ある町なのだが、今は日本の将来を暗示するような場所となっている。ある意味、日本の将来の姿の先行事例の一つと言っても良いだろう。とにかく町の中心部に空き地が目立ち、活気がない。町は寂れ、活力が失われてしまったように見える。このままなら、町は衰退の一途だろう、日本全体がそうであるように……。レストランの値段に、松竹梅とあるとすれば、梅コース、つまり最下限のコースである。手をこまぬいて、成すすべもなくあれよあれよ、という雰囲気だ。これが、日本の慣れの果て、と言ってしまえばそれまでだが、果たしてそれで良いのか？　という所だろう。長期の下降トレンドとして、松コースと、梅コースでは大きな違いがあると言えよう。この町の衰退の最大原因は、少子化であり、人口減である。これは今言ってもしかたがない事だが、数十年前、この事の重要性に警鐘を鳴らしていた人達がいた。ここでも、目の前に、正にその現象が可視化されないと、気づかないB組の性（さが）だろう。だが、今からそれを言っても、遅い。ターニングポイントは、最近顕著になった円安だろう。円安は、輸出企業にとっては追い風になるが、国力の低下と円安は同義語であるという認識が欠け、「楽な道」では競争に勝つ事は出来ない。人口減に対しては、とる施策には、短期と長期の二つがある。一つは、子供を産む費用を全体として提言する事。大盤振る舞いが出来る事は、コロナ禍の対策で証明されたのだから、実行する事は不可能な事ではない。外国では、「施策」、つまり予算の配分によって向上した事例がある。人口減は政策担当者が物事を軽視した結果なのだ。政府は、昨年から2024年の今年に掛けて、以前よりは真剣みが出てきたとはいえ、まだまだ総合的な施策と戦略に欠けている。古来、日本には、長年売り物にしてきた、「名所や名物」が多い。その為か、思考を停止し、昔乍らの名物や名所に頼り切り、「楽」に走り過ぎてはいないだろうか？　勿論、昔ながらの名物や名所は、人が集まり、売れている限り、それはそれで良いのだが、「新たな、もう一つ」がないのだ。これは危ういと言わざるを得ない。一つの所で流行る事を、安易に取り入れて、良しとする風潮は無いだろうか。大事な事は、「人真似はしない」という事だ。その為には、身の回りを眺めて、「考え抜く事」が欠かせない。旧来のものが売れているとするなら、その時こそ、次の一手を「考える」時としたい。今風に言うなら、その一つは「データ」を揃え「分析」する事だ。

歌舞伎

日本文化を象徴する、伝統芸能や和食・その他の世界でも修行や鍛錬は付き物だ。当然の事ながら、より高みに向う為の修行・鍛錬は必要である。問題は、その修行・鍛錬が伝統を重んじるあまり、現場の負担をないがしろにしているのではないか、という疑問だ。

だが、修行・鍛錬と称して何でもまかり通るのは許される事なのだろうか？

私の知り合いの役者が70代で突然亡くなった。「昔は、一芝居（一ヶ月の公演）が終ると、それまで出ていたお腹が引っ込んだ」と、お腹を摩りながら話していた。それ程、現場は厳しいのだが、「人間を酷使」する事と、表舞台で、伝統芸能を披露する事は分けて考えるべきではないか？　伝統芸能を守る事は、表舞台を守る事であって、旧態依然の「やり方」を守る事ではないだろう。観客の見える所はそのままに、待遇や拘束時間等裏方には、「革新」が必要ではないか？

遠隔医療

２０２３年12月11日放送の「その新ダイエットが危ない　ある治療薬の落とし穴」と題するＮＨＫクローズアップ現代で、糖尿病薬を痩せ薬代わりに飲む人がいて、本来の糖尿病患者に薬が行き届きにくくなるという弊害を生んでいるという指摘をしていた。しかも、副作用で「腎臓病」を誘発する事もあるという。この薬を本来の目的以外に提供しているのは、「遠隔医療」を提供しているネットクリニックだという。ネット越しでは、医師であるかどうかも分からず、不明瞭だ。番組では、「遠隔医療」が悪いように報じていたが、問題点の本質は、コロナ禍に始まった「遠隔医療」導入の機運に対し、利害の対立するグループが「遠隔医療」を骨抜きにした為、優良な医師の参加が見込めず、悪質な、金もうけを優先する「医師」が跋扈する弊害が露見したのではないか。だとすれば、責任は足を引っ張ったグループにあると言える。ここでも「利権」の構造が見て取れる。

非正規

長らく「働き方改革」が叫ばれ続けている。が、明確な成果は上っているのだろうか？　主な論点は「時短」である。残業も含めた「労働時間」を少しでも短くしようという事である。その他でも最近では「繋がらない権利」も遡上に上がっている。端的に言えば「休みの日には連絡をしてこないで欲しい」という訳だが、当然の事だろう。ここでも、「悪い癖」が出ている。私がもう一つ、関心があるのは、働くステイタスや時間によって、その呼び名が変わる事である。「曰く、有期、パート、派遣、非正規、正規」等々である。例えば、「非正規社員」とあらゆる機会に言われて「元気」が出るだろうか？　働く時間は、都合に合わせて長短あったとしても、これ等の「差別的」呼称は、早期に是正すべきではないか。

環境問題

今の所、日本の環境問題に対する対応は、常に後追いであり、本当はやりたくないが、それでは世間体が悪いので、渋々という感じだ。時として、「祭礼の寄付」のような対応、つまり、人がどうするかを見て、応分のお付き合いという訳だ。本当は出したくないのだけれど、皆が出してるから、仕方なくという、所謂「横並び主義」ではないか。人の一生の中で、これ程顕著に「気候」が変わってしまうという事は、普通はあり得ない。だからこそ、今行動する事が大事なのだ。手遅れかもしれないが、「人類」の先頭を切るようなつもりで積極的に行動して欲しい。

デフレ

日本は長らく、デフレに苦しんできた。30年とも言われる。今の円安は、その一つの結果でもある。そして今、ようやくその、弊害に気付いたというのが実情ではないか。私は、「経済学」の事は分からないが、デフレからの脱却は、難しい事ではない。政府の施策の真逆をやれば、脱却できるのではないか。勿論、これは冗談だが、それ程の思い切った事をやる事が必要だろう。これ程、長い間模索しても叶わなかったのだから。思い切った施策を取ると、目先、沈んでも、その先に回復するという事があるが、目先の「沈み」が怖くて、その手が打てないのだ。最初から上向きの施策など、ありようもない。

経営

「相撲」の世界は独特である。歴史も長く伝統的でもある。当然、「相撲取り」は、それなりの修行を積んだ「力士」が主役だ。問題は「経営」である。相撲の世界と同様に、日本では、その道を究めた人が、その組織の運営・経営に当たる事が多い。相撲取りという「現役の技術者」が、現場を引退し、年寄株を手に入れ、現役引退後、そのまま相撲部屋や協会の経営に当たるという図式である。これは、相撲界に限らず、日本のスポーツ組織の標準的姿である。日本だけの事を考えて「運営」するのであれば、それでよいかもしれないが、国の枠組みがより、緩くなり、国際間競争が激しくなる、今の時代、「現場の技術者（力士）」が、その組織の経営に当たるというスタイルは、考え直した方がいいだろう。現役の時代に成功した者を、その後も、と考えるのは、分からないではないが、明確に線を引くべきだろう。これは、「経営」という観点では、最も「不適切」な形ではないか。

相撲協会のHPに、相撲の歴史は１５００年以上続いているとある。日本の国技でもあり、世界的にもユニークな存在なので大事にしたい。現役時代は、江戸時代さながらの「稽古」に明け暮れ、上下関係も、これも江戸時代さながらに厳しい。幾ら相撲が多くのしきたりや伝統に支配されているとは言え、結果が勝負の世界だから、勝つに至る、地位が上がる術は様々である。大いに、切磋琢磨し地位を上げてもらいたい。しかしながら、改めて、その中味を取り上げるのは憚るとしても、近年、相撲に係る不祥事が数多く、報道され後を絶たない。これ等は、旧態依然たる相撲界の風俗習慣が、「最近の若者」である、若い相撲取りの、大袈裟に言えば、「生き様」との間に祖語の生じている表れではないかと私は感じている。そもそも論で言えば、相撲取りは、超若い間に、肉弾戦に明け暮れ、唯ひたすら、「伝統の世界」に浸る生活を過ごしている。別の言い方をすれば、「相撲取り」に特化した生活を、日々続けている訳である。「歴史と伝統」は残しつつ、不祥事もなく、経済的にも恵まれた状況にする事は十分可能だろう。有能な社員、すなわち有能な経営者とは限らないのだ。最近では、その事はしばしば喧伝されているが、まだまだと言わざるを得ない。歴史と伝統だから、金儲け、一直線とはならないにしても、お金をより稼ぐという視点で考えたら、別の展開もありだろう。卑近な事例で言えば、ＭＬＢや、ＮＢＡの展開に学んでも良いのではないか？

洪水

２０２３年9月、台風13号が関東地方を襲った。近年の急速な温暖化の影響で、明らかに、今までとは違う状況が生まれつつあり、次元の違う、今までとは発想の違う対応が求められている。その対応には、お金がよりかかる事は当然だが、後回しには出来ない。その台風13号で、１００億円をかけた新庁舎が浸水し、全電源を喪失したという。問題は、「新築の市役所が浸水し、全電源の喪失を招いた」という点だ。全電源喪失とはどこかで聞いた話だが、大失態と言わざるを得ない。市役所は、一朝事ある時に、住民を助けるのが任務のはずが、お手上げ状態で、住民を助ける等という、次元の話ではなかった。２０２３年11月の日経新聞の報道によれば、「市の念頭にあったのは１９９９年に観測した最大雨量（1時間当たり88ミリ）だ。数沢川には氾濫した記録がなく、改修も行われていた。想定内の雨なら対応できる。だが8日午後6時過ぎまでの1時間あたりの雨量は観測史上最大を更新する97ミリに達した。川は急速に増水し、氾濫した」とある。市の想定には、事前に多くの懸念が示されていたにも関わらず、対策は取られなかったという。多くの問題点はあるが、一つだけ指摘しておけば、市の想定には近年の温暖化の加速による影響は加味されていない。

短所

自分の長所・短所を知る事は大事な事だ。長所は伸ばし、欠点は克服する。個人でも、会社でも、国でも同じである。では、日本の、日本人の短所とは何だろうか？まず第一に挙げられるのは「日本語」がほぼ、日本だけで話されている事である。これは、短所でもあり、時として、長所にもなり得る。四海、海に囲まれた島国、で一定の規模の人口を抱えている。ネットの時代が始まる前には、孤立、という意味で欠点であったが、オーストラリアやニュージーランドはアメリカともヨーロッパからも遠く離れ、その地政学上の位置は欠点であった。しかしながら、ネットの時代が始まると、過半の欠点は見事に消え失せた。日本でも、その変革は一つのチャンスであったが、デジタル化の遅れもあり残念ながら、言語上の問題で、その機会を生かす事が出来なかった。だから、四海、海に囲まれ、大多数の人が日本語のみを話すというのは、総じていえば「欠点」と言えるだろう。では、ほぼ単一民族、というのはどうだろうか？　昨今の人手不足や外国人の流入を考えると、多様性という意味ではプラスだが、それも今や、欠点と言える。では、比較的、教育レベルと民度が高いというのはどうだろうか？　実の所、大学のレベルを比べてみると、日本は、アジアでも突出して高い、とは言えない。では、経済力は如何であろうか？　これも、往時の勢いはなく、誰が見ても、落ち目である。人も優しく、親切で、風光明媚で物価も安く治安も良いという事は大きな「長所」と言えるが、昨今の外国人観光客の増加は、そんな「長所」に世界が着目した結果であると言える。残念ながら、昔は長所だった事の多くが失われ、今や「欠点」が過半である。その世界が着目した「長所」の結果、日本には旅行客が溢れ、軋轢を齎している。この現状は、ある意味予想された現象であるが、日本人には「状況を制御する」という考えは無いように見える。堰を切った結果、弊害が目立ってしまった。今からでも、遅くない、各種料金の大幅な値上げをしたうえで、数を抑える事が求められる。

主権国家

報道では、バイデン大統領が2度、「日本の国防予算を増やした」と発言したとの報道があった。2度だから確信的で、事実その通りなのだろう。看過できない発言だ。人の国の予算を、増やした等という発言はあってはならない。例えば、日本の総理大臣が、アメリカの国防予算を増やした、と言ったら、当然物議をかもし、只では済まないだろう。その後、その発言のフォローはないが、大々的な「火消」の結果に違いない。恐ろしい事だ！

官僚の働き方改革

２０２４年6月の「クローズアップ現代」で官僚の「働き方改革」が取り上げられた。そこでは数々の問題点が取り上げられた。列挙すれば、「業務がペーパーレス化されていない事」「退職者の補充が無い事」「定員で管理される人員問題」。民間の労働には「労働基準法」が摘要されるのに「官」では、罰則のない人事院規則がされる事、時代遅れの「国会対応」（オンラインでのレクチャーは全体の6・8％のみ）、残りは旧態依然の議員事務所で行われている。「通信料の約20％の増加」、「国会での質問通告が遅く、具体的でない事」等々が指摘された。国会では5年前から論議している。又、同等であるべき官僚は政治家の下請けのような存在になっている事、が指摘された。これだけ見ても、官僚のなり手が減る事は容易に想像出来るのではないか？国民のサポートと理解が必要なゆえんである。

人材

好奇心が強く、常識を疑い、探求心があり、謙虚で自分の考えを変える事を厭わない人が、今求められているという。問題は、求めるのではなく、そういう人材を、如何に生み出すかだろう。今の教育が、社会の求めに応じ、必要な人材を増やす事に寄与しているかどうかである。

雪下ろし

毎年の風物詩と言えるのは、豪雪地帯の雪下ろしだ。雪の積もった屋根の上に登って、雪を下すのだから、リスクの伴なう作業である。毎年、多くの方々が、事故に遭い、亡くなっている。私はニュースで見るだけであり、無縁だが、大変な作業だと常に思っている。だが、素人の勝手な想像で言えば、旧態依然である。何か、新しいシステムや方法を見た事が無い。普通なら、必要がある所に自然と、資金が集まり、イノベーションが生まれるはずだが、あまり聞いた事が無い。高齢化が待ったなしの今、新しいサービスや道具は生まれないのだろうか？

国会議員

私企業の役割は「収益を上げる事」である。その他に、色々と課せられている役割は多い。が、「収益を上げる」という事の中心線は明確であり、色々と内部・外部の監視を受けている為、問題は少ない。私が考える最大の問題は、国会改革と国会議員改革だろう。最も、時代遅れの改革の必要なセクターであると言える。船の進路を決める羅針盤に問題があるとすれば、速やかに直さなくてはならない。

物作り

物作りは、日本必須の技である。だから、物作りが廃れたら、日本が廃れるという事である。普通は、あまり意識しないが、日本の物作りの伝統は、縄文の物作りの果てにあり、家電もその一つである。だから仮に、日本の物作りが限界を迎えたとすれば、それは、「縄文の物作りの限界」とも言える。日本の生きる道は、金融か、物作りか、と問われれば、やはり「物作り」が生きる道だろう。やはり、米作りと、物作りは、日本の原点であると言える。

核融合

日本は、エネルギーをはじめ、資源を輸入し、加工し、それを輸出する事を一つの生業としてきた。特にエネルギーの分野で期待されていた核融合の分野では、実験炉ＩＴＥＲの完成が８年先送りされた、と報じられていた。同時に、このプロジェクトの雲行きが怪しくなりつつある。各国は、こぞって、このプロジェクトに限界を感じ始め、２国間に舵を切りつつある。わかりやすく言えば、「もしかしたら、これは、頼りにならないぞ、だから、別の方法を探って、保険を掛けておいた方が良いかもしれない」と考え始めた事を意味する。それに、プロジェクトには、陣営の分断も関わり、その事も考慮した方が、良いと思わせているのだろう。どのみち、まだまだ成熟したとは言えない風力や地熱等の自然エネルギーの利用は別として、温暖化の問題もあり、早く石油エネルギーの使用から脱し、日本の「エネルギー弱者」の立場を大逆転する可能性もある為、事の成否は日本のエネルギー問題の行方を大きく左右する。核融合実現の為の方式は、核融合反応を制御する、トカマク型とレーザー方式に分かれる。今回は、前者の開発が遅れる事になり、陣営の結束力に対する疑念もあり、慌てているのが現状だ。開発にとって今の重要な要素は、ＡＩと資金だ。この勝負なら、日本に勝ち目はないと見て、全ての方法を使い果たしてから、方向転換するのは得策ではない。どの陣営に縋るかは、自ずと限られる。ＡＩの利用と資金の勝負なら、適切なタイミングで見切りをつけるのが、格好は甚だ宜しくないが、生き残るための次善の策としてはありではないか？

某芸能事務所問題

所謂、「某芸能事務所」問題では、後継者のＪ氏と日本のマスコミとの間で、日米の文化の違いに関する興味深い問題を提起している。例えば、Ｊ氏が会見直後にハワイで豪遊と些か批判気味に書かれていた。ご本人は、日本的習慣とか文化とは無縁の人間だろうから、「会見」が終われば、何処に行こうと、そこで豪遊しようと、自由のはずだ。会見の後、自宅にこもり、斎戒沐浴が求められている訳ではない。これも、「マスコミ」の悪い癖で、窮地に陥った人を、いびり、虐め、多分、書く人の溜飲を下げているのかもしれない。これも、ある種のいじめ、である。言論の自由と憲法の条文を盾に、攻撃を加えて良いものだろうか?

目線

前の総理大臣の話しているのを見ると、大抵は、手元の「台本」を読んでいる事が多い。それは、総理大臣が出席するような、会議の映像を見ても明らかだ。書いてある事を読んで、総理大臣が務まるならば、私にも、出来る、と言いたい所だ。最も大事な事は、ご本人は元より、周りの人は、その事の弊害に気づいていないのだろうか?それとも、その事は言ってはならないと、忖度しているのだろうか? そもそも論で言えば、代議士になる為の、基本的トレーニングを受けていない事が問題だろう。

後継者

歌舞伎や能、文楽等に至るまで後継者不足だという。物みな、結果を手っ取り早く求める風潮の今、時間ばかり掛かり、待遇の不十分な「伝統芸能」の世界に、人が集まらないのは必然と言えば、必然だろう。物価高の今、旧来の安い給料では、今の若者は苦しい。この苦境を突破する方法は、仕事に相応しい「給料」を払う事だ。その為には、「取り仕切る人」のあらゆる意味での発想の転換が、ここでも必要である。もし、アメリカにも「歌舞伎」があれば、多くの若者が、待遇にひかれて、渡米しているに違いない。明治初期に、「三菱」の祖業を立ち上げた、岩崎彌太郎は決して、安く人を使おうとはしなかったという。ヒントは、そこに隠されている。

再挑戦

日本では、何事によらず、「完璧」を求め、失敗は許されない社会である。その為、日本人は失敗をしないために汲々となっている。過度に、人のやっている事を気にするのは、人と同じ事をやっていれば、失敗した時に言い訳になるからだ、とも言える。「個性」に欠けるのもそんな事情からだ。その為、貴重な時間を失い、行動が遅くなる。一度失敗したら、二度と立ち上がる事が出来ないからだ。時代劇や時代物の小説を読んでいると、一度の失敗で身分を失い、時と場合に依っては「切腹」という事もある。そういう意味では、今でも「江戸時代」が続き、その時代に染み込んだ「習わし」が今に続いているのではないか。失敗が許されないから、試行錯誤も難しい。特に今のような「歴史」の転換点には顕著に現れる。それが、現在の停滞を生んでいるのではないだろうか?

チャレンジした者をほめ称え、チャレンジした者の失敗には寛容さが求められる。我々はよく、日本国内で評価されなかった事が外国で評価され、そこで初めて日本で評価されるという光景を目の当たりにする。古い話だが、最初、日本国内では、それ程評価されなかった海洋冒険家・堀江健一氏の太平洋単独横断の快挙も同様である。

電柱の地中化

普段はあまり意識する事は無いが、外国人旅行者は、日本の空に蜘蛛の巣のように張り巡らされた電線に驚いているに違いない。我々が、あまりその事を意識しない訳は、あまりにもその事に慣れ親しんで違和感のないせいだろう。もう一つ挙げるとすれば、外国の他の都市と比較する機会が少ない、という事もあるかもしれない。２０２３年の読売新聞オンラインの記事によれば、電柱の地中化率は、ロンドン・パリは１００％、台北で96％、ソウルが49％だそうだ。国交省のＨＰに拠れば、無電柱化率が５％を超えているのは、日本国内では東京23区、大阪市、名古屋市のみだという。このデータで、世界的に見て日本の街が如何に遅れているか、見苦しいかお分かり頂けるだろう。無電柱化率が何だ、と言えばそれまでだが、都市の美観や災害に強いに街づくり、という観点からも問題が多い。本来は、遠の昔にやっておくべき事だったが、残念ながら、今からでは少し遅い。財政状況が厳しい折、無電柱化より優先順位の高い事柄が多いからだ。

抹茶ブーム

抹茶が世界的ブーム、だという。これだけ外国人観光客が増えれば、今まで日本人の間では注目されていなかったものが注目されるようになる事はあるだろう。抹茶もその一つだ。物珍しさから考えても、その色味や、抗酸化作用を持つと言われるカテキンを含み健康や美容にも良いとされる効能など、注目を浴びる理由に事欠かない。その上、ビタミンやミネラルを豊富に含み、肌の老化を防ぐ、というのだから良い事ずくめである。その為、世界中のカフェ、レストランで人気だという。

人気の秘密の一つは、その値段の安さだ。1月5日、読売テレビのニュースに拠れば、問題は為替の関係で、それでなくても安い抹茶を店頭で仕入れ、高く転売する事だという。抹茶を製品化する為には、数々の手間が掛かり、大量生産は出来ない、という。だから、売れる、となっても限界があるのだ。その上、日本の諸物価に合わせ、高いものだとは言えない。詰まる所は、日本人が苦労だけして、儲けるのは他の人、という訳だ。

本末転倒とはこの事だろう。この際、工夫して、この問題を根底から解決する方法を考え、手を打つべき時を迎えている。

仕切り

日本の国技、相撲の歴史は長い。今や、神事、という側面より、スポーツとして世界的に知られる。相撲は厳しい稽古の元、長い修行が求められる。相撲の面白さには幾つかの側面があるが、一番の見所は、「肉弾戦」だが、相撲の奥深さは「仕切り」にある。外国人が、仕切りを見て、「何をやっているのか、どんどん戦え」と言ったそうだが、もし「仕切り」が無かったら、相撲の醍醐味は半減するだろう。昔の仕切りは時間無制限だったそうだが、今や4分である。力士は勿論の事、見ている方も、仕切りで、気持ちを高め、高め、高めて、気持ちが最高潮になって、初めて立ち上がり、勝負にのぞむのだ。だから、仕切りのない、相撲は考えられないし、相撲の真髄は、仕切りにある、と言っても過言ではない。

第二章　日本人の気質

新聞の見出しだけを見ても、「巻き返し、挽回、失地回復」等の言葉が多く見られる。これ等を見ても、日本人が「世界に先んじて」何かをする、という事はあまりない、と言っても良い。それは長い間、外国との交流が殆ど無く、対外的に「争う」という事があまり無かったからかもしれない。

日本人の得手不得手

私が見る、日本の、日本人の長所短所を挙げれば、「既知に強く、未知に弱い」という事だろうか？　既に知っている事は、事前の準備やシミュレーションが可能だから準備は比較的簡単だが、未知に関しては、応用問題的であり、咄嗟の判断力が求められる。例えば、思い切った推論を言えば、１９８５年に起きたジャンボの事故と、４年後の１９８９年にアメリカで起きたＤＣ10の事故は、勿論同列には考えられないが、そんな事も影響したのかもしれない。スピードが遅い、何時も後手後手、後追い、巻き返し、等の言葉が当てはまる現象もそうだ。だから人に先んじられるという弱点がある。外国語に弱いというのも弱点の一つだろう。その他、列挙すれば、国防精神が薄い、アニマルスピリット（活力）の欠如、一人では判断できない指示待ち人間が多い、ベンチャーにお金が集まりにくいとか、昔からの因習だろうか、「皆で渡れば怖くない」等群れる性格を良く表している。地理的ハンデキャップもその一つだ。残念ながら、立ち位置は辺境の島である事に変わりがない。言葉の均質性は、長所でもあり、短所でもある。長所は、①比較的均質性　②社会の安定性　③順法精神　④景色景観の多様性　⑤四季　⑥今の所貧富の差が比較的少ない、と言った所だろうか?

行動力

人より「先んじる」事は生き残るために絶対的に必要な事だ。例えば、未知の洞窟の最奥に「金銀財宝」が入っている宝箱があったとする。この「金銀財宝」を独り占め出来るのは、最初に洞窟に入った者である。その者が自分の欲しい物を持てるだけ持って外に出る。二番目に洞窟に入る者は、先に入った者が持ち切れず、残して行った物、つまり「おこぼれ」に預り、三番目、四番目と、実入りは少なくなって行く。これは、過去に何度も、繰り返されて来た事である。例えば、「月」の先陣争いでも、残念ながら同じ事が繰り返されている。人に先んじる「スピード」の究極の意味は、そんな所にある。現代社会において「情報」が最も大事な事は言を待たない。

卑近な例だが、この情報を最大限に生かし、富を増やしたのがジェイコブ・ロスチャイルドである。１８１５年当時、まだ情報の伝達手段が限られていた時代、イギリス・

オランダの連合軍がナポレオン率いるフランス軍とワーテルローで闘った。その勝敗の結果を一早く知る事は人に先んじる事になる。古き良き時代とも言えるその時代、戦争の勝敗の結果を知る手段の一つは、戦争の現場に直接赴く事であった。その戦場にロスチャイルドは人を送り、真っ先に、その結果を知ろう、としたのである。勿論、信用のおける代理人を送った。結果はイギリス・オランダ連合軍の勝利であった。その結果を聞いたロスチャイルドは「連合軍の負け」とロンドンで発表した。当然、イギリスの公債は大暴落である。ロスチャイルドは暴落した公債を大量に買い集めた後、連合軍の勝利を発表、公債は高値で売られ、ロスチャイルドは莫大な富を手にする事となった。日本人にはなかなか出来ない芸当である。生き残る、という事は、そういう事だ。

卑近な事例をもう一つ。ある時、紀伊半島の熊野那智大社と熊野本宮大社を繋ぐ、熊野古道の一つ「大雲取・小雲取」を歩いていたら、行き合う人の大半（8割近く）を外国人が占めていた。ただ単にそれだけならば、外国人が多いね、で終わりだが、よくよく聞いてみると、事情は少し異なる。それは、単純な事だが、日本人に比べて、外国人の方が「旅の計画」が早いという事に原因があるようだ。外国人は半年も前から旅行を計画し、日本人はずっと後だというのだ。その結果、日本人がルート上の限られた宿を予約しようと思っても、その時は、既に外国人に押さえられてしまっているという訳だ。日本人が国内旅行で自国を旅行しようと思っても、叶わないとは一体どうなっているのだろうか。

アニマルスピリット

日本人はおとなしいと言われる。詰まる所は、自己主張せず、言いたい事が言えない、という事だ。幼鳥の嘴は黄色くなっている。「餌をもっと頂戴」という為である。親鳥は、「黄色」を目印に、餌を与えるのだ。逆に言えば、「黄色」が無いか、目立たなければ、餌は貰えない事になる。幼鳥は目一杯、口を開いて、「黄色」を目立たせて、自分の空腹をアピールする。これも、一つの「アニマルスピリット」の表れである。

私の仕事を通しての経験で言えば、飛行機の「良い席」は、自己主張が強く、旅の経験豊かな方々が座っている。同じエコノミークラスの席でも、自ずと良し悪しがある。例えば、後方より前方、真ん中の席より、通路側、等々である。もっと言えば、それ以外にも人気の席はあるのだが、日本人は概ね、そういう席には座っていない。自己主張出来ないからなのか、知らないからなのか、又は、遅すぎるからなのかである。「自己主張」が出来ないと言えば、これは、「自己主張」以前の問題だが、海外旅行中に、何か「被害」に遭った時、例えば、預けた荷物が無くなったとか、荷物が壊れたとか、機内で乗務員がコーヒーを溢して火傷をしたとか、衣服が汚れてしまった場合、その場で主張し、クレームする事が往々にして出来ない事だ。加えてそのクレームを、日本に帰った時にする事が多い。「その場」でクレームし、何としても解決しようとする意気込みが大事の事である。

完璧主義

何事によらず、日本は、行動が遅い、遅れる、時間が掛かる、と言われる。遅い原因は何だろうか？　それは、日本人の「完璧主義」が影響しているのではないか？　石橋を叩いて叩いて、再検討して、会議を開いて、責任が、自分の及ばないように、保険を何重にも掛けて、いざという時の「言い訳」を用意して、それでも、まだ時間を掛けて、完璧を極めて、実行するので、当然人より、遅くなる。失敗したら二度と浮かばれず、一生、「蟄居閉門」となれば、慎重にならざるを得ないのは当然だろう。失敗・間違いにも、「良い失敗」と「悪い間違い」があるのではないか？　今までの発想では「間違い」を許す事は、更なる「間違い」を助長するという考えに基づく。もっと「間違い」に寛容な社会を作るべきでは無いか。我々が侵した大きな間違いの一つは「人口問題」だろう。実の所、この問題は、数十年前から警鐘はならされてきたが、我々の悪い癖「問題」が目の前に現れ、顕在化しないと、「弊害」に気付かず、対処を怠るという図式だ。つまるところ、日本人の「想像力」の欠如が為せる業なのだろう。

毎日の積み重ね

日本の特殊事情かもしれないし、普段は殆ど意識される事は無いかもしれないが、日本に、北からか、南からか、はたまた、西からかは分からないが、手漕ぎのカヌーで、海を渡り日本列島に初めて、「勇気ある」人が来て以来、それを、石器時代と呼ぼうと、縄文時代と呼ぼうと、その日以来、連綿と、毎日の積み重ねが今日に至っている。「毎日の積み重ね」というのはあまり意識されないポイントだろう。逆に言えば、現在から一日ずつ遡って行けば、縄文時代、石器時代に行き着くという訳だ。まあ、良くも悪くも、我々を特徴づけていると言って良いかもしれない。他国では、有為転変あって、歴史も一筋縄では行かないのが定め。ところが、日本では概ね、石器時代の延長が「今日」なのだ。だから、単純と言えば単純だとも言える。

生き延びる

人も、会社も、国も、時と共に浮き沈みがある。良い時は問題ないが、「悪い時」に、如何に生き延びるか。それも、千年単位だから、その浮き沈みは想像も出来ないくらいだ。その唯一の方法は、国として、生き延びる為には、「前例や、意に沿わなくとも、競争に勝ち、生き残る為に自己改革を怠らない」事に尽きるのではないか。

処方箋

「こうすれば間違いなく改善する」という処方箋は出ている、それでも変えられない日本、それが問題だ。落ちぶれても、落ちぶれる事を覚悟して、変えないか、多少、間尺が合わなくても、生き残るために変えるのか、変わるのか、そこが問題だ。改革が叫ばれていても、遅々として進まない。人がジャンプする為には、少し、沈み込まなければならないが、その「沈み」が出来ないのだ。大きく分けて原因は二つ。一つは、「①勉強したくない、今までどおりが良い、変わりたくない」という事だろう。もう一つは、「②既得権の維持」だろう。①は、「平々凡々」「沈香（じんこう）も焚かず、屁もひらず」に象徴されるように、「昨日と同じ事が出来るのは、良い事」のように、「変わらない事が、良い事」なのだから、苦労して、勉強して、競争なんかしたくないというのが本音である。それも、これも、偶々周囲にあった堀に妨げられ平和が、何となく保たれた結果、「異人種」に支配された経験が無い事に因る、いい意味で「おおらか」、悪い意味では「井の中の蛙」的な無知が、そうさせているのだろう。②の「既得権益」

は、国の将来より、今の自分が大事という事だ。駕籠や馬が交通手段の主役であった時代に、外洋を航海できる大型の船や、蒸気機関車、自動車等、交通手段の進化、多能化を見れば「既得権益」は、一時的で一過性である事は、一目瞭然だろう。

自己主張

日本では「謙譲」は美徳とされる。「我も我も」ではなく、「人に譲る」というのが考え方、風俗習慣の基本である。だからこそ、「満員電車」でも、秩序が保たれているとも言える。一方、米国の例をとれば、「人より我」、自分の「個性」を前面に押し出して競うという。典型的な「競争社会」だと言える。一方、日本では、以前よりはより「競争的」になったとは言え、米国と較べれば段違いだ。だから、外交的にも、商習慣的にも、日本人と米国人が論争したり、競争・交渉しても、その帰趨は明らかだろう。日本的風俗習慣で言えば、相手を「論破」する事に抵抗があり、「相手に譲る」事が一つの規範となる事もあるのだ。大リーグの大谷選手の立ち振る舞いに、違和感を感じる他の選手や米国のマスコミの人は多いのではないだろうか? 例えば、

２０２３年の大リーグのオールスター戦で、大谷に近付いて来た取材のカメラが大谷の肩にぶつかった、本来、謝罪すべきは取材のため近付いて来たカメラマンの方だが、大谷の方が、軽く謝ったように見えた。アメリカ人は容易に謝ったりはしないのだ。

神頼み

日本人の悪い癖の一つ、「起こってほしくない事は起こらないと思い込む」がある。「起こってほしくない事」とは例えば、大地震、戦争、疫病の蔓延、財政破綻、等々である。「起こってほしくない事は起こらない」とは、神頼みの一つで、「神様に頼んだから、大丈夫」と思い込む。神様に頼んだ事は実現する、だから、想定しなくても良いという訳だ。個々人がする、神頼みは兎も角として、国がその為に準備を怠るという事ならば本末転倒だろう。

発想の転換

日本の国立公園は「環境省」が管理している。日本の外貨稼ぎの種がやせ細ってしまった今、発想を転換して、新たな「稼ぎの種」を考えなくてはいけないという提案だ。その発想の原点は、今までより一歩踏み込んで、限定的な「国立公園」の解放である。例えば、インバウンドを対象とした、ニュージーランドの「世界で最も美しい散歩道」として知られる「ミルフォードトラック・ガイドツアー」のような、国立公園内のツアーがあっても良いのではないか？ 私は、常々、「お金」を稼ぐ事にもっと貪欲であっても良いと思っている。すっかり産業の競争力を失ってしまった今、今までとは違う「稼ぎ方」があっても良いのではないか。「ミルフォードトラック」のツアーとは、国ないしは民間が国立公園の中で行う、ある種の「独占ツアー」である。

日本には、「ミルフォードトラック」に匹敵する、風光明媚な場所は数多く存在する。催行される季節は、秋から春まで、と限定されているものの「ミルフォードトラック・ガイドツアー」は、54kmを3泊4日で歩くハイキングツアー＋最終日に「ミルフォード入り江」のクルーズがセットになったものである。３泊の行程なので、設備の整った「山小屋」に３泊する訳だが、宿泊のスタイルによって、値段が分かれている。風呂付の個室もあれば、６人部屋もあり、財布と好みに応じて選ぶ事が出来る。概ね35万円前後のツアーだ。ガイド付きだが、ガイドはつかず離れず、ツアーの参加者の行動を見守る、という感じだろう。朝晩の食事はロッジでサービスされるが、昼食は、宿の一角に並べられた材料を自分で好きなよう作って準備する、サンドイッチである。勿論、飲み物、果物・デザート付である。一日の行程が終わり、小屋に着くと、小屋の外でのどを潤すオレンジジュース等のサービスもあり、夜には、エンターテインメントも用意されている。総じていえば、「至れり尽くせり」になっている。ここでの提案は、高物価に耐性のある、外国人観光客という事になる。設備の整った、快適な和洋の宿泊施設を国立公園内に建て、昔風の劣悪な「山小屋」スタイルでは、人は集まらない。「和洋」とは、和か洋か「選んで貰う」という事で、最初から外国人が「泊まる」という前提で作る必要がある。因みに「ミルフォード・トラック」では、別の組織の運営だが、ガイドツアーには参加せず、自分達のみで歩き、食事は自炊、泊るのは、ガイドツアーとは別の山小屋で、歩くコースは全く同じ、というスタイルのハイキングも用意されている。「ミルフォード・トラック」のように、ハイキングの終わった後、「日本的」な夜のエンターテインメントを付け加えるのも一考である。今の所、大多数の観光地では、「夜」はする事がないのが実情だ。そう考えると、相当バラエティに富んだ内容が考えられるのではないだろうか？　現在は規制のある「国立公園」の中の話だから、国の「独占」があっても、良いのではないか。ミルフォードトラックの「独占ツアー」は、他に、もう一ヶ所「ルートバーン・トラック」で行われている。今までは、国立公園の中で、国が独占的に営利事業を行う等という事は考えられない事であったが、今のように「じり貧」の世では、今までとは発想の違う事を考えてみるのも、ひとつのやり方だろう。

我慢

デフレの原因は、日本人の我慢強さも、一つの原因ではないか？　日本人が我慢を強いられるのは、例えば満員電車・交通渋滞・長い列・低い賃金・セクハラ・集中する休み等、限度はあるものの、日本人はもっと「わがまま」になって声をあげる事に寛容になっても良いのではないか？　マラソンのレースで、先頭集団を走っていた日本、残り10キロの地点で、30年間足踏みをしていたのだから、ずっと後ろの方を走っていると思っていた人が追いつく事は驚く事ではない。公平に日本社会を様々な場面で見ると、「こんな事は外国人は、我慢しないぞ」という事は多い。我慢せずに「声をあげたかどうか」が結果に如実に表れている。長い間放置されて来た低賃金には、そんな事も関しているのではないか？　何処までの我慢が適当なのかは難しい所だが、我慢しない事の良さも、時と場合によっては、あるのではないだろうか。感覚的に言えば世界でも、最も「日本人」とウマが合う国民は、と言えば、私は「フランス人」を挙げる。日本食、マンガ、アニメ、盆栽等日本文化の受容度が高く、互いに、互いの文化を尊重し、俗な言葉で言えば「お互いにお互いを好き」な存在だろう。それでも、違いを挙げるとすれば、フランス人は、「オカシイものは、オカシイ」「高いものは、高い」と声をあげ続けた結果、大きな差がついてしまったのだ。

お客様は神様

最近では少し変わってきたかもしれないが、未だに「御客様は神様」という概念は根強い。お金を支払う側が神様で、お金を貰う側はその、しもべであるという考え方だ。私の考え方は少し違う。レストランに例えれば、お客様に沢山来てもらいたい為に美味しい物を提供しようと思う店と、美味しい物を食べたいと願う客は、対等ではないか。レストランにとっては、幾ら美味しい物を提供しても、食べに来てくれる人がいなければ、お店は開店休業であり、一方、美味しい物を食べたいと願っても、お店が無ければ食べられないという事になる。そういう意味で、店と客は対等だと言える。お互いが、お互いを必要としているからだ。

曖昧

日本人の特質は「曖昧」な事だそうだ。俳句の面白さは、物事をはっきり言わず、想像力を広げる事にある。以心伝心のような、「曖昧」が日本文化の真髄という。その曖昧が売り物の日本で、海外からの観光客がビックリする程、電車が時間通り来るのは、不思議ではないか？　というのは、勿論冗談だが、「曖昧」さで、今後、世界に伍して行けるのだろうか？　勿論、そうできるなら、それに越した事は無いが、実の所、心もとない。ましてや、３００年後、５００年後、１０００年後の事を考えると、である。その「曖昧」な日本と、その対極にあると思われるアメリカが「同盟」を組んでいるのは、摩訶不思議な事だろう。聞こえてはこないが、日米当局者のお互いの苦悩が見て取れるような気がする。この、大きな考え方の違いは、いざという時に、必ずや噴出するに違いない。私は気分的に、「半分日本人で、半分、外国人」だからその事が良く解る。

慶応高校野球部

甲子園の高校野球の開会式は、何故あれ程、「軍国的」なのか、ビックリする程だ。炎天下で行われる挨拶と、直立して聞く生徒。どこか「学徒出陣」を思わせる。旧態依然とはこの事だろう。「世の中が変わった」事を日本中に知らせる良い機会なのだが、「昔ながら」を重んじる、多分その事を決めている「それなりの人」に、変える事は難しいのかもしれない。だがプレイする選手監督の方はずっと先を行っていた。2024年夏の決勝戦は仙台育英と慶応高校。結果は、慶応高校の大勝であった。神奈川県の予選で、慶応高校のユニークさを知って、応援する気持ちになった。何がユニークで革新的かと言えば、「やるべき事を分析し、短時間でやる」「学生の上下関係をなくす」「坊主頭にしない」等々で中味は非常に合理的だ。主催者側の「旧態振りとは好対照であった。私は、ひそかに「勝ち残って欲しい」「これなら行ける」という気持ちを持った。ご存知のように、甲子園にいってからは快進撃の連続。そして、決勝は「大勝」だった。皮肉っぽく言えば、自分たちが理想とする型にはめたい主催者が一番勝って欲しくないチームが勝ってしまった、のだろうか。このチームの活躍は、我々の未来にとって、示唆に富む。チームの理想は「ノーサイン」だという。監督がサインを出して選手の「判断」を奪うと、「サイン通り」動けば良いという盲従的・受動的になり、自分で考える事を放棄してしまう弊害が生まれる。まだまだ、そこまでは行っていないが、大事な事は、監督のサインを通し自分で状況を判断し、自ら考えて行動する事ではないか。

旧態依然

お盆の時期や年末年始に皆が一斉に同じ行動をとるのは、バカげている。報道を見ていると、その中味は毎回同じ事の繰り返しである。それは、孫を待つ祖父・祖母が、改札から出て来る孫を、愛し気に抱き寄せるというものである。デフレがインフレに変わり、気候も従前とは変わる昨今、「旧態依然」の報道姿勢で良いのだろうか？　色々な意味で「世の中が変わった」という事を示すマスコミの果たす役割は大きい。報道の陰で、希望が叶わず忸怩たる思いをしている人もいるに違いないのだから……。

男は盆栽、女は一国一城の主

男は社会に出て、組織の中で様々な「躾」を受け続ける。その躾は、組織の中の礼儀作法を主に学ぶ事にある。服装から髪型、言葉遣い、名刺の出し方まで、多岐にわたる。その為、「会社人間」はあたかも「盆栽」の如くに作り上げられる。刈りこまれ、形が作りこまれ、型にはまって行く。少し大袈裟に言えば、それ以外に生きる道無し、と言った所だろう。組織が、企業が他と異ならない、「平凡」な人物を求めているかに違いない。その方が、管理もしやすいし、安心だからだろう。一方、最近では、少なくなってしまったかもしれないが、「女性」は、その「盆栽化」を免れ、個性的な人が多い。だから、私は男性の「盆栽化」と女性の「一国一城の主」化を興味深く眺めている。

オリンピックの100m競争、競技の始まる前に選手が紹介される。男も女も、生き生きとして、力強く、何と「活力」が溢れ「個性的」な事か。日本人の目から見れば、何と羨ましい事ではないだろうか？　日本では、歩道で、信号を守る人は多い。信号が赤で「信号待ち」している人を多く見かける。外国人の多い昨今、その心理は「何時も、自分の国でやっているように、信号を無視して、道を渡りたい」が「日本人」が信号の変わるのを待っている。だから渡りたくてうずうずしながら、待っているのだ。勿論、交通ルールは守らなければいけないが、私は「活力」という視点では、そこに「違い」を見てしまう。

お人よし

「日本がお人よし」の国かどうかは、言を待たない。紛れも無く「お人よしの国」である。理由は数々あれど、一つだけ挙げるとすれば、海外からの観光客の言う、「日本凄い・日本食が美味しい」に対する反応だ。それ等の印象は、世界的に見て、的を射て居ないとは言えない。だが、観光客は、したたかに、コストパフォーマンスを考え、「長所」「短所」を感じ、我々を見ている。自分が海外旅行をした時に、相手に国の「欠点」をあげつらう、だろうか？　大事な事は、「本音」である。２０２３年の10月、長崎県でこんな事があったという。今はやりの、「ユーチューバー」、多分、日本人の人の良さをあげつらう為だったのだろう。国籍は不明だが、ある人物がバスに乗る為に、「お金が無い」と称して、バス停で６００円を貰い、下車する段になって、足りない80円を他の乗客に無心したという。バスのドライバーは乗車口に立ちふさがり、下車させず、その後、警察に引き渡したという。今、我々に必要な人材は、このような事の出来る人ではないだろうか。

朝食

少々突飛な考え方だが、私は「戦争」の起こる原因の一つは「朝食」にあるのではないかと考えている。私はしばしば、所謂ビジネスホテルに泊る事が多い。そして人がどんな朝食を食べているかを常々観察している。勿論、朝食は好みに応じて多種多様だが、所謂「日本食」を食べている人が多い。それは、言わずもがなの事であるが、「ご飯・味噌汁・シャケ・海苔・納豆・卵焼き、等々」の組み合わせである。香港では、朝から「飲茶」を食べる為、レストランに行く。パリでは、カフェオレに前日の残りのパンにバターとジャムで終わりである。日本人も含めて世界の人々には、長年親しんだ習慣があり、朝食も、その一つである。戦争は何等かの「国益」の対立が原因となる事が多い。が、その原因の一つは、些細な「生活習慣」にあるのではないか？朝食も、その一つなのかもしれないのだ。それ程、自分に慣れ親しんだ、毎日の習慣を変える事を余儀なくされるのは、大きな事なのではないか？　時として、その事が遠因となって、戦争に発展する事もあるかもしれない。些細な生活習慣を侮ってはならない。

号泣

パリ・オリンピック。数々の「物議」の中、熱戦が繰り広げられている。その中でも、柔道女子52kg級、阿部 詩選手の振舞いに関心が集まった。２０２４年7月31日、阿部は東京オリンピックに続いて2連覇が期待されていたが、あえなく2回戦で敗退した。「物議」と言われるのは、阿部選手が敗退後、競技の進行を妨げ、会場に響き渡る声で感情を表し「号泣」した事にある。それが、賛否両論を呼んでいるのだ。負けた感情を爆発させ、競技を妨げた事は事実だが、私は、「感情を表に、素直に表す」という意味で、良い事ではないか、と思っている。「礼儀正しい」「感情を表に表せない」「真面目」「おしとやか」な日本人女性のイメージを変える振舞いだが、日本人でも、「怒る時は怒る」「笑う時は笑う」「悲しい時は泣く」と、感情を表にする人も居る事を知って貰うのも大事だろう。それば、会場で期せずして起こった「詩(うた)コール」に表れているのではないか。

MONEY TALKS

日本では、古来、お金に物を言わせてきた。祭礼の寄付も含めて、例を挙げればきりがない。対外的にも同じである。お金の出せない国は、「黙る」か、知恵を出していた。日本は長らくお金は出せたので、お金に頼った。お金を出せば、万事巧く行き、黙らせる事が出来た。英語には、「MONEY TALKS」という言葉がある。口で語る代わりに、お金に語らせるという意味である。その言葉を地で行って、あまり考えず、対外的にお金の力に頼って来たのが日本であった。「金の切れ目が縁の切れ目」という言葉があるように、「手許不如意」になり、「語らせる」方法が無くなってしまったのが今の姿である。情けない事だが将来を読まずにお金を使った咎めが来ていると言えよう。

ネット植民地

我々の社会を支える重要な設備や施設等の基盤を「インフラ」と言っている。我々の生活に欠かせない、道路・鉄道・発電所（送電網）・ガス・上下水道・港湾・ダム・通信等々だが、大きな地震が起きると、真っ先に復旧が急がれる施設でもある。中でも、「通信」は、日本人の不得意とする「目に見えず、お任せ精神が優勢な」分野の為、人々の関心が薄いように感じる。具体的に言えば、日本の主な通信インフラを担っているのは、NTTドコモ、KDDI、ソフトバンク、楽天モバイル等だ。中でも、ソフトバンクの資本関係は、些か複雑な様相を呈している。通信会社のソフトバンクの約65%を所有している、Aホールディングには、ソフトバンクが50%、韓国のネイバーが50%出資している。つまり、韓国企業が約32%~33%所有している事になる。韓国のデジタル化は進んでいるから、進んでいる自分の社会・国のデジタル化の状況を見れば、遅れている日本の、例えば5年後の姿が垣間見える訳だ。だから、自分の状況から判断して、5年後はこうなると容易に想像できる。そう考えれば、韓国の企業が、先を見据えて投資しよう、と思うのは合理的だと言えよう。ようやく、その図式の弊害に気が付いた日本の通信を統括する、総務省は、ラインが韓国に置いているサーバーからの度重なる情報漏れを機に、資本関係の是正に乗り出したが、案の定、権益の侵される韓国からは異議が出て、現在、綱引きが行われている。どう決着がつくのだろうか？　ここでも、「後からでは遅い」の原則が当てはまる。

Lost & Found

数ある航空会社の仕事の一つに「遺失物係（通称ＬＬ）と呼ばれる部署がある。仕事は、機内や施設内で見つかった遺失物の管理や忘れた・失くした物の捜索・照合等である。他に、「受託手荷物の紛失時の対応・捜索」である。あってはならない事だが、空港で預けた荷物が、目的地に届かない、と言う場合に「捜索」する事を主任務とする。預けた荷物が届かない、と言うばかりではなく、時は、壊れた、中味が無い、と言う事もある。中心となるのは、「届かなかった荷物」の捜索で、それはあたかも殺人事件が起こった時の「捜査一課」のような部署である。自分の預けた荷物が無くなって喜ぶ人はいないから、常に怒られる役割を担う。だから、社員の間では余りやりたがらない部署の一つでもある。「受託手荷物」の中には、人によって様々な物が入っている。ある時、「ガンジス川の水」が入っていると言う荷物が着かない、と言う人がいた。探すのは、地元の成田・羽田であり、世界中、と言う事になる。日本人にとっては無意味な物でも、持ってきた人にとっては意味のある大切なものだった。人は窮地に陥った時に初めて、その人の人となりが現れる。私は、そこで「叱られながら、怒鳴られながら」多くの事を学んだ。

東ベルリン

私は、１９６０年代の終わり頃、西ベルリン市内の小高い山の上にいた。その山は、第二次世界大戦の最終盤に破壊された旧ベルリン市内の建物の瓦礫を積み上げた物で、まだ辺りには焦げ臭いが漂っていた。ドイツは、第二次世界大戦の結果として、東西に分断され、ドイツの旧首都であったベルリンは、陸の孤島となり、東ドイツの中にあった。そのベルリンもまた、東西ベルリンに分割され、東ベルリンは、ソ連に占領され、西ベルリンは、西側3ヶ国に占領されると言う、複雑な様相を呈していた。その状態が、ベルリンの壁崩壊の1989年まで続いた。イメージが掴めないかもしれないので、日本に例えて言えば、静岡市と富山市を結んだ線より東側の日本を社会主義国の「東日本」、西側を資本主義国の「西日本」と仮定すると、ベルリンの位置は、東京の23区の辺りに相当する。その23区の、東側の4区がソ連に占領されている「東ベルリン」、残りの区が、夫々、フランス・イギリス・アメリカに占領されている、「西ベルリン」と言う事になる。私の知り合った、ドイツ人がめったに人が訪れる事のない、瓦礫の山に連れて行ってくれたのだ。その時は、まだ東西冷戦の真っ只中で東西ベルリンの境界線には、壁が築かれていた。一般の西ベルリン市民は東ベルリンへの通行は禁止されているから、私と同行したドイツ人は、西ドイツの市民だったのだろう。夫々全く違うゲートから東ベルリンに入り、予め示し合わせた場所で落ち合い、東ベルリン市内を放浪した。それは、冷戦の最前線を体感し特別の緊張感を、私にもたらした。当時、地下鉄が走っていた西ベルリンでは、ある路線の一部で、東ベルリン領内の地下に駅があった。地上の東ベルリンの入口は厳重に閉鎖され東ベルリン市民が入る事は出来ない。外貨を稼ぎたい東ベルリン側では、その駅で、その事を知っている西ベルリン市民に向けて「酒・たばこ」を免税品として販売していた。その事は、東ベルリンの経済的苦境を物語っていた。

極東の島国

日本はよく、「極東の島国」と言われる。当時の覇権国、イギリスを地図の中央に置いて、東の最東端に位置する為である。つまり、日本の位置は、世界地図的に見て、東の、外れの外れという意味である。日本は、この場所を意図的に選んだわけではないが、結果的にその事は、プラスとマイナスの効果を生んだ。今風の表現を使えば、「地政学」的結果だともいえる。しかしながら、ネットの出現は、極東である事のハンデキャップを挽回するはずであった。情報の観点から言えばネットは、距離のハンデキャップを解消した為、もはや「極東」とは言えなくなったからである。つまり、何時、何処に居ようと、距離的なハンデキャップが無くなったのである。しかしながら、長年の「距離が遠い」というハンデキャップが殆ど解消したにも拘らず、日本は、その事のメリットを生かし切れていないように見える。その主たる原因は、日本人の意識の中にあるのではないか？

イメージ

背が低く、メガネのアーモンドアイ、というのが日本人イメージの定番だろう。ところが、どうだ、米大リーグでは、すらりと背が高く、アーモンド・アイかもしれないが、メガネを掛けていない大谷が大活躍している。打って、投げての大活躍は、アメリカ人の「日本人」イメージを払拭する、という意味で、痛快の極みだろう。今年の4月に行われたトロントでのブルージェイズとドジャースの一戦、一時、大谷がブルージェイズに入団するかもしれなかった事もあり、大谷の最初の打席では、球場全体が、ブーイングの嵐であった。その上、最初のストライクが入ると、歓声の大嵐であった。そして、3球目、大谷の打ち返した打球は、右翼席に吸い込まれていった。これまた、大騒ぎである。これを「痛快」と呼ばずして、何が「痛快」だろうか。シーズン中は、ほぼ毎日登場する球場やテレビでの大活躍で、決して良いとは言えない、日本人のイメージを払拭する事は間違いがないだろう。

いい子ぶりっ子

日本人が「いい子に過ぎる」のを憂いているのは、私だけだろうか？　いい子に過ぎるのは、国も同じだ。少し、真面目すぎないか、少し、堅すぎないか、と思う事が多い。いま、日本では、人が真面目過ぎて、ストレスが溜まり過ぎだ。左を向いても、右を向いても、真面目だらけじゃ、「つまんなくね～」だ。映画監督の山田洋二さんは、日本では、「ああしちゃいけない、こうしちゃいけない」って言い過ぎではないかって言ってたそうだが、賛成だ。「ああしちゃいけない、こうしちゃいけない」を言われ続け、そうし続けた事が、世の中から「活力が失われてしまった原因」かも？　街中で、「駄々をこねている」子供を時々見かけるが、「駄々をこねるのは」親を当惑させるかもしれないが、それも一つの「活力」であり必要なのではないか。私が街中で駄々をこねている子を見ると思わず応援したくなるのだ。少し飛躍するが、私が「ギャンブル」を是認するのも同じ事だ。パチンコって、ギャンブルじゃないの？　日本人は、なし崩しが好きだから、何となく昔からやっている事をそのままに、だが、もっとオープンにして「是と非」の間に明確に線を引いて、やったらどうだろうか？　人の「活力」を、至る所で、もっと高めたい！

プロジェクトX

ＮＨＫが新旧取り混ぜて、「プロジェクトX」を放送している。生き残るためには、「発想」の転換が求められている昨今、「プロジェクトX」の精神は旧態依然の「馬車馬」精神だろう。同じ物事に没頭し、考え抜き、結果を出す為に新しい意味での「馬車馬」は必要だろう。ただ、日本の過去の成功例で言えば、時々映像に流れる、昔の陸軍の部隊が、ジャングルの中を、泥まみれになって、重機を運び必死になっている姿を彷彿とさせる。過去の事例は「精神力」に重きを置く、些か古い発想ではないか？ごく一部の成功例を除き、陰では、旧態依然の「馬車馬精神」が発揮されているように感じる。

外国人の不就学率

高校に通っていない外国人の子供がＯＥＣＤの調査で日本が最大だった、という。外国人の受け入れは、こういう事も含めて、受け入れるという事だが、日本では、言葉悪く言えば、「美味しい所だけ、頂く」というスタンスで、就労している外国人の子弟の教育には手が回らない、というのが実態だ。これらの子供が成長し、大人になった場合、何が起こるのかの想像力が欠如しているのが最大の問題だろう。

完璧主義

「何事も、一点、非の打ちどころのない」ようにするのが、完璧主義である。これは、いま世界ではあまり流行らないやり方である。「一点、非の打ち所ない」内容に仕上げる為には、当然、時間と労力がかかる。世界の趨勢は、そんな事より「一刻も早く」である。日本では、後の「責任追及」を恐れ、石橋を何度も叩き、それでも渡らないのだから、遅れを取るのは当然だろう。むしろ、それでも生きて行けた時代だったのだ。時代が変わった今、やり方は変えなくてはいけない。

トイレ

時として、日本の「トイレ」は外国人から褒められる事が多い。一昔前の状況からすれば、少々「こそばゆい」気持ちにならざるを得ない。が、事、外国との比較で言えば、良い方の部類だろう。

花の都パリでは、今は如何なっているか分からないが、トイレとシャワーが半畳ほどの空間に同居というのを使った事があると、説明しても、普通の日本人には理解できないだろう。「トイレとシャワーが半畳ほどの空間に同居」とは、半畳ほどのシャワーの下に、足を置く場所が島のように盛り上がり、トイレの水を流すときは、その島に助けられ、靴が「水没」を免れるという訳だ。ご想像頂けるだろうか？　これは、一応、「水洗」のカテゴリーに入る事は間違いない。

パリでは、当時の技術レベルもあり、都市が自然発生的に拡大した為、今の日本人の衛生観念から考えれば、考えられない程のレベルであったと言われる。だから、先述の「シャワートイレ」もそれ程劣悪な物とは言えない。むしろ、日本人顔負けの「合理性」だとも言えるのかもしれない。

スーツケース

私は羽田空港へ向かう電車を利用する事が多い。それで、目にする事が多い日本人の持つ荷物の特徴である。それは、多くの人がケースに補強するための「ベルト」を使っている事だ。これだけで、日本人の荷物だと、分かってしまう訳だが、なぜ、一様にベルトをしているのだろうか？　想像だが、過去の一時期まで、まだスーツケースの性能が悪く、意に反して、開いてしまった事があったのだろう、それを補強するためのベルトなのだ。今では、性能が向上し、補強のためのベルトなど不必要になったにも拘らず、ベルトの習慣だけが、生き残ったという訳だ。飛行機のフライトアテンダントが、閉めた頭上の収納する場所を、再確認のため、チェックしているのと同じ事だ。

我慢

日本では過度に我慢を強いられる事が多い。例えて言えば、満員電車・交通渋滞・長い列・低い賃金・セクハラ・集中する休み・意見の表明・苦情等々である。我慢は、アメリカ人と日本人の中間程が丁度いいのではないか。日本人は我慢のし過ぎ、アメリカ人は我慢が足りないのでその中間が、丁度良い、という訳だ。長い間放置されて来た低賃金には、そんな事も関しているのではないか？　何処までの我慢が適当なのかは難しい所だが、我慢しない事の良さも、時と場合によっては、あるのではないだろうか。

常に、最高レベル

発表されている、日本のテロ警戒レベルは、常に「最高レベル」である。緩急が無いから、いつの間にか、誰も気にしない。人間は、「常に緊張」している事は出来ないからだ。電車でも、バスでも、何時も同じアナウンスが流れている。緩急がないのだ。受けても、常に「最高レベル」なら安心という訳だ。その本質は、自ら状況を判断する情報を持っていないからだ。制度の高い情報があれば、「緩急」をつけられ、「緊張」する時と、「気を緩める」時を峻別する事が出来る。巻に常に現れる「最高レベル」は、日本の「情報」の脆弱性を物語っている。例えば、アメリカでは、「その時々で、どれ程危険が迫っているかモニターしているから、危険が相対的に薄いと考えられれば、注意喚起のレベルを下げるという事を臨機応変に行っている。緩急をつける事で状況の違いを感じさせようという訳だ。日本では、「テロ」に何度も苦渋を飲まされて来た。

責任

日本では、全ての面において、「責任」が曖昧である。それが「日本的」であると言われれば、それまでだが、国も、企業も、個人もはっきりと、明確に「責任」が問われる事は少ない。そもそもで言えば、先の大戦や原発事故の責任も曖昧である。責任の多寡を決める事は非常に難しいが、適宜適切に「責任」を明確にする事は大事な事である。アメリカでは、事件が起こると求償の為、法律家が殺到するという。どちらが良いとは言えないが、過度になってもいけないが、曖昧な事は、より問題である。

形式的

日本には、設備、用具は整っているが、形式的な事が多く、実際は使い方が分からないという事が多い。卑近な例で言えばＡＥＤ（自動体外式除細動器）と呼ばれる心臓が血液を送り出すポンプ機能を失った心臓に電気ショックを与え、心臓を正常なリズムに戻す機器の事だ。設備は法令通り、ちゃんと揃っているのだが、形式的であり、使い方のトレーニングは疎かになっている事等である、その他、マンションの避難器具、階下に降りる為の縄梯子使い方などである。

その他、こういう事例は、他の分野でも多い、例えば、いざという時の排煙装置の使い方とか、日常的に使うエスカレータを停める為の非常停止ボタンの位置や、消火器の使い方等、仏作って魂入れず、の如く、「形さえ整っていれば良い」という、やはり日本の悪い癖である。

心臓の鼓動

人間には「気分転換」と「休息」が必要だ。夜、寝るのも、その一環である。しかしながら、夜寝ている間でも、動き続けているのは、「心臓」に他ならない。極特殊な例外を除いて、心臓が止まった経験のある人はいないだろう。では、何故心臓は、一時も休まず、寝ている間も動き続ける事が出来るのだろうか？　理由は簡単だ。心臓は四六時中働いているように見えて、実は休んでいるのである。実は、休みなく動いているように見えて、ごく短時間、「ドキとドキ」の間のごく短時間、休んでいる為である。普段はあまり気にせず、意識もしないが、やはり「休む」事の大切さを我々に教えてくれているのだ。

大事な事

今、日本に、日本人に一番大事な事は何かと問われれば、私はこれを一番に挙げたいと思う。それは、自らの能力向上の為勉強して、自らの判断で決定し、行動するという事ではないか？　従来は、ややもすると、人任せにして、自らが、今何が一番大事な事か考えないで行動する事ではないか？　どんな道でも構わないので、自ら、自らの利益に沿って決めるという事が一番大切な事ではないだろうか？　大事な事を人任せにする事は身を亡ぼす。

恬淡

恬淡（てんたん）とは、心が安らかで無欲な事。あっさりしていて、物事に執着しないさまが日本人好みの態度の一つとされる。四文字熟語では「無欲恬淡」とも言う。ある意味、日本人としては、日本人らしい、理想的な「態度」と言って良いだろう。

だが、実際問題として、そういう人は、まれではないか。中々お目に掛れないからこそ、存在価値があるとも言える。仮に、日本人が、日本人の大部分が、「無欲で、あっさりしていて、物事に執着」しない人ばかりだと仮定すると、それは、いかなる世界だろうか？　そういう意味で、このような人が、現代社会では、貴重な姿だといえないだろうか？　ある種の「無い物ねだり」だとも言える。

大人数

テレビでは、よく会議の映像が流れる。会議とは、情報を共有して意思決定をする一つの方法である。日本では、まだまだ自分の意見をストレートに表明する事は禁忌である。だから、会議は「形式的」に流れ、儀式とも言える。日本人好みの「会議」スタイルは「大人数」だ。人数が多い方が、よく言えば、知恵を糾合出来ると信じているか、責任の所在を曖昧に出来ると思っているのかもしれない。思い出すのは、原発事故の後の東京電力の会議だ。会議のスタイルは、ビックリするほどの「大人数」だという事だ。テーブルをロの字型に囲み、40人から50人の人が、会議をしている。

これでは、その会議に参加していなくても、散漫な会議の内容は知れる。幾ら会議の内容が真剣な物だとは言え、会議の方向が散漫になる事は間違いが無い。多くの人が無責任に係る結論では、所謂「総花的」になり、結果的に的外れな結論になる事が多い。結論を出すための会議なら、せいぜい5人位が良いのではないだろうか？

日本人の弱み

日本人の欠点、①常に後塵、遅い、②自分の意見が無く、常に他の人はどうか、と考える、③完璧になるまで、行動を起こさない、④生真面目に過ぎる、⑤皆で一斉に、が好き！、だから特定の季節、日に大混雑し、他の日はすかすかに。他の国でも同じような事はあるが、ここまでではない、⑥他と異なる事を、極端に恐れる、⑦協調性が強すぎて、個性的ではない、⑧戦略性に欠ける、⑨そこそこ、で満足してしまう、⑩異なる意見を尊重しない、⑪世界観が狭く、人の足を引っ張る、⑫忘れっぽい、事が終わると忘れる、コロナ禍は遠い昔の出来事のようだ、⑬事なかれ主義、⑭金稼ぎが下手、⑮過度な自前主義、⑯前例主義、⑰間違える事に、不寛容、

⑱「異なる人」に対する、差別意識、⑲デジタル化の遅れ、⑳大艦巨砲主義、㉑終身雇用、㉒金権主義（昔、お金のある時代は、お金で解決、金欠の今、成すすべがない）、㉓自ら価値判断出来ず、外国で評価されたものが、再輸入されるケースがある、㉔忖度

責任の所在

明治維新を経て世の中が変わった、と思いきや、江戸時代の風俗習慣が未だ色濃く残っている。江戸時代は、将軍の専制政治だったので、極論すれば、全てが、将軍の一存で決まる。大名や武士は改易、切腹等々だ。民間の刑事事件でも処罰は、今より段違いに厳しい。江戸時代の処罰は火炙りから、犯罪の証として腕に入れ墨等々である。中国の、「上に政策あり、下に対策あり」ではないけれど、江戸時代の制度は、例えば、老中、若年寄りが、同じ役職に複数いて、責任の所在がはっきりしないようにしていたりする。つまり、一度間違いを犯すと、2度と立ち直れない為、ミスをしない事に、全精力を費やすようになる。それが、物事の遅れや、革新性の弊害になっ

ている。そういう弊害を考えると、より「間違い」に寛容な社会にすべきではないかと思う反面、何事も責任の所在がはっきりせず、うやむやにするのが日本スタイルだとも言える。東日本大震災時の東京電力の責任問題が象徴的だろう。上から下まで、誰も、殆ど責任を取らないというのが諸悪の原因で、無責任社会が広まっている。その伝統が、今に続いているのだろうか？

学び

大学の教員だった私の友人が嘆いていた。とにかく学生が勉強をしないのだという。日本には資源が無いから、「人の価値を高める」以外に生きて行く術はない。その為の一つの方策が「リスキリング（学び直し）」である。国土も、アメリカや中国のように、広いとは言えないしイギリス、アメリカ、オーストラリア、カナダのような、「親戚」のような存在が世界にいるわけではない。周りの国と言えば、中国・韓国・北朝鮮・ロシア等々である。強いて言えば、「自由民主主義」を標榜している、韓国が、仲間足りえる、唯一の国だろうか？　後は、台湾とフィリピンだろう。改めて考えて見れば甚だ心許ないというのが本音だろう。資源もなく、仲間も少なく、国力も落ち目となれば、我々が生きる道は、唯一、慌てず、騒がず、長期目線で捲土重来を期す意外に方法は無いのではないか？

配慮

日本人は、人に優しいという。私が感じる所では、そうである所と、そうでない所が混在しているように感じる。私の経験をご紹介しよう。雨のやや強く降る朝、屋根のあるバス停に着くと、私の前に二人、立っていた。ゆったり立てば、全部で5人ほどが屋根の中に入る事の出来るスペースがあった。どこのバス停でもあるように、列は、徐々に伸びて行く。気が付くと、私の前に並んでいる女性が、水たまりの中に立っていた。私は、少し後ずさりしてスペースを空け、そこに立ったらどうかと勧めた所、そんな事を言われる事に慣れていないのだろう。その女性は、動こうとはしなかった。暫くして、列が長くなってくると屋根の外で傘をさす人が出始めた。一番前に立つ人は、我関せずという状態で、相当広いスペースを占めて立っていた。その人が最初に来た時には、広々としていたスペースが、徐々に狭くなっていったに違いない。私は思い余って、その、人に、もう少し詰めるように促した。先頭の人と、私の前の女性が移動する事で傘を差していた3人位の人がひさしの中に入る事が出来た。別の日、今度は日差しの強い日、乳母車に赤ん坊を乗せた女性が、やはり庇の外に並んでいた。赤ん坊は、明らかに強い日差しにむずかっていたし、母親は、成す術がなかった、ように見えた。暫くの膠着状態に、思い余った、私はゆうゆうと広いスペースを占めていた若者を促し、その親子を庇の中の日陰に入れる事が出来た。なんだか、随分と大げさな表現をしてしまったが、こんな事は、日常茶飯事で、毎朝繰り広げられている事に違いない。先年、スイスの登山電車に乗っていたら、私の所に来る寸前、車内サービスのワゴンを押した人が、突然、ワゴンを置いて、脱兎のごとく電車の入口に走った。びっくりして見ると、障害者の人が電車に乗ろうとしていたのだ。まあ、仕事中と、そうではない時の違いと言ってしまえばそれまでだが……。報道では、「余計なお世話」で、とばっちりを食った人の話をよく耳にする。だから、「我関せず」という人が増えるのだと思うが、何とも寂しい話ではないか。

いじめ

日本でも、世界でも「いじめ」は後を絶たない。夫々の中味は、夫々だから中味には言及しない。私が問題視するのは、何時も同じ図式を辿るからである。事が起こると、最初は否定。後になって、問題が長引き大きくなると、認めるという、何時もながらの図式である。同時に、「宝塚」や「ジャニーズ事務所」の展開も同じ図式を辿る。「ひとのふり見て我がふり直せ」という格言を知らないのだろうか？

ジョーク

西洋の社会と日本社会の違いを一点だけ挙げろ、と言われれば、私は、「ユーモアーの精神」と即答する。それ程、日本では日常生活の中での「笑い」が少ない。「笑い」がぎすぎすした人間関係のスパイスとなり、社会の潤滑油の役割を果たしている。「笑い」は教養の一部であり、人をいかに「笑わせるか」は少し大袈裟に言えばその人の

「価値」を決めてしまう程である。例えば、商売上の相手との交渉の中で、相手を笑わせる冗談の一つでも言う事が出来れば、それだけで、交渉がスムーズに運ぶ事がある位である。イギリスでの戦時中のチャーチルの演説の中のユーモアーが、聞く者の心に響き、高揚させたというエピソードは、ユーモアーの大切さを教えてくれる。私は習い性で、「冗談」を言おうと常に虎視眈々としているのだが、「冗談」を言う前提のない日本では、殆どすべて、上滑りしキョトンとされるか、全く意図を理解されず「同情の眼差し」を向けられるのが落ちである。そういう時、私は常に落ち込み、悲しい気分になるのだ。これは「ジョーク」とは違うが、押して開ける扉を、後ろから来る人の為に、閉まってしまうのを止めて置くような事も、西洋では普通の事が日本では見受けられない。人の事を人一倍気にする日本で、そういう習慣がない事に、時々当惑する。もう一つは、良い事が如何かは別にして日本ではあまり馴染みのない事だが「レディファースト」がある。私の知り合いのアメリカ人が、来日した当初、アメリカでは当たり前の、「レディファースト」が抜けきらず、エレベーターで何度も「お先にどうぞ」をしていたら何度も乗り損ね、「もう、レディファーストは止めた」と言っていた。同じ人間だから、大局は変わらないとしても微妙な所には、大きな違いがあるのだ。マナーという意味で、私の経験で言えば、東京のとあるビルのエレベーターを降りる時、「レディファースト」の為、先に降りて貰おうと、後ろに回ったら、扉が開くと当時に、その女性は外に飛び出し、脱兎のごとく走り去って行った。日本に「レディファースト」はそぐわないのだろうか？

事故

１９８９年７月、デンバー発シカゴ行きのユナイテッド航空の２３２便は乗員・乗客２９６名を乗せて離陸後１時間程飛行した時に、２番エンジン（機体中央部後方）の爆発により、３つの油圧系統が全て破壊され、操縦の機能を全て失った。操縦の機能を失うという点では、４年前の１９８５年８月に起きた日航機の事故と、細部に違いはあるものの、似ていた。機種はＤＣ10、両翼に夫々一個、機体中央部後方の第二エンジンが一個、計３個のＧＥ製のエンジンであった。

すぐに管制官に状況を報告し最寄りの空港に緊急着陸の要請を行うと共に、シカゴのユナイテッド航空の本社にも無線で状況は伝えられ、本社では万が一に備えて、事故の起こる前に必要な準備が進められた。飛行機は油圧の力で機体をコントロールしている。事故機で唯一可能であった事は、両翼のエンジンの推力を調整して機体を最低限、コントロールする事であったが、それでも出来た事は右に曲がる事、推力を落として、高度を下げる事のみであった。従って、最寄りの空港に着陸出来たとしても、チャンスは1回限りであった。

不幸中の幸いであった事は、客席に乗客の一人としてユナイテッド航空の「指導キャプテン」のフィッチ氏がいた事だ。フィッチ氏は自主的にフライト・シミュレーターで油圧が全て失われた状態で機体を如何にコントロールするか、の体験者であった。管制官に依って指示された空港は、アイオワ州のスーゲートウェー空港であった。約40分後、空港に到着したが、それは「着陸」と言える状況ではなかった。結果、機体は4つに破壊、助かったのは日本人一人を含め、296名中、184名であった。

2ケ月後、航路上のトウモロコシ畑の中から、空港の現場では発見できなかった、エンジン部品の一つ、「ファンディスク」が発見された。エンジンの最前面で、グルグルと回転しているのを見た事のある人も多いのではないか？　その「ファンディスク」の部品であるブレードがその当時有効な検査技術では発見する事の出来なかった金属疲労により破壊され、飛び散った過程で、油圧を3系統とも切断、破壊した事が原因であった事が判明した。

西洋の伝統では、時にして起こる失敗の原因は徹底的に調査・究明し、再発の防止を図る事であった。本件も含め、多発した世界初のジェット機、であるイギリスのコメット機に係る事故に対する学ぶ姿勢が「科学」の進歩を齎した事は疑いない。一方、日本では福島原発の事故を契機として、「原子力」に対する忌避が強く、重要なベース電源にも関わらず、未だに十分な活用がされていない事は残念な事である。

生きる道

一人一人が、一所懸命勉強し、自らの頭で判断し、行動するという事が最も大事な事ではないか？　時として現代人は、真偽の情報に左右され、付和雷同し、自ら考え、結論を出し、行動する、という事が出来なくなっている事が問題だろう。その事は、景気が良いとか、悪いとか、国民総生産が世界で何位だとか、オリンピックのメダルが何個かという以前に大事な事ではないだろうか？

第三章　日本と海外の国々

私が大分前、初めて海外に出る前、「海外では、人々は全て、逆立ちをして歩いているのではないか」と思ったが、実際は、勿論違っていた。「知らない」という事は、ちょっと大袈裟に言えば、そういう事なのかもしれない。国によって、歴史も、法律も違う訳だから、違って当たり前だが、人間は皆同じ、という観点に立てば理解は深まるのかもしれない。

経験不足からか、日本人は、どのように外国人と接したら良いか不慣れな人が多いように感じる。風俗習慣が違うから、当然と言えば当然だが、孤立して、日本人だけの世界に閉じこもる、という事が難しい以上、普段から、異文化に接し、慣れ親しむ習慣を持ちたい。

バザール商人

アラブの国々で、バザールを隅々まで見て回り、買い物をする事は楽しい。多くの店が軒を連ね、多くの客で賑わっている。が、そこで、日本人客は嫌われているという。バザールの商人にとっての生きがいは、店で売る商品を通し、丁々発止、お客さんと「商売」を楽しむ事にある。まあ、最初は元値の10倍位をふっかけ、話を進め、お客さんがその値段に納得せず憤慨して、店を出て、それを店に再び呼び戻した所から本当の値踏みが始まるというのだ。日本人は「駆け引き」が殆ど無いから、言い値で買う、という。商人からすれば「儲かる」のだが、お店で、お客さんと、丁々発止の駆け引きをする事こそが「命」のバザールの商人からすれば、最も「つまらない」客という訳だ。「商売」ではないが、昔アフガニスタンの西、ヘラート辺りを旅していた時、泊る所と言えば、もっぱら安宿と決まっていた。アフガニスタンは元々高原だから、ヘラートの標高も千メートル近くあり、寒い。泊まった安宿は、部屋とベッドのみ。暖房はない。だから、真っ先にする事は、街に出て、暖房の為の「焚き木」

を調達する事であった。事程左様に、食も含めて、生活環境は推して知るべしであった。

カジノ

はっきり言って、私はカジノ賛成派である。勿論、無いに越した事はないだろうが、経済がじり貧に陥って打つ手が無くなった場合、今までの常識を破り、大きく場面転換を計る事が大切だ。カジノにはメリット・デメリットがある事は、十分承知している。これが高度成長の時代なら、こんな論議は起こらなかっただろう。例えば、私の住む横浜の古くからの「税収」は、港を介した輸出入であった、それが今や、「観光」収入に頼る時代である。人も企業も都市も、国も生きてゆく為の糧が必要だ。それが時代とともに変化して、新たな方策を見つけなければいけない時を迎えている。自分の意に沿わないとしても、生きてゆく為にやらなければいけない事は多々あるに違いない。聞く所に拠れば、所謂「ギャンブル」は全体に占める割合は10％程度の事だという。その10％の為に人の集まる「劇場・コンサートホール」等が併せて見送られるとすれば残念な事である。日本では、もう、かつてのように「格好の良い」事ばかりを言っていられない時を迎えているのではないだろうか？　計画されていた地では、今代替え案を検討中と聞く。一体、苦しい財政の中、誰が資金を出すのだろうか？　物事には適切なタイミングというものがある。時宜を逸してはいけない。日本人は、過去になかった、初めての事を導入する事に、躊躇や時間が掛かる弊害が時に顕著だ。日本では変化を嫌う為、どうしようもなくなり、打つ手が無くなった時に、基本はやりたくないのだが、仕方なく、しぶしぶ「少しだけ」やってみる、という姿勢が顕著である。その為政策の変化が現れにくく、失敗する事が多い。そもそも論で言えば、カジノは世界的に見て、それ程「特殊」な事ではないのは、既に100ヶ国以上の国々が導入している事を見ても分かる。それに対し、カジノ反対派の言及するデメリットは、①反社勢力の資金源　②ギャンブル依存症　③治安悪化等である。少しでもデメリットがあればやらないのか、デメリットがあっても、必要な対策を施してやるのかという問題だ。逆に、カジノのメリットは、総合的な法整備が進み、不法な「ネットカジノ」に投じられたお金が、海外に流れるのを防ぐメリット等だ。そもそも論で言えば、パチンコ問題やスマホの依存症問題もあり、アメリカの禁酒法の結末を考えると、お酒を飲みたいという人の欲望を法律で禁止すれば、一体誰が、得をするのかを良く考えたい。

G7

日本はG7の一員であり、少し落ちたとは言え、2024年の統計では、GDP世界4位の国である。両方とも、相応しい「指標」とは言えないが、G7の方は、多分、唯一の有色人種の代表という西洋人のある種のアリバイ工作のように感じる。GDP4位は、ただ単に、今までは、日本の人口が相対的に多かったせいである。2022年のIMFの統計では、一人当たりのGDPは、世界32位となっている。私の考えでは、日本の世界に於ける正確な位置と立場を確認する意味で、G7の一員であるとか、GDP世界4位等という指標に惑わされず、「日本の凋落振り」を直視し、その上で、今何をすべきかという事を考えるべきではないか。私には、このままずっとG7のメンバー国の地位を保ち続けるのは難しいように思う。もっとも、ある日、「貴方はG7のメンバー国に相応しくないので、別の国を入れます」等という露骨な事は起こらないとしても、気が付いたら、「別のグループ」が出来ていたという事もあるかもしれない。残念ながら日本が、今や、その地位に相応しいとは言えない現状を考えたら、何が起こってもおかしくは無い。むしろ、一つの「ショック療法」として、又、目に見える形でその地位を失う事も良いのではないだろうか？

隣国

よく、日本は「引っ越し」が出来ないと言われる。つまり、日本を取り巻く地理的条件は変えられないという訳だ。日本を取り巻く大多数の国々は、韓国を除いて、ご存知の通り「核保有国」である。韓国は、半島国家であるが、南北の交流が途絶えた現在、日本と同様「島国」と見るべきだろう。中国は押しも押されぬ「大国」であり、陰に陽に長い間の、二国間の歴史がある。中国との間合いの取り方にこそが、好むと好まないに関わらず、日本外交の要諦とも言える。現状は、「中国共産党一党独裁国家」であり、我々がイメージする、古き良き時代の「中国」とは、違う国家だという認識が必要だろう。文字と紙を発明し、日本に伝え、B組からA組にクラス替えに貢献した「中国」は、過去の国家だという事だ。本来、対抗軸として結束すべき、「日中韓」が互いに反発する事は、誰を利する事になるのだろうか？　列強に凌辱された、清朝末期の中国や、その後の歴史を考えると、中国の夢の一つ、「中華民族の偉大なる復興」を掲げるのは、分からないでもないが、そのやり方はあまりにも「稚拙」であり、俗な言葉で言えば「下手」だ。もっと「洗練」された、「上品」なやりかたがあったのではないか。逆に言えば、中国の今の支配が続く限り、未来は無く、むしろ「安心」だとも言えよう。

同盟

アメリカと日本程、違う国はない。人種・国土の広さ・場所・気質等々、違いを挙げたら切がない程、違いがある。それ程、違う国が「同盟」をしているのだから、摩訶不思議とはこの事だろう。日本人としては、例えば、飛行機のエンジンから油が漏れていると聞けば、さあ大変、何とかして止めなければと思うのが普通である。修理に掛かる手間・時間・費用等相当なものがあるだろう。方や、アメリカ的な物の考えでは、油の漏れ方を計り、目的地に到着するまでに減る油の量が、基準値を下回らなければ、そのまま飛ばすという考え方である。その昔、成田を発った飛行機が乱気流に巻き込まれ、乗客の怪我や死亡事故が発生した事があった。勿論、マスコミでは大きく取り上げられた。ここでも、責任追及に重きを置く日本と、責任追及より、原因究明と再発防止に重きを置くアメリカとで、同じ事故でも、考え方の違いが鮮明になった。日本人は、「完璧」を求め、合理的なアメリカ人は「費用対効果」を求める違いである。

日中韓

極東の隣り合わせの国々、日本、中国、韓国は、同じ有色人種であり、共にモンゴリアンである。互いに風貌も似る日中韓は、本来共に手を携え、共闘する存在である。最新のＧＤＰの統計でも、夫々、４位、２位、13位と世界の中で枢要な地位を占めている。今天下を差配していると思われる、所謂白人と言われる人々からすれば、日中韓の聯合こそが一番に恐れている事ではないか？　しかしながら、現実は、互いに反目し、「聯合」等とは程遠い状況である。逆に言えば、この3ヶ国に台湾を加えた4ヶ国を「聯合」させないという事が現状の支配に寄与しているとも言える。4ヶ国の連合は、地政学上の理由でも、体制的理由でも、今の所難しいが、長い時間軸で考えれば、不可能な事ではない。我々は、少なくとも、そういう「見方」で物事を見ないと、いざとなった時に大局を見失う事になるのではないだろうか。

井の中の蛙

日本の立ち位置を、「日本を全世界」として考えれば、地理的位置関係を言えば、「礼文島」（私は礼文島が大好きだが）、と言った所だろうか。つまり、世界の中心から遠く離れた辺境だという事だ。本来、「地理的辺境」であっても、ネットの出現で、「距離」のハンデキャップはある程度克服できるというのが普通だが、日本には、「辺境」という壁に加えて、「言語」の壁が立ちはだかる。例えば、「ニュージーランドやオーストラリア」はネットの出現で、距離の問題を克服し、「言語」の壁も無い。その辺境だという特徴こそが、今や日本が観光スポットして、世界的な人気を博する原因なのだ。人でも、組織でも、国でも、大事な事は、自分の立ち位置を正確に知り、「欠点」が何かを知る事である。「欠点」は恐るに足りない、「欠点」を自ら認識すれば、「克服」は出来る。

領土問題

北方領土を交渉で返還させるのは難しいという事が、今回のウクライナ戦争で明確になった。だから、前提を変えて対処すべきだろう。どさくさがあったとすれば、その機に乗じて、実力をもって取り戻すというのが筋だろう。日本の抱える、三つの領土問題。北方領土、竹島、尖閣。北方領土と竹島は、実効支配を許し、辛うじて、尖閣だけは、「取られてはいない」という状態である。もし仮に、尖閣まで、外国に実効支配を許したとすれば、日本は「国家」としての体をなしていないと言えるだろう。だから、尖閣の問題は、単なる「領土」問題ではなく、日本が国家として、「体をなしているかどうか」の問題なのだ。

訪日消費

訪日観光が大盛況を呈している。都内に出向けば、外国人観光客で溢れかえっている。「輸出」がじり貧の今、節度ある、適切な人数ならば、外国人観光客に来て貰いたいというのは本音だ。今の所、その恩恵に預かっている人等々は、コロナ禍の停滞もあり、やや前のめりで、その期待が高まっている。今何故、世界に観光地が数多あるにもかかわらず、日本なのかを考えてみたい。訪日観光が脚光を浴びる理由は多くある。何と言っても、一番の要素は円安である。為替は絶えず動いているので大まかな事しか言えないが、円の最高値から最安値は、75円から150円と言った所だろう。円は、高くても、安くても様々な問題を起す。今は、為替が円安に振れている為、訪日客にとっては、概ね、円高の時に較べれば、同じドルを両替しても、今のような円安の時は、手にする円は、2倍になっている計算だ。つまり、日本国内の全ての物価が、半額になっている事に等しい。我々日本人にとっては、1、000円の物は同じ1、000円だが、ドルベースで考えれば、半値の500円、という事になる。観光客は、その事は少しも口にしないが、「何とまあ、安い事か」と内心ほくそ笑んでいるに違いない。それが、街中に外国人観光客が溢れている、第一の理由である。その上、何物にも代えがたい、治安の良さである。アメリカでは、夜にガソリンを給油し、お金を払う事が何と危険な事か、皆、ビクビクしているのだ。夜に、一人で外出できる治安の良さは、何事にも代えがたい事なのだ。その上、北の北海道から南の沖縄まで、多様な観光資源に溢れている。我々も海外に出れば、頭を悩ますのが、レストランでの「チップ」である。日本では、「チップ」は不要だ。メニューに表示された金額を払えば、それで終わりである。加えて、「食べ物が美味しい」というのも大きな魅力だ。食べる物によっては、本場の自国の物より、「美味しい」と評価される物すらあるのだ。又、交通機関はほぼ時間通り、街中は、ゴミが無く清潔、食べ物に加えて、和洋酒の旨さ、と来れば、「天国」のような、国、と言っても過言ではない。これ等が、国中に外国人旅行者が溢れる訳である。これ程の外国人観光客が訪日しても、目立ったトラブルは報じられていない。それは、殆どがスムーズに、予定通り旅を楽しんでいる証であるとも言える。

マラソンの中継を見ていると、時間の経過と共に先頭集団が形成され、それが徐々に落ちこぼれて、最終的には数人の競い合いになる。もし「給水所」で、1時間も足踏みをしていたら、後続の集団に飲み込まれるのは当たり前だろう。長い間足踏みをしている間に、先頭集団には水を空けられ、後続のグループに飲み込まれたというのが現状である。その結果として表に現れた「円安」こそが、今日本に外国人観光客が殺到している最大の原因である。外国人観光客の増加こそは、目に見える形で現れた、日本の地位の低下でもある。それは「失われた30年」でもあり「デフレ」がもたらした結果でもある。だから、私は「外国人観光客」の増加には複雑な心境である。マスコミの報道では、訪日客の「賛美」が溢れている反面、日本の「マイナス面」が報じられる事は殆どない。我々が、外国旅行をしても、その国の「負の側面」に言及する事は殆どないと同様である。では、そのような事に「マイナス面」として感じているのだろうか？　列挙すれば、「無秩序な街並み」「電柱と電線」が溢れる街路、「タクシーの不足」「現金主義」「デジタル化の遅れ」等々である。例えば、新幹線の東京駅到着時の素早い清掃。日本では、「どうだ」と言わんばかりであるが、「人を駆使している」という観点で言えば、問題は残る。掃除を正確に完璧に、礼儀正しく、そしてモチベーション高く行っている事に驚くとされているが、その為に失っているかもしれない事にも目を向けるべきではないだろうか？

卑近な例だが、もう一つ、我々が気付かない事の一つに「明るさ」がある。建物の中を含めて、街中がやたらと明るいのだ。西洋人・欧米人はサングラス姿が多い。これらは、伊達メガネではない。西洋人は、東洋人に比べて、光線に対する感度が違う。西洋人は「瞳の青い」人が多いが、これは「虹彩」の色が薄いせいだ。虹彩が薄いと、目に入る光量が増え、同じ明るさでも、西洋人は日本人より、眩しく感じ、時として「苦痛」をもたらす。西洋では、乗物でも、事務所でも、日本と比べて、照明が薄暗い。それでも、我々が感じているよりは、明るく感じている。もう一つ言えば、地球温暖化の影響もあって、年々、紫外線を浴びる量が増えている。サングラスで光量を調節すれば、過剰に紫外線を浴びると長年に渡り蓄積され、水晶体のダメージで白内障を誘発する危険が増える。もう一つ、見過ごされがちな事は、訪日客の「レンタカー」の利用である。例えば、アメリカと日本では、車を運転する環境が全く違う。アメリカでは、道広く、万事ゆったりしているが、日本のそれとは大きく違う。加えて、交通標識やルールにも大きな違いがある。長旅の後、アメリカにいるのと同じ気分で、環境の違う、日本で、長旅の後いきなり車を運転するのは超危険だと言える。少なくとも、そういう状況に対応した方策が求められる。外国人観光客の多さは、「観光公害」

という観点からは歓迎されないが、昔程輸出の伸びない状況を考え得れば、今後も、是非、秩序だった訪日客の伸びが期待される。一方、観光客のみならず、外国人全体の増加の「負の側面」にも目を向ける必要がある。外国人と一口に言っても、その人種、経済的立場、宗教、好み、等々千差万別だ。中には、自分の利益の為、法の不備をつく行為や、法そのものを逸脱する行為や乱暴狼藉を働く人達も多くいる。又、合法的とは言え、不当に手助けする日本人の存在がある事も知っておいた方が良いかもしれない。かつて仕事柄「強制退去」に関わった立場や、英国では、外国人として、あの手この手で、時には法の網をかい潜っていた経験からも言える事だ。一般の日本人は「触らぬ神に祟りなし」という言葉があるように、やや自分に直接関係のない問題には関わりたくないという、気持ちもあるかもしれない。厄介払い等関係者の「仕事上」の処理と、生きるか死ぬかの切実な違いが解決を難しくしているのかもしれない。政府は、「訪日外国人」の人数的目標をたて、その目標が達成されつつある事のみを悦に入り、負の側面に目を向けないのは大きな問題ではないだろうか？

一方「訪日消費7兆円」「車に次ぐ産業へ」等と言われるが、その「危うい」側面にも目を向け、あまりそればかりに頼らない方が懸命だと、私は考える。理由は簡単で、外国人観光客は、時としてパタッと消えてしまうかもしれないからだ。それは、長い間、其の事で苦労をして来た経験からも明らかだ。例えば、ついこの間経験したコロナ等の「疫病の蔓延」、テロ、戦争、飛行機の事故、円高、火山の噴火等々、「観光客が日本に来なくなる要因」は数多く存在する。だから、何時そういう事が起こっても慌てない心構えと準備は是非とも、必要な事だと認識して置くべきだ。もう一つ、忘れがちな事は、外国人旅行者の災害時の対応だ。日本は「災害大国」と言われているから、外国人旅行者が日本国内を旅行している時に、地震や洪水等の災害に遭遇する確率は、高いと言える。そんな時の為に、準備・訓練して備えて置く事は、人道的な見地からも、将来の日本の為にも必要な事だろう。

解雇

アメリカの解雇は、ルールがはっきりしていて、ドライだ。日本の解雇は「この世の終わり」のように捉えられ、ウェットだ。アメリカでは、必要に応じて機動的に、素早く、雇用の調整をする。例えば、景気の影響を多く受ける航空会社では、人が余れば「年功の浅い順」に解雇され、再雇用は「年功の高い順」と決まっている。従業員は、最初からそのつもりだから、大きな抵抗はない。米国の失業保険の制度は、日本と色々違う。日本では、制度自体は日本全国同じだが、米国では州により違いがある。連邦政府のガイドラインに基づいて制度を定めている為、給付の期間や額に差があるものの基本は同じだ。大雑把に言えば、給付期間12週～30週で延長も可で、賃金の50％程度と言った所だろうか。日本との違いがあるとすれば、日本では保険料としての徴収だが、アメリカでは税となっている。日本では、雇用保険は会社と労働者が折半して負担する制度だが、アメリカでは全額、会社の負担だ。共通している給付の条件は「働く意欲と求職しているかどうか」だ。アメリカの給付金の水準は、時給換算で２４００円（＄＝￥１５０換算）と言われており、単純な比較は出来ないが、アメリカの物価水準を考えると、日本と同程度だろうか。今やトレンドとは言えない「終身雇用」のイメージもあって、日本では「失業・解雇」はアメリカと比べて大ごとである。アメリカでは、働く側が「解雇」に対して、特別感がなく、そういう習慣の為、受け入れやすい上に再就職も簡単である。所謂、労働者の流動性が高いと言え、制度もしっかりとしている。一方、日本では制度はともかく、イメージ的にはまだまだである。そういう意味で、「制度的改革」が重要だ。恣意的にならない、「解雇」ルールの明確化も一つの方法ではないか？　所で、アメリカと日本、これ程、月とスッポンのように違う国が「同盟」を組んでいるのは、「超」不思議だと言える。

ＡＩ

「人工知能」の関連が昨年から活況を呈している。その狂乱振りは、半導体の会社、米国のＮＶＩＤＩＡの株価の推移を見ていれば一目瞭然だ。世界中が乗り遅れまいと、先を競っているさまが見て取れる。企業競争に勝つ為には、レースに出場する事が条件である。企業が先を競っている訳は、ＡＩを使うと、同じ成果を出すために必要な時間と人材がより少なくて済むという事だ。つまり、ＡＩを利用すると、より「儲かる」という訳だ。レースに出て、しかるべく成果を上げない限り、劣後する事は必定だと思われている。だから、世界中が挙ってＡＩ関連の投資をして、遅れまいと必死なのだ。それで、今の所、ＡＩに必要な半導体のシェアーが高い、ＮＶＩＤＩＡの製品をこぞって、買うという訳だ。ＡＩの是非については、まだ論争の途中であり、結論は出ていない。が、「人類を滅ぼし得る」とも言われる。だから、ＡＩ関連の投資が活況を帯びているのは、見切り発車だとも言える。今年のアカデミー賞の多くは、『オッペンハイマー』が獲得した。先の大戦中、原爆開発を率いたという、物理学者、ロバート・オッペンハイマーは、原爆が実際に使用された後、苦悩した、という。果たして、原爆の開発は正しかったのか、という疑問に対してだ。ＡＩの開発者も、オッペンハイマーと同様の「苦悩」は、無いのだろうか？

ピストル

私は妻がピストルを連射しているのを見た事がある。というと、え〜、という声が聞こえてきそうだが、大昔のハワイでの事である。ハワイでは日本の縁日の「射的」宜しく、誰でもピストルを撃つ事が出来る。アメリカでは、所謂ピストルの所持は国を二分する大きな問題となっている。アメリカでは、規制は強まる傾向にあるものの個人が銃で自分の身を護る事が憲法で保障されている。銃の所持が広く認められているから結果として銃の「犯罪」が起きるのか、日本のように主に狩猟用の銃以外の所持が認められていないから銃犯罪が少ないのかは、判断は難しい。銃というとアメリカを思い浮かべる人は多いのではないかと思うが、アメリカ以外でも一般的に銃の所持が認められている国は多い。何れにしろ、銃の引き金を引くのは人間だから、最終的には、この問題は「人間」に帰着する。昨今の、今までは無かったような犯罪を目の当たりにすると、個人が自分の身を護る事とはどんな手段まで許されるのだろうか？　一方、銃の所持が一般的には認められない事で、銃犯罪が抑止されているとすれば、それはそれで価値ある事には違いない。

富の流失

日本の電気産業が国際的な競争力を失って久しい。日本の電気産業は「輸出」の花形であったからその凋落振りは痛手である。外貨準備という観点では、他の分野で稼ぐ必要がある。私が個人的に出来る事と言えば、些か消極的だが、日本国外にお金が流失しない方法だろうか？　公的な機関が、大っぴらに言える事ではないが、ネット通販では「国内の企業」を利用の第一に考えている。もし「国内企業」が選択肢ではない場合は、アマゾン等の外資という事になる。国内企業の株主構成が以前より多様化したとは言え、利益の一部は日本国内に残るからだ。情けない話だが、こんな事を考えさせるのは、日本が如何に凋落したかを物語る事に他ならない。

減点法

日本のピアノコンテストは減点法と聞いた。外国では、より本質的に、プラスを評価する、という。日本のピアノは見よう見まねで西洋に追いつく為、型から入り、真似をする事から始まった。「型」を重んじるあまり、見栄を重んじ、形式的であり、西洋かぶれとも揶揄され、時として本質を理解していない事が多い。しかしながらコンテストの評価方法は真似しなかったようだ。減点法と加点法では大きく違う。減点法では、間違いをしない為に、必死に努力をする。が一方、加点法では、少々の間違いなど気にせず、自分の良い所を出そうと、よりリラックスしているのではないか。どちらが、自然で、合理的かは一目瞭然だろう。

出入国管理及び難民認定法

外国人と一口に言っても、立場は千差万別だ。厳密に言えば「出入国管理及び難民認定法」に外国人の在留資格が日本に在留する目的・資格によって細かく、規定されている。それはそれとして、これらの法律は、日本に住む、大多数の日本人には無縁のものだ。だから、その中身を知っている人は少ない。日本にいる外国人を大別すれば、「観光客」と「日本で働く事を目的とした外国人」に分けられる。大多数の外国人は、特に問題のない普通の人々である。まず「観光客」の問題点は、オーバーツーリズム（観光公害）である。ただ単に、数が多く、何処へ行っても、混んでいるとか、乗り物やホテルの予約が取れないから、マナーの悪さに起因する問題である。例えば、コンビニ越しに見える富士山に人が多く集まり問題になり、「目隠し」を設置したら、そこに、穴が開けられたというものである。そういう行為に対し、非難する声が聞こえるが、外国人に「日本風のマナー」を期待するのは、はなから間違っていると言える。外国人の中には、「人のふり見て、我が振り直せ」が出来る人は別として、観光客に「日本人のマナー」を期待するのは、無理というものだ。ただ、入国数をコントロールしたり、「観光客（外国人）値段」を採用する事は考えても良いだろう。大きな問題でありながら、それ程問題になっていないと思われるのは「入れ墨」問題である。日本国内の温泉に入れば、どの温泉でも、必ず書いてあるのが「入れ墨」をした人は、入浴不可、だという事だ。最近でこそ、日本人でも「入れ墨」をした人は増えたように思うが、この問題がマスコミで大きく取り上げられた事は聞かない。ルールを知っている外国人が「自己規制」しているか、温泉を提供する側が「見て見ぬふり」をしているか、のどちらかだろう。「見て見ぬふり」は、他の事例にも悪影響を及ぼす為、よくないので、将来的には、ルールをはっきりし、「法治」を徹底すべきだろう。

一方、「日本で働く事を目的とした外国人」は別の問題だ。一般の日本人には「日本に来て働く人」の必死さが理解されていないように見える。私の事で言えば、「不法滞在」では無かったものの、「不法就労」はしていた。其の国では、当時、すでに許可された滞在期間を延長する為には、相応の「お金」のある事を証明する必要があった。いずれにしても、「日本的曖昧さ」と「外国人の必死」さには、大きなギャップがある為、これからも、問題は残り続けるだろう。

アメリカの凄み

アメリカの凄みは多い。中でも特筆すべきは、「情報収集能力」と、万が一の備えにも、しっかりお金を使っている事だろう。日本の「労働生産性」は低いと言われる。まあ、どう考えても、アメリカに比べて、日本の労働生産性が高いはずはない。では、日本は、どのようにして、労働生産性が低いというハンデキャップを乗り越えたのだろうか？一つは、「情報収集」にお金を使わなかった事と、万が一に備える為の投資、特に「セキュリティ」の分野の投資をしなかった事だ。どちらも、それをしなかったからとは言え、中々表面には現れない。「情報収集」では、特に、アメリカと比べると、月とスッポンの違いがある。日本は「目に見えない」分野が不得意なのだ。日本の「欠点」と言っても良いかもしらない。その点、アメリカの情報収集能力は卓越しており、覇権国のアメリカと日本のどこが違うのか、と言われれば、私は、その点を第一に挙げたい。

蕎麦打ち

蕎麦協会主催のソバ打ちの競技会が２０２３年11月に行われたと電車内のニュースでやっていた。その中で、そばを打つときの姿勢や技術など、５つの項目がチェックされたという。技術はともかく、「そばを打つときの姿勢」は関係がないのではないだろうか？　ここでも、結果より、プロセスを大事にする、日本のスタイルが良く現れている。大リーグのピッチャーには、個性的な投げ方をする投手が多い。大事なのは「姿勢」なのか、「結果」なのかだ。従来、日本人の拘りは、結果よりも、型に、重きが置かれているように見える。

席取り

列車の席に座ろうと思ったら、最前列に並ぶというのが日本人の発想だ。日本のように、秩序立ち、順法精神の発達した国では、それも一つの方法かもしれない。だが、私がインドで経験した事は、そんな想像を遥かに越えていた。インドの名所の一つ、アグラに列車で行こうとニューデリーの駅に向かった。予定通り、早めに駅に着いた私は、列の先頭に並び、ほっとした。入線時間になって、列車が入ってくると、悠々と、薄暗い、列車の中に、歩を進めた。焦る事はない、一番先なのだから。しかしながら、薄暗さに目が慣れてくると、人の目だけが、強調されて、自分の目に飛び込んできた。さらに、目が薄暗さに慣れてくると、列車の座席は、インド人で既に一杯だった。私が見た「目」は、事の結末を見越して、にやにやと真面目な連中を出し抜いた目だったのだ。日本人は、先頭で列車の中に入れば充分と思いがちだが、百戦錬磨、熾烈な戦いを生き抜いた連中は、我々日本人をしり目に、列車が「操車場」にある時から列車に乗り込み、出し抜く術を知っていたのだ。「郷に入っては郷に従え」とは、この事だろう。その国々の、その場所場所の競争原理が働いていた訳だ。日本人の発想等は、まだまだ古く、甘い！

地震

日本は地震国だ。だから地震から逃れる事は出来ない。私の観点で言えば、地震には「良い地震」と「悪い地震」がある。普通地震の「良し悪し」に言及される事は無い。が、人的・物的に被害を及ぼさない範囲の地震は、日本で地震が避けられない以上、「良い地震」というべきだろう。それだけ、地震のエネルギーが解放され、「地震の収まる」方向に向かうからだ。真に恐れ、問題視すべき地震は、「人的・物的」に被害を及ぼすような地震だろう。区別は専門家の判断を待ちたいが、震度で敢えて、分類するとしたら、「震度5弱と5強」の間辺りだろうか？　つまり、地震を一律的に捉えるのではなく、「人的・物的被害の有無」に焦点を当てて考えるべきではないだろうか。

捕鯨

この所下火になった、日本の捕鯨に対する「反対」の運動には多くの問題点をはらんでいる。やや鎮静化した理由は、反対運動の執拗さに堪えかねて、活動を日本国内に限定したからに他ならない。少し性質は違うが、原発同様、事の鎮静化の為、一番安易な「止める」という手法を取った事だ。捕鯨は古来より、縄文・弥生以来、日本で連綿と続く生業であり文化でもある。疑問なのは、何故捕鯨がダメで、牛・ブタ・羊等なら良いのか分からない事である。自分が正しいと思うなら、手を尽くし、説明し、理解を求め、時には戦う努力を怠ってはならない。この運動は、日本人に対する、「いじめ」ではないか、と私は思っている。

第四章　日本語と外国語

日本に生まれ育った日本人なら、日本語は特に勉強した訳ではないのに、自由自在に喋る事が出来る。それが、いざ、外国語を話そうとすると、ハードルが急に高くなるのは如何した事だろうか？　この章では、日本人と外国人とのコミュニケーションに関して考えてみたい。

英語

１８０５年のトラファルガー岬沖の、英国艦隊とフランス・スペイン連合艦隊の海戦と１８１５年のワーテルローの戦いで、共にイギリスが勝利しアングロサクソン支配が確立し、植民地の拡大と共に、「英語」が世界の共通語として広まった。日本国内はもとより、世界でコミュニケーションの一つの方法として普及している一因である。日本でも、幕末・明治期に「英語熱」が起こった。一時は、日本語を英語に変えてしまえ、というような些か乱暴な議論もあった。日本の「時代遅れ」を実感した為政者は、「遅れ」を挽回する手段として考えた訳だ。日本の「英語熱」は、第二次世界大戦の敗戦後も勢いが続いた。官民共に「英語を勉強しなきゃ」と思い続けた。先述したように、時代遅れを悟った結果、陥ったコンプレックスの反作用が、「英語熱」でもあったのだ。不必要な横文字の氾濫を見れば納得の行く事だろう。その「熱」は今も続いている。日本では、２００２年から小学校３年以上を対象に英語教育を拡充した。２０１１年には、小学校５年・６年を対象に英語を必須化した。すぐその効果が表れないが、日本人の英語能力の現状はどうなっているのだろうか。毎年発表されている「ＥＦエデュケーション・ファースト（スイス）」の調査によると、英語を母国語としない国・地域の２０２３年の「英語能力指数」で日本は、１１３ヶ国中、過去最低の87位だという。アジア圏23ヶ国だけをとっても、日本は、韓国・ベトナム・中国を下回り、２０１１年の調査結果発表以来、毎年順位の下落が続く。文部科学省の努力にも関わらずだ。では、何故、日本人の英語能力が向上しないのだろうか？

数々の理由が挙げられているが、私見では、「日本人全体の意欲と活力の低下」「日本では、英語（外国語）が話せなくても、そこそこ食べて行ける、からではないかと考えている。だから、英語に関しては、近い将来「劣等生」から、「優等生」に変わる事は無理だろう。その事をよく認識する必要があるのだが、挽回に力を入れている手前、国にそれを求めるのは難しいように感じる。これだけ手間暇かけて実現できない事は、日本人の最も不得意とする「方針転換」をするべきだと、些か大胆な意見を持っている。今のままでは、「無い物ねだり」になり、お金と時間の無駄と断言出来る。日本人の悪癖の一に、「自前主義」がある。これも、明治維新のトラウマの一つだが、自分に出来ない事は無い、他国のお世話にはならない、何でも自分で出来る、という意識から、「工夫すれば、英語だって、ペラペラになれる」というのも、自前主義の一つだろう。出来ればそうしたいのが山々だが、これ程時間とお金を掛けて、この有様だ。プライドを捨て、もうそろそろ、諦める事も必要ではないか？　というのが私の意見だ。では如何するか、ただ諦めるだけでは能が無い。そこで提案だが、二つある。一つは、向き不向きを考えた上で、厳選した若者に、白を黒と言い包められるような語学能力を、お金と時間を掛けてエリート教育を施す事。もう一つは、プライドを捨て去って、ＩＴ（スマホ）を活用する事である。最近の技術は目覚ましく、スマホに向かって日本語で話しかければ、「外国語」に即座に翻訳し、話してくれるまでに進化している。そして、この事によって、余った時間を、他の事に有効活用する事である。これは想像だが、現行の英語教育の成果を、どれ程の人達が、世の中に出て実際に活用する機会があるのだろうか？

ＰＯＯＴ

２０２３年12月7日の日経新聞の「小樽港が小樽おなら!?」の記事によれば、北海道小樽市の市道に設置された道路標識で小樽港の表記が、俗語で「おなら」を意味するＰＯＯＴとなっていたそうだ。本来、ＰＯＲＴとすべき所、誤って、ＰＯＯＴとしたという。日本語ならともかく、この種の英語表記に誤りがあるのは、特別の事ではない。日本には、この種の日本語表記の間違いを集め、ＨＰに載せ「笑い」の種にする外国人のグループもあるのだ。もしかしたら、今回の間違いも、彼らの標的になり、格好の笑いの種になっていたかもしれないのだ。私が問題視したいのは、この間違いが、30年もの間、気付かれず、又は、気付いても、放置され、正せなかった事である。この滑稽な間違いが指摘されたら、すぐ正されるのは必要な事だから、誰も指摘しなかったというのが実情ではないか？　誰も気づかなかったのか、気付いても指摘しなかったのかは、分からない。いずれにしても恥ずかしい話である。

フランスで日本の通信の会社、ＮＴＴに相当するのは、ＰＴＴ(POSTE, TELEPHONE ET TELECOMMUNICATION)、ぺーテーテー、という。どうやら、私が発音する、ぺーテーテーのぺーは、フランス語ではどうやら「おなら」と聞こえるらしい。道理で、私がぺーテーテーと発音すると、フランス人が皆、イヤな顔をしていたのは、そのせいだったのだろうか？

多様性

日本が末永く生きて行く為には、やはり「多様性」は避けて通れない。世に言う「ダイバーシティ」である。日本人の最も不得手な分野かもしれない。何故ならば、外人嫌いで英語が下手、だからだ。しかしながら、必要とあらば、克服する必要がある。克服する為の一番良い方法は、外国人と接する時間を長く、多くする事である。その為には、日本国内の外国人との接触を政策的に行う事が一つの手である。もう一つは、5万とも6万とも言われる、日本国内の米軍基地の人々を利用する方法である。三つ目の方法は、日本人が海外に出る為の経済的援助である。政策的に、その目的に沿って、国費を使う事だ。最後に、「言葉の壁」を克服しなければいけない。何度も書いたように、外国語、乃至は英語を、これから学び、能力を向上させるという方法は、時間とお金が掛かり、非効率だから、この際、プライドが許さない事は百も承知だが、すっぱりと諦めた方が良い。その発想の転換が出来れば、外国語という、呪縛から逃れる事が出来、そして気が晴れて、むしろ気が楽になるのではないか？　では、外国語・英語を如何するか、と言えば、既述したスマホの「翻訳機」を使うのである。スマホに向かって、日本語で話し掛ければ、幾つかの言語に翻訳して、喋ってくれるという、優れモノである。日本人を見たら、何も言わないうちから、先方のスマホを取り出してくれたら理想的だ。むしろ、つたない外国語（英語）を自ら喋るより、正確で早い事は請け合いだ。もっとも、風貌の似た、韓国人・中国人にも、自然発生的に広がるかもしれない。それは、広く取れば、日中韓の人々が、お互いにスマホを通して、話が出来るという事を意味する。捨てるべきは、変なプライドである。

外来語

言葉も文字も道具である。自分の意思を、正確に他の人に伝える為の道具だ。その言葉や文字に外国語が入って来てから久しい。外来語の歴史は古く、何気なく使っている言葉の中にも、よく考えてみれば、外国語が元になった言葉も多い。例えば、コップ、ビール、コーヒー、パン、ボタン、タバコ等々であるが、その他にもリビング・ベッドルーム・キッチン・バス・ダイニング・エントランス等「家」に纏わる事例だけでも多い。又、介護関係の用語にも外来語が多い。「ショートステイ・バリアフリー・ケアマネージャー・ケアプログラム」や「ノーマライゼーション・アカウンタビリティ」等も使われている。

これらの、外来語の氾濫を気にしている人も、外来語の氾濫があまりにも多い為、感覚が麻痺してしまい、あまり気にしていない人も多いようにも思う。「日本語」は、列島に最初にやって来た人々の言葉が、どのように、今の我々が話している言葉に関係があるのかは、分からない。列島到着以来、今に至る間、様々な外来語が登場し、日本語に影響を与えた。日本語の語彙の中から、カタカナで書く西欧語の外来語と、中国語に由来する漢字と、韓国語が語源と思われる単語を除けば、残りは純粋の大和言葉と定義できそうだが、果たして純粋の大和言葉と断定できる言葉が、日本語の語彙の中でどのくらいの比率を占めているだろうか。だから、外来語なくして、日本語は成立しないとも言える。卑近な例えだが、ポルトガル語の神を意味する「デウス」が、最も日本的と思われる「天守閣」の語源、だという説もあるくらいだ。だから、日本の長い歴史を考えれば、「外来語」の氾濫などに言及する事は無意味な事だとも言える。自国の言語に誇りを持ち、英米系の外来語が流入しているフランスでは危機感を抱き、公共的な分野ではフランス語を使う事を、罰金を伴って義務付け、外来語の使用を制限しようとした。しかしながらそれ等の「外来語」を駆逐する為の努力が払われたが、顕著な効果は生まなかったと言われる。むしろ、自然界での「適者生存」と同じく、与えられた環境に適合した方が良いとの考えもある。

外来語の流入に過度に無頓着と思われる日本では、最近は、「単語」ではなく「短文」が氾濫している。この事が意味する所は、それ等の新しい言葉の意味する事が当然の事ながら、日本固有の発想ではなく、「外来」だという事である。フランスの事例を見ても分かるように、「法律」や「規制」で防ぐ事はむずかしいので、少なくても、その「問題点」を理解し、意識しておく事が大切ではないだろうか？「英語言語帝国主義」という言葉がある位なのだから。

国立国語研究所のＨＰに依れば、「類推する事が難しい、源語を適当に組み合わせて作る「和製語」が、日本語のできる英語話者を当惑させている事にも注目したい。彼らにとっては、意味不明の「和製英語」より、むしろ日本語の方が分かり易いとの意見もあるようだ。

今年もまた「流行語大賞」の季節である。「メタい」という言葉をご存知だろうか。

「メタ」はギリシャ語の「高次・超える」という言葉と「フィクション」という言葉を合わせた造語が形容詞化したものだそうだ。「メタ」は、「メタバース」(仮想世界)と新しい言葉にも使われている。

値上げ

2023年の7月、外国人が日本の国内で利用する「ジャパン・レイル・パス」が値上げされた。概ね、50%~70%の値上げである。外国人観光客のみが利用できるパスだから、日本人は無縁の為、我々には、あまり関心がない。そんな訳で、私は、実際どのように利用されているのかは分からない。だが、想像だが、相当多くの旅行者が利用しているのではないか。例えば、新幹線に乗れる有効期間21日のパスが66,200円から10万円に値上げされた。多くの外国人観光客が、旅行期間が概ね3週間と答える人が多いのは、そんな訳なのだろう。私は、旅行者の殺到振りと円安から見て、もっと値上げし、併せて、オーバーツーリズムの緩和を狙う、一石二鳥があっても良いのではないだろうか?

不祥事

日本への招致に日本中が努力した、東京五輪絡みの不祥事が続いた。一連の事件は司直の手に委ねられているのだから、当事者と、周辺にいる人たちの猛省を促し、裁判の結果を待ちたい。汚職は、ＩＯＣの最も嫌う所である。まさか、日本が、という気持ちだろう。これ等の不祥事の後、誰が日本を、日本の都市を開催地に選ぶだろうか？　日本国内の「内なる論理」が破綻した瞬間でもあった。この期に及んで、札幌市は、30年か、34年の開催を目論んでいた。ところがインドのムンバイでＩＯＣの総会では30年と34年を同時に決める案が採択された。だから、札幌市が、30年が駄目なら34年、という目論見は消えた事になる。オリンピックの招致に大きな役割を果たすＪＯＣは「同時決定の可能性は低い」と言っていたから、日本の情報収集能力の低さが災いをもたらした好例だと言える。何故そんな結果になってしまったのか？　色々と理由は数多く考えられるが、その一つに「外国語能力の低さ」が影響しているのではないかと私は考える。もっと言えば、「外国語能力」とは「英語」の能力である。

村社会の論理は、世界では通用しない一例でもある。そろそろ、発想を転換し、外国語に関し全く別の方法を考えるのも必要だろう。

日本語の壁

生成ＡＩの負の側面の一つが明らかになりつつある。長い間「日本語」は、犯罪防止という観点で、ある種の防波堤の役割を果たしてきた。難しい「日本語」を学んでから、犯罪の及ぶものはいないからだ。だが、「生成ＡＩ」はこの「防波堤」をいとも簡単に乗り越え、犯罪者が自ら「日本語」を学ぶ手間を省いた。その他に、オンラインでの本人認証をすり抜けたり、「顔認証」をも突破できるという。犯罪組織にとって「日本語の壁」は無くなりつつあるという。報道によれば、ビジネスメール詐欺を受けた企業の割合は23年に前年から35％に増加し、伸び率は世界トップであったという。日本人は、長い間知らず知らずの内に「日本語」の防壁に守られてきたが、それが終わったという事を意味する。この事は、一般に考えられるより、将来重大な結果を日本社会に齎すに違いない。今まで通り、安閑としては居られないという意味だ。

同記事の中では、「ディープフェイクを見破る技術の普及が重要になる」という。ぜひ、期待したいものだ。

第五章　私の見た風景

私は、ＮＨＫの番組「ファミリーヒストリー」をよく見ている。稀に見る傑作な番組だと思っている。番組では、名の知られた、歌手や俳優がゲストとして登場し、その場で、初めて自分の先祖の「越し方」を知る、という内容だ。一見、有名な歌手だから、俳優だから、番組を作るにふさわしいストーリーがあるように感じるが、それは大きな間違いだ。歌手でも、俳優でもない人の先祖にも、一つの番組を作るに相応しい出来事やエピソードは等しく、ある、というのが私の見立てであり、そこに番組の面白さがあるのではないか、と思うのだ。私もコロナ禍で外に出る事が少なくなった為、先祖の越し方を調べてみた。そうすると、案の定、ビックリするような話に溢れていた。尤も、両親の代に二人、祖父祖母の世代に４人と、代を遡るに従い先祖の数は増えて行く。十代遡れば、千単位の人が関わり、その内一人でも欠ければ、自分は存在しない、という事を考えれば、その不思議さに驚くばかりだ。この章では、私自身の個人的な事を書いた。

東京・横浜

東京と横浜は、東京都と神奈川県と違いはあるものの、多摩川をはさみ、東京・川崎・横浜は殆ど一体の町である。だから、東京と横浜の違いは、と問われて、その違いを明確に説明する事は、難しい。だが、私は横浜で生まれ、東京と横浜を頻繁に行き来している立場からすると、東京と横浜には違いがある事が分かる。というよりも、想像以上に違いが大きいと言えるかもしれない。それよりも、何より、東京は一国の首都だから、外国に対するショーウィンドーとしての、特別の「きらびやかさ」を備えている、これは、何処の国も同じで、一国の首都は、特別にお金を掛け、特別の体裁を示している。ロンドンも、パリも、モスクワも、しかりである。東京の歴史は、関西程では無いとしても、江戸・東京と、約４００年間の首都としての歴史がある。一方、横浜は、都市としての発展が始まったのは、横浜が開港した安政6年（１８５９年）からで、それまでは、辺境の、一寒村であった。そういう意味で、東京は、一国の首都であり、横浜は、東京以外の都市と同様、言わば、少々人口が多いとは言え、日本の一地方都市にすぎない。そんな訳で地続きで、切れ目なく街が続き、一体のように見える両都市には大きな違いがあるように、私には見える。大きな違いを挙げるとすれば、「時の進み方」だろう。当然、横浜は東京に比べて、時間がゆっくりと進んでいる。別の表現をすれば、「のんびり」している、と言えよう。人によっては、横浜の事を「田舎」と称する人がいるが、言いえて妙とはこの事だろう。私が、東京に比べて、横浜の方が好きな所以でもある。東京に行くと、非常に「目まぐるしく」、わさわさ、ざわざわ、せかせか、と動いている為か、気持ちが落ち着かない。ゆっくりとした時の流れは、人を癒してくれる。

原点

私は、半分江戸っ子で、半分浜っ子である。生まれも育ちも横浜の人間が、半分江戸っ子とは不思議だろう。「江戸っ子」というのが少々大袈裟なら、少なくとも、「気風（きっぷ）」と「言葉」は、江戸っ子ではないか、と思っている。理由は簡単だ。普通「赤ん坊」の子育ては、少なくとも今までは、「母親」の役割であり、実際、生まれてから長い時間、世話をされたり、話しかけられたりしている。そんな訳で、何の勉強もせずに「世界一」難しいと言われる日本語の基礎を、知らず知らずの内に覚える事になる。言葉は普通、「母親から子供に伝わる」。私の母親は、深川の木場で、木遣り(きやり)を聞きながら育った人間だから、私自身は深川とは縁が無いものの、母親は古くからの江戸の「気風」を体現していたと言える。そんな訳でしゃべれるようになった日本語だが、やはり、江戸を意識するのは「ひ」が「し」になってしまう事が象徴的だろうか。つまり、「東(ひがし)」の「ひ」が言いにくく、どうしても「しがし」になってしまう事に、その事が現れているのかもしれない。「超」のつくほど「天真爛漫」だった、私の母親は口癖のように「女から男が生まれてくるのが不思議だ」と言っていたが、今でも忘れられないエピソードがある。子供の頃、家の外で喧嘩をして帰ったら、褒められたのだ。家の外で喧嘩をしている声が聞こえたのだろう。曰く、「啖呵の切り方が良かった」というのだ。そういう意味では、私の血の中にも「江戸っ子」の気質が、少ししみ込んでいるのかもしれない。昨今の常識で言えば、「外で喧嘩をする子を褒める」というのは些か珍しい事かもしれない。かなり後年になってからの事、母親に良く「お説教」された物だ、曰く「あなたは遊び方が足りない」という。これには、かなり当惑した記憶がある。そんなエピソードで、私の母親の「気風」をご理解頂けるのではないか？　一方、横浜は、日本で一二を争う、歴史の短い街である。街としての開発が進んだのは、安政6年（1859年）の開港以来だから、高々、170年と言った所だろう。敢えて悪く言えば、深川も横浜も「はすっぱ」な場所である。もう一つこれは、自分で選んだ事ではないが、一度も日本の企業・組織に勤めた事が無い。英国の会社、一社と米国の会社2社だ。これ等の経験は、知らず知らずの内に、日本人とは「異質」な物の見方をするようになった理由かもしれない。そんな訳で、私は、浜っ子であり、江戸っ子でもあり、日本人でもあり、外国人でもある、という、些か「複雑」な人間となった。私は、100%純粋な日本人だが、時々、「外国人」ではないか、と思う事があるのは、そんな訳なのかもしれない。東洋でもなく、西洋でもない、物の見方感じ方にこそ、私を特徴づける意味があるのではないか？

被服省跡

1923年（大正12年）9月1日の関東大震災の折、祖父の一家は両国の「被服廠跡」を目指していたが、途中で、そこは既に人で溢れているという知らせで、避難先を変えたという。その情報が無ければ、更なる災難に遭っていたかもしれない。もっと言えば、私はこの世に居なかった事も考えられるのだ。今、身の回りでは「情報」が溢れ、何が正しく、何が間違っているかの判断が難しい。所謂、流言飛語の類が飛躍的に増え、各個人の「判断力」の意味が飛躍的に高まっている。今や、その「判断力」こそが、人の能力だとも言える。過剰な情報は、時として、人を、「疑心暗鬼」にさせる。近くの国の為政者も陥っている落とし穴だ。情報は時として、一挙手一投足が大きな影響を与える。私は、Eメールやインターネットはやっているものの、自分の判断力を磨く為、LINEやFacebook、X等のSNS等とは距離を置くようにしている。

鬼に金棒

私の父親の学生時代のあだ名は「伊勢テク」だったそうだ。横浜の伊勢佐木町を「テクテク」歩いているので、そう呼ばれたのだ。その息子も、歩く事に関しては「伊勢テク」の比ではない。日本中の、北から南まで、のみならず、世界中を歩いた。何故、「歩いたのか」と言われれば、「歩くのは楽しいから」だ。国の内外で、人の家の庭先を眺めながら、あれこれ「品評」しながら歩くのは興味深い。私は、「歩く楽しみ」と「本を読む楽しみ」を知っていたら、鬼に金棒だと思う。

ヒッチハイカー

私はヒッチハイカーである。自分が車を運転している時は、ヒッチハイカーがいないかと、常に探している。何故かと言えば、自分がヒッチハイクをしている時の気持ちになって、誰か乗せる人が居ないかと探しているのだ。何故か、日本でヒッチハイクをしている人は、殆ど見かけない。中々気付かれにくいが日本は世界一と言っていいほどの、ヒッチハイクのやり易い国なのだ。理由は幾つかあるが、先ずは殆ど、ヒッチハイクをしている人が居ない。そして、治安の良い事が挙げられる。その上、高速道路が発達し、イザとなったら鉄道をはじめとする交通機関が発達している事もある。外国人には、日本人以上にやり易いのではないか？

棟梁の夢

埼玉県、三芳町の三富新田は江戸時代以来の地割が、そのまま今に残る事で知られる。300年程前の元禄と呼ばれた頃、当時、所属の定まらない係争地だったその地域は、幕府評定所の、「川越藩に所属する」との決定から、藩主・柳沢吉保による地域一帯の開発が始まったという。300年も前の、その時代に決められた農地の地割りが今に残っている事が三富の価値を高めている。区画は広さ約1万5千坪が、平地林・耕作地・屋敷地に分けられ、循環型の農業として今に至る。そこで代々農業を営むお宅の16代目の当主に屋敷の立替えの話が持ち上がったのが、今から40年程前の事だったという。

その、豪壮な日本家屋の建て替えを担った棟梁には、密かな夢があった。一般的には、外壁を、白、弁柄等で仕上げるのだが、その棟梁は、アフガニスタンに起源を持つという貴石「ラピスラズリ」を砕いて粉末にして、壁に塗ろうという夢だった。その為に、高額な原料の貴石、「ラピスラズリ」を前から輸入し、密かに、そのチャンスを狙っていたのかもしれない。多分、あまりの奇抜さに恐れをなした他の施主からは何度も断られた経験があったに違いない。何度目の挑戦だったかは分からないが、三富の建て替えでは、その夢がとうとう実現する事となった。その棟梁の、長年の夢が実現するという喜びは、如何ほどであっただろうか。ところが、施主は、それ程奇抜な物だとは知らず、言葉悪く言えば「言い包められてしまった」のかもしれない。しかしながら、何時までも、その事を隠す訳にはいかないのだ。そして、その事実が露わになる日がとうとうやって来た。工事中、建物の覆いを取り外さなければならないからだ。そして、その「奇抜」さを、施主が目の当たりにする日がやってきた。密かに、「大願成就」した棟梁は、内心、ほくそ笑み、これで、後戻りは出来ないと、思ったに違いない。案の定、「壁」を初めて見た施主は、当然の事ながら、大いなる拒否反応を示し、建物の受け取りを断ったという。そして、其の膠着状態は、相当長い間続いたという。しかしながら、後の祭りで棟梁の思惑通り、現状を、元に戻す事は難しい。で、とうとう、そして、渋々、棟梁の「夢」を受ける、ハメになったという。

私が、その壁の、「濃い藍色」の斬新な色使いの素晴らしさを褒めたのは、完成後大分経ってからの事であった。数千キロにも及ぶ五街道を全て歩いても、お目にかかる事のなかった斬新な「色」は、私の感覚を刺激し、思わず「褒めて」しまったのだ。

施主の奥さんは、たまたま、その日偶然にも、外で、今は亡くなってしまった棟梁の奥さんに出会い、「褒められた」事を話題にしたという。その時は、既に違和感は薄れ、自然と、その事を受け入れていた一家は、「褒められて」、なお一層意を強くしたのだった。

第六章　登山・歩くという事

人生で、歩く楽しみと、読書があれば、他は何も要らない、と思う程だ。誰に薦められた訳でもでもない。歩く事自体は、多くの人がずっと続けてきた事だ。それで何が面白いの、と言われれば、合理的な説明は出来ない。が、実の所、一歩違えば、景色が変わる、という事にお気付きの方は少ないよう感じる。読書も、新しい発見がある、という意味では歩くという事と同じような気がする。この章では、山歩きを中心にお話する。

熱中症対策

暑い夏が、再びやって来た。そして、叫ばれるのが、毎夏お馴染みの、熱中対策の水分補給である。私の視点から言えば、日本では、只やみくもに熱中対策の為の水分補給を声高に叫んでいる。そこには、熱中症対策の為に何故、水分補給が必要なのか、語られていない。理屈っぽいか、日本的だと言ってしまえば、それまでだが、「熱中症対策」に何故、水分補給が必要なのか、理屈を知れば、もっと「熱中症」になる人は少なくなるのではないか。人の体のメカニズムは、世の中がデジタル化しても、あまり変わらない。人間の体は、高くなった体温を下げる為に汗をかく。平たく言えば、体を冷やす為に、バケツの水を人体にかけているのと同じである。その汗の水分が、何処から来るかと言えば、血液である。つまり、水分を補給せず、体を冷やす為に、汗をかき続けると、血液の粘り気が増して、極端に言えば、ドロドロになるのである。血液がドロドロになると、多くの疾患の原因になるが、一つ例を挙げれば、血液がドロドロになった結果、血液が血管に詰まり易くなるのである。特に、高齢者は、その影響を受け易いだろう。体の皮膚の表面積の少ない子供や、高齢者は、かいた汗か、それ以上の水分の補給が、大事な理由である。理想を言えば、かいた汗の水分を補給するのではなく、これからかくだろう汗の元を、事前に補給する事が求められる。夏になると、口癖のように、水分の補給が叫ばれる。勿論、夏場の水分補給が大事な事は言うまでもない。マスコミでは、「水分補給」は言っても、何故、必要なのかの論理的な説明はない。暑い時に、何故水分補給が必要なのか、「理屈」も併せて説明する方が、より、水分の補給が必要な理由が分かり、水分補給が促進されるのではないか。単純な事だが、人間の体温を下げるメカニズムは簡単だ。汗の元は血液だから、汗をかいたら血液の濃度が上がり過ぎないよう、水分補給が必要な事は勿論だが、汗をかいただけでは体温は下がらない。かいた汗が蒸発して、初めて体温を下げる事が出来るのだ。汗が蒸発し、気化した時に体の熱を奪うからだ。だから、かいた汗が、蒸発し、気化熱が熱を奪い、体温が下がるというメカニズムである。もっと言えば、梅雨時の湿度が高い時は、汗が蒸発しにくく、気化熱が起こらない事が多い。梅雨時こそ、「熱中症」に気を付ける必要があるのは、その為である。

年齢

年齢には3種類あるのを、ご存じだろうか？　一つは、実年齢、普通の年齢、戸籍の年齢だ。普通は、この年齢を使う。万民が公平で、同じである。二つ目は、「肉体年齢」だ。これは、人によって違う。戸籍の年齢通りの人もあれば、それよりも、若かったり、年を取っていたり、様々だ。三つ目の年齢は、「精神年齢」である。これも、「肉体年齢」同様、戸籍の年齢相応の人や、若い人、そうでない人、様々である。「戸籍」の年齢は、変える事は出来ないが、「肉体年齢」と「精神年齢」は、変える事が出来る。この二つの年齢と、戸籍の年齢を比較してみる事は興味深い。「肉体年齢」を測る方法は様々だが、その中の一つに、心肺機能がある。心臓の力で、血液が体中を循環し、肺に酸素を供給しているのだ。それは、年齢（肉体年齢？）に比例すると言われ、加齢に従って、機能が低下して行く。だから、心臓の力で、肺がどの位の酸素を取り込む事が出来たかを調べると、その人の年齢が分かる、という訳だ。だから、戸籍の年齢より、肉体年齢の方が、より大事だという事がお分かりいただけるだろう。

より、若くいようと思ったら一つの方法として、「酸素」を体に取り込める能力を上げるのが、その方法となる。

有機質と無機質

有機質的な物の象徴は人間である。一方、無機質的な物の象徴は、機械である。例えば、機械的な物の象徴である自動車と、有機質的な物の象徴、人間を比べてみると。正反対の存在にも拘らず、「同じ論理」で動いている事に気付く。人間の活動に必要な要素は、心肺機能とエネルギー源である、主に脂肪と筋肉と言われている。つまり、心肺で、酸素を供給しながら、エンジンに相当する筋肉で脂肪を燃焼させながら活動している訳だが、これは自動車が動く論理と全く同じだ。酸素と燃料を合わせて、エンジンで燃焼させ、力を得るという仕組みだ。前述の通り、有機質的な物の代表、人間と、無機質的な代表である自動車が、同じ論理で動いている。不思議な事だ！

トレーニング

体を動かす事は良い事だ。特に運動量が少ないと言われている中高年にとっては、大事な事だ。どんな運動であろうと、個人個人の好みがあるから、自分の好きな、長続きする物をやればよい。が、私は「ウオーキング」をお勧めしている。「歩く」という事は、人間の最も根源的な活動であり、場所も時間も制約が無い。好きな時に好きなだけ、歩けばよい。街中や、自然環境の中に出る為、気分転換にも持ってこいだろう。野山を歩けば、普段使わない筋肉も鍛える事が出来る。人と一緒に歩けば、社交にもなる。もう一つ、忘れてはいけないのが、「脳」のトレーニングだ。

体は脳の指令を受けて動く為、脳を健康に保ち、活性化しておく事が、体のトレーニングと同時に大切な事なのだ。

ストレス解消

私はアウトドアーで活動する時、常に「気分転換」「ストレス解消」「体力増進」と言っている。現代人は、毎日の生活の中で、知らず知らずのうちにストレスが蓄積されて行く。本当は、溜まったストレスを測る方法があればよいのだが、「ストレス」という、抽象的な状態を測る術は、今の所ない。だから、誰もがストレスが溜まっているという前提で、その溜まったストレスを解消する工夫が求められる。その一つの方法として、非日常的な活動である、アウトドアーをお勧めしている。例えば、「山歩き」は、非日常的な経験をしながら不便を楽しみ、非現実的な生活をするアウトドアーなのだ。

山歩きと、フィットネスクラブは、何が違うのか？

歳を取ると、特に体を動かす事は大事である。世の中は、やろうと思えば、体を動かす機会は無限だ。その一つに、フィットネスクラブがある。私自身はあまりやった事は無いが、機械を使いながら運動をしている姿は、よく映像で目にする。フィットネスクラブは、街中にあるから、疲れたり、嫌になったりすれば、自分の意志で、すぐに止める事が出来る。一方、山歩きは、自然の中だから、やめたい時に、その場でやめる事は出来ない。バス停や駅のある、人里に行かなければならないからだ。そこが、フィットネスクラブと山歩きの違いである。私の個人の見解だが、やめたいと思ってから、実際にやめる間の運動で、力がつくのだ。

自宅富士

山でも川でも、アウトドアーでは、登山を始める登山口まで行く事を余儀なくされる。それが、結構、お金も時間も掛かりやっかいなのだ。私は先年、「自宅富士」と称する山歩きをやった。「自宅富士」とは何の事、と言われそうだが、自宅の「玄関」を登山口に変え、富士山の頂上まで、直接歩いて行こうという訳だ。もしこれが可能ならば、家の玄関は、日本中の山々の登山口に変える事が出来るのだ。これも、発想の転換の一つではないだろうか。当時、成田空港の近くに住んでいた私は、歩いて、富士山の頂上に向う事にした。10日間を要したその行程は、成田～千葉～市川～新宿～府中～高尾～相模湖～大月～富士吉田～八合目～富士山頂上、歩行距離２５０km、足掛け10日間、歩行時間合計、76時間15分で自宅の玄関を登山口に変える事に成功した。とても嬉しい事に、それは、住まいの玄関が、日本中のすべての場所の登山口である事を証明した事でもあった。

登りと下り

山では、登りと下りでは意味が違う。登りでは、例えば、疲れたからとか、天気が悪くなりそうだからとか、行こうか、行くまいか葛藤がありながら、何時でも中止して、下山し戻る事が可能だ。しかしながら、頂上を踏んだ、とか目的を達成した後の下山では、葛藤は無い。ただただ、下山して、戻るだけである。だから、登りと下りは大いに、意味が違うのだ。

ルンルン気分

山歩きの場合、同じ1時間でも、最初の1時間と、最後の1時間では、意味が違う。最初の1時間は、エネルギーが溢れ、ルンルン気分だが、最後の1時間は、より疲れが溜まり、怪我をする確率も高まる。同じ1時間でも、出だしの、最初の一時間と最後の1時間では、意味が違うのだ。最初の1時間を、如何歩くかに依って、全体が決まると言っても過言ではないだろう。最初は意識して、ゆっくり、慣らし運転をするのが、より楽に歩く為のコツだ。

膝

膝の不調を訴える人は多い。これは、人間の業とも言えるのではないか。では、何故、人は歳を取ると、膝に来るのであろうか。この事を考えるに当たり、人類の歴史を知れば理由を理解する事は容易だろう。人類は、その昔、四つ足で歩いていたのだ。

猿や、その他の動物の歩き方を見れば、一目瞭然だろう。人類は最初から4本足で歩く事を想定して「設計」されていた。別の言い方をすれば、2足歩行は想定外という事になる。まずこの事を、認識しておかねばならない。2足歩行と4足歩行との大きな違いは、2足歩行では4足歩行に比べて、膝にかかる体重が、膝から上の体重の2分の1という事になる。もともと、そう設計されていない上に、想定外の荷重が掛かり、膝が悲鳴を上げるという訳だ。したがって、膝は人間の弱点であると言える。だから、普通なら、膝痛は老化現象の一つであり、加齢と共に痛くなって当たり前なのだ。その上で、では如何したら良いのだろうか？　多くの人が経験する所謂「変形性膝関節症」の場合、これをやれば、全て解決するという方法、残念ながらない。何故痛くなるのかという因果関係が原因がはっきりしているので、別の言い方をすれば、対処は難しくないとも言える。以下に挙げる方法が考えられる。まず最初に、やりたいのは、「背負う荷物の軽量化」である。出来るだけ、持つもの、背負うものを軽くするという事である。そもそもで言えば、自分の体重を軽くするというのも大事な事である。又、自前の「筋肉」を着けるというのも大切だ。膝が痛いのに筋肉をつける方法は、と問われそうだが、プール歩きや、椅子に座っての（体重をかけずに）膝下を強化する事だ。理想としては、自前の筋肉を付けるというのが一番良い方法だろう。各種、サポーターも、外付けの筋肉として有効だ。道具としては、ストックの使用も有効だ。使い方によっては、ストックの使用は、膝に掛かる負荷を軽減してくれる。但し、1本か2本かという難しい問題が残る。理想論を言えば、2本を使いこなし、時と場合によっては、1本、乃至2本の使用を、臨機応変に止めるというのが方法だが、それは、やや難しい。もっと何か、と言われれば、「ストレッチ」だろう。体中の関節を伸ばし、可動域を広げるというのも大事な事である。仮の話だが、どうしても改善しない場合には、最近の技術の発達を考えて、外科的手術やバイオ的な治療を考えてみても良いだろう。長年、野山を歩いてきた経験から、私は足や膝には並々ならぬ関心を持っている。今でも、尾瀬などでよく見かける、歩荷や剛力は、100キロ以上の荷を背負う事も多い。先年、ネパールを旅行した折、目撃した歩荷は、日本の比ではなかった。いったい、彼らの「足」はどうなっているのだろうかと、見かけた歩荷の人に足を触らせてもらおうとしたら、それは見事に断られてしまった。サプリを飲めば不調が全て治るという考えは論外である。

水分補給

年々、温暖化の影響か、暑さが増している。特に、それでなくても夏場の暑さは堪えがたい。そんな中、重要性が増すのが「水分」の取り方だ。水分の取り方ひとつで「熱中症」になるのを防ぐ事も出来る。元々、人間の体には、汗をかいて、体を冷やすという機能が備わっている。その汗の元は、血液を中心とする「体液」だから、理想的には汗や呼吸、尿等で失った同じ量を補給するのが理想的だが実際は難しい。兵庫医科大学の服部益治教授によると、「水だけを補給すると体内の塩分濃度が薄まって、尿が出やすくなり、かえって熱中症になり易い」という。汗は、勿論水分だが、汗には体中から失われた塩分や各種ミネラル分が含まれている。だから、それ等を補うために開発された、市販のスポーツドリンクを飲むのも一つの方法だろう。

ボクシング

ボクシングの世界戦、15ラウンドを打ち合う。3分打ち合って、1分、休む、最後まで行けば、それを15回繰り返す。3分間の打ち合いが終わると、少しでもダメージを回復させようと、あの手、この手が繰り広げられる。リングのコーナーに戻ると、まず、丸い、小さな椅子が差し出され、それに座ると肩をもんだり、タオルで煽いだり、傷があった場合には、クリームを塗って、出血を防ぎ、少しでも早く回復させようと、至れり尽くせり、必死である。だが、山の世界では、そうは行かない。全てを、自分でこなさなければならないのだ。汗を拭く、水分を補給する、お腹が空いていれば、オニギリを食べる、地図を眺める、写真を撮る、景色を見る、はたまた、珍しい花を見つけたら、名前を調べる、等々、全てを一人でこなさなければならないのだ。ボクシングの選手のごとく、歩き続けられるかどうかは、その時のケアーの果たす役割は大きい。

究極の格差社会

　格差社会が喧伝されている。経済の世界で言えば、その格差を是正する一つの方法として、税制が挙げられる。多い所から取って、より少ない所に回すという先人の知恵である。それで、公平が、十分とは言えないまでも、保たれている。しかし、山の世界はそんな事は通用しない。持てる者ほど楽をし、持たざる者はより多く苦労する事が求められる。この事を経済的な論理で是正する方法はない。力の無い者は、より多くの労力を出す事を求められ、より力のある物は、より少ない労力で同じ事を達成する。別の言い方をすれば、より経験があり、体力のある者は、より少ないエネルギーで達成し、非力な者は、より多くのエネルギーを使い、より疲労を感じながら、行動しなければならないという事になる。それを是正する為には、より体力を増強し、疲労度の少ない、より上手な歩き方を習得する以外に方法は無い。より「歩き方」が上手いとは、同じ距離を歩く為に必要なエネルギーがより少ない人と、定義する事も出来る。

緊張

山に、事故はつきものであるが不思議な事に危険な所では、事故は起きない。特に最近は中高年の絡む事故が多い。常に正しいとは限らないが、「事故は危険な所」では起きないと言える。理由は簡単だ。危険な所では、意識して集中し、構えているからだ。逆に、危険でない所は、気も緩み、集中を欠く。山を歩く時、事故を回避して、より安全に歩く為には、「危険を察知する能力」が大事だ。そういう場所が安全なのか、どういう場所・状態が危険なのかを知る事である。それは、登りより、下り、行きより、帰り、と事故の起きやすい状況の理解も大事な事である。

摩擦

より安全に歩き、怪我を少なくするためには「理屈」も大事である。人が山を歩く時、地面に接しているのは、両足の靴裏だけである。人間の体表面の面積に比べたら、驚くほど少ない。だが滑らず安定して歩く為には、靴裏は大事である。そこで考えなければならない事は摩擦である。摩擦には、物理的な摩擦と、例えば非物理的な貿易摩擦などがある。ここで言う、大事な摩擦は、物理的摩擦である。摩擦が大事な事は「摩擦が無ければ子供も生まれない」と同様、大事な事だ。と、ここまで「理屈」を並べ立てて来たが、話は簡単な事である。つまり、滑る事を防ぐには、足裏の摩擦係数を最大化、する事に尽きる。つまり、それでなくても、狭い面積の足裏を、べったりと地面につけ、摩擦係数を最大化すれば、より滑りにくくなる。その理屈を知れば、より滑りにくい歩きをする事は難しい事ではない。勿論、より安定的に歩く為には、足裏の摩擦と同時に、重心を安定させるバランスも、同時に大事な事である。

横断

かつて歩いた場所で、最も印象に残る「旅」は何処かと尋ねられたら、私は躊躇なく「イギリス横断の旅」と答えるだろう。その為に、イギリスを3度往復した程だ。イギリス中央部、西の、アイルランド海岸の「セント・ビーズ・ヘッド」から、東の北海岸、「ロビンフッドベイ」までの野山を巡る280キロとも言われる道のりである。その間、全体の距離の半分程を占める、風光明媚な、そして荒々しい、国立公園を三つ横断する。「湖水地方国立公園」「ヨークシャーデール国立公園」「北ヨーク湿原国立公園」等である。途中には、ターン、と呼ばれる湖や、山岳地帯、時として草原を渡る歩き旅である。このルートは1970年代に本業の傍ら、自身の時間を費やして野山を巡って調べた、アルフレッド・ウエインライト（1907〜1991）によって作られたルートであり、「Coast to Coast walk」（アイルランド海の沿岸から北海の沿岸までを歩く）と呼ばれ、イギリスを代表するロングトレイルの一つでもある。イギリスでは、日本の、四国の「お遍路道」の如く、親しまれ、お遍路道と同様、人生の節目にこのルートを目指す人は多い。何よりも素晴らしいのは、自然の美しさと、その変化だろう。1992年に最初に出版された小さなガイドブックのコースガイドは全て、手書きの文と挿画で構成されている体裁であり、他に例を見ない。ルート上には、イギリスのナショナル・トラストに依って取得された土地も多く、その事が、湖水地方が、開発から免れる事が出来た大きな要因であった。日本の「お遍路道」や「熊野古道」を歩く外国人を多く見受けるが、同じ事だろう。私が歩いた当時、宿泊は夫々の選択に任されていたが、主に、B&B（ベッド&ブレックファースト）と呼ばれる朝食付きの民宿を利用する事が多い。宿での体験や朝食は、改めて、「大英帝国」と呼ばれた、イギリスの豊かさの一面を見せてくれる。多分、自分たちが毎朝そうしているように、手入れの行き届いた芝と植栽が施された広い庭に面したテーブルで、一家のご主人と奥様が共にサービスしてくれる。民宿では夕食はサービスされない為、数少ない村の居酒屋での夕食となる。そこには、日中歩いていた人たちが夜になると集まり、既に顔見知りとなったウオーカーと談笑する事が大いなる楽しみでもある。その事がここを歩く事の魅力を一層高めていると、私は思う。

闘争心

自然の中で活動する時、大事な心構えの一つは闘争心だ。例えばボクサーが試合の為、リングに上がった時の「気持ち」だ。私はリングの上に上がった事が無いので、ボクサーの気持ちは想像でしかないが、これから相手を倒そう、という、闘争心に溢れた気持ちの筈だ。「闘争心」等というとちょっと大袈裟だが、自然の中に入る時は極端に言えば動物に戻り、気張る必要はないものの「戦う気持ち」が必要だ。その気持ちが怪我を防止する。ボクシングの試合では、レフェリーは劣勢の選手に、戦いを継続する為の戦意が有るかどうかを見る。どんな状態でも戦意を喪失したら試合は終わりだ。野山を歩く時の戦意は、それ程露骨な物ではないが、日常生活とは違う事を意識させるのが戦意であり、無事、日常生活に戻る為の大事な要素の一つなのだ。

補給

山での栄養補給は「点滴」が理想である。山では、適度な水分とエネルギー源の補給は成否を分けると言っても良いくらい重要な事だ。特に、汗を多くかく時期の水分補給は大事である。適切な水分補給は、疲労を和らげてくれる。もし、長時間（8時間以上）歩く場合、このエネルギー源の補給も大切である。こういう場合は、休みの毎に、「行動食」を少しずつ補給するのが理想である。もっと、理想論のみを言えば（これは不可能だが）、点滴で徐々に、少しずつ補給するのが最も理想的である。

歩き方

何を、如何言われても、長年の習慣や歩き方などを変えられない。理想的な歩き方を指南する事がある。やれ、姿勢がどうか、歩幅はどうかと注文される事は多い。だが、私の持論で言えば、長年親しんだ歩幅や、歩き方をすぐに変える事は出来ない。そんな事で継続を諦める人がいたら、勿体ない。歩幅や、歩き方よりも大事な事は、どんな方法であれ、歩く事を継続する事である。

はだし

山歩きに、登山靴は付き物だが、何も履かず、はだしで歩いている人もいる。丹沢で下山してきた人は、靴を履いていなかったので、すれ違った時に話を聞いた。慣れたら素足が、登山靴のように変化するのだとか。それにしても、すごい人がいたものである。奈良の三輪山で出会った女性もはだしであった。三輪山は、山自体がご神体だから靴で踏みつけるのは不適切だ、との事だった。近年、登山靴のソール（靴底のゴム）が剥がれるという事が多い。これから山に登ろうという時、仲間の一人のソールがはがれてしまった。今では、山小屋で交換用のソールを売っているが、これから登山を始めるという時だったので、困った。ところが世に言う、捨てる神あれば、拾う神ありとはこの事だろう。下山して来た人が、自分の靴と交換してくれたのだ。登山者にとって命とも言える「靴」を交換するとは、山男の鏡とも言える行動には、正直驚いた。

ストック

山で、1本か、2本かは別として、ストックを使う人は多い。明らかに、使った方が、楽に歩けるからだろう。ストックを使う事は、人間が3本足、又は4本足になる事を意味する。その方が明らかに安定し、歩き易いからである。馬は4本足だから、2本足の人間には敵いようがない。もし仮に、人間の2本足と、2本足で歩く馬と競争をしたら、もしかしたら、人間の方が勝つかもしれない。それ程、ストックを使って、「足の数」を増やせば、間違いなく安定し、ひいては怪我の防止に繋がる。

予測する、人間の脳

人の脳は、省エネが発達している。例えば、舗装された平らな道が続いている場合、人間の脳は、省エネモードになって、「平ら」という前提で行動し、本来使うべき神経を使っていない。それはそれで、意味のある事なのだが、時として、脳の予測が外れ、間違う事がある。それが、どんな時か、と言えば、例えば、山道が舗装道に変わる、とか、逆に、舗装道が山道に変わるような時である。例えば、舗装道を歩いて来て、ある時点で、その道が、自然の道（登山道）に変わる時、実際の道の変化に追いつかず、平らな、舗装道が続いていると誤認すると、山道に変わった時、躓いて怪我をするような事が多い。こういう事を知っていれば、道の状況が変わった時、頭をすぐに切り替える事が必要である。

ドラ○もんトイレ

アウトドアーでは、トイレに困る事が多い。特に、女性はそうかもしれない。自然の中で、必ずしも、トイレが用意されている訳ではない。そんな場合、私が推奨するのは「ドラ○もんトイレ」だ。つまり、何処でも、好きな所で、どうぞ、という訳だ。あまり、理想的ではないかもしれないが、鹿も、猪も、熊も、そうしているに違いない。もっとも、世の中の人には、色々の人がいるから、私が、「ドラ○もんトイレ」を示唆したら「私はそんな事は致しません」とキッと睨まれてしまった事もある。随分昔、イギリスの西側の、アイリッシュ海岸から、東の北海岸まで、280キロの道を歩いた事がある。私の妻は多分、「ドラ○もんトイレ」を利用したのだろう。その夜、只ならぬ場所に痒みを覚え、翌日、お医者さんに診てもらった。一通りの治療を終わって、イギリス人の医者が、おもむろに尋ねたという。「どうしてそんな所がカブレたのですか?」と聞かれ、答えに窮したと言っていた。「ドラ○もんトイレ」には、落とし穴がある。「隠れたい」あまり、ずんずん、奥の方に進んでいって、帰り道が分からなくなってしまい、あわや遭難という人もいた。日本では、「ドラ○もんトイレ」を「お花摘み」とも言うが、モンゴルでは「クモを探しに行く」と言っている。

おわりに

本書を最後までお読み頂き大変ありがとうございました。本書の大言壮語は、1000年後のみならず、1000年後にも言及した事です。それは、1000年後にも、この国が残っていて欲しい、と願ったからに他なりません。永続し、生き残る為には、変える事が、例え嫌でも、「変わる事」は、日本人にとっては不得手な事かも知れませんが、必要不可欠です。

本書の出版に当たり、多くの方々にお世話になりました。この場をお借りして深く御礼申し上げます。特に、幻冬舎ルネッサンス、出版プロデューサーの板原安秀さん、編集を担当して頂いた、金田優菜さんには大変貴重な提言等を頂きありがとうございました。深く感謝申し上げます。

本書を、山の仲間、故・笠間 直氏（奥田喜久男氏）に捧げる

〈著者紹介〉
堀 源太郎（ほり げんたろう）

〈著書〉
『山で死んではいけない　遭難しないための安全登山100のポイント』
（共著）別冊　山と渓谷社　2005年発行

日本山岳ガイド協会認定ガイド
登山インストラクターズ・ジャパン会員
日本山岳会会員
王立地理学会会員（英国）
旅行作家協会会員
そよ風代表（山の会）
トーマスクック社（ロンドン本社）・パンアメリカン航空・ユナイテッド航空に勤務
４年間の飛行機を使わない世界一周・イギリス徒歩横断（280キロ）・五街道・熊野古道・イギリス湖水地方・ヨセミテ国立公園・日本百名山・スイスアルプス等
元ＮＨＫ文化センター講師
元朝日カルチャーセンター講師

〈主な海外の山〉
ブライトホルン（スイス）4164m、アコンカグア（アルゼンチン）6962m、キリマンジャロ（タンザニア）5895m、カラパタール（ネパール）5545m、クンデピーク（ネパール）4200m、ハルラサン（韓国）未登1947m、キナバル山（マレーシア）4095m、モンブラン（スイス）未登4807m、エルプロモ（チリ）5430m、ハーフドーム（アメリカ）2682m、ワイナピチュ（ペルー）2634m、クラウズレスト（アメリカ）3025m、ルコント山（アメリカ）2009m、ヘルバリン（イギリス）950m、万景峰（北朝鮮）292m

300年先まで残る国であるために
―“とりあえずの幸せ”を超えて―

2025年5月9日　第1刷発行

著　者　　堀 源太郎
発行人　　久保田貴幸

発行元　　株式会社 幻冬舎メディアコンサルティング
〒151-0051　東京都渋谷区千駄ヶ谷4-9-7
電話　03-5411-6440（編集）

発売元　　株式会社 幻冬舎
〒151-0051　東京都渋谷区千駄ヶ谷4-9-7
電話　03-5411-6222（営業）

印刷・製本　中央精版印刷株式会社
装　丁　　弓田和則

検印廃止

Printed in Japan
ISBN 978-4-344-69279-4 C0095
幻冬舎メディアコンサルティングＨＰ
https://www.gentosha-mc.com/

JN198334

龍谷大学仏教文化研究叢書38

中村久子女史と歎異抄

―人生に絶望なし―

鍋島直樹

Naoki Nabeshima

Hisako Nakamura and the *Tannishō*: There is No Such Thing as a Hopeless Life

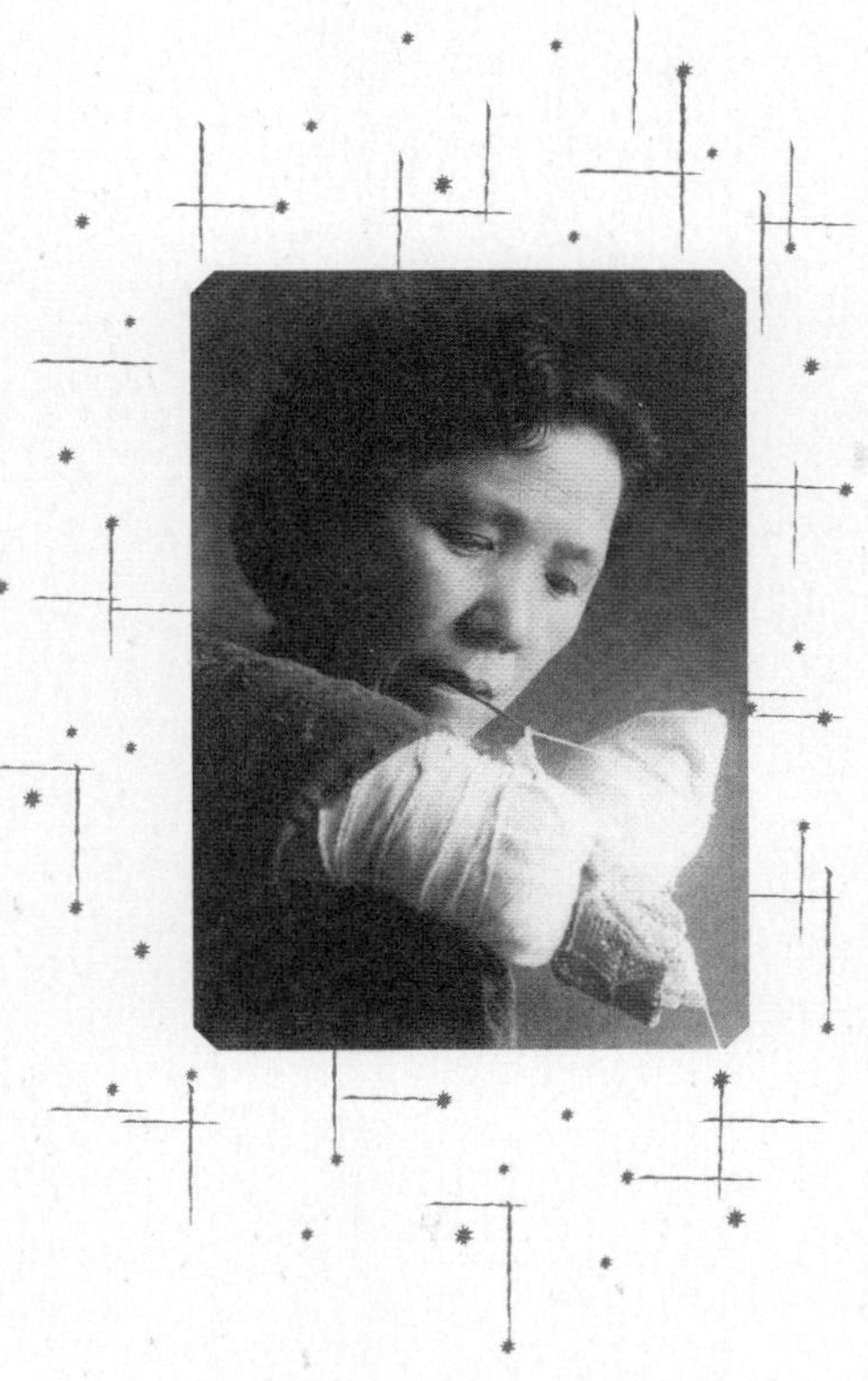

方丈堂出版
Octave

■目　次

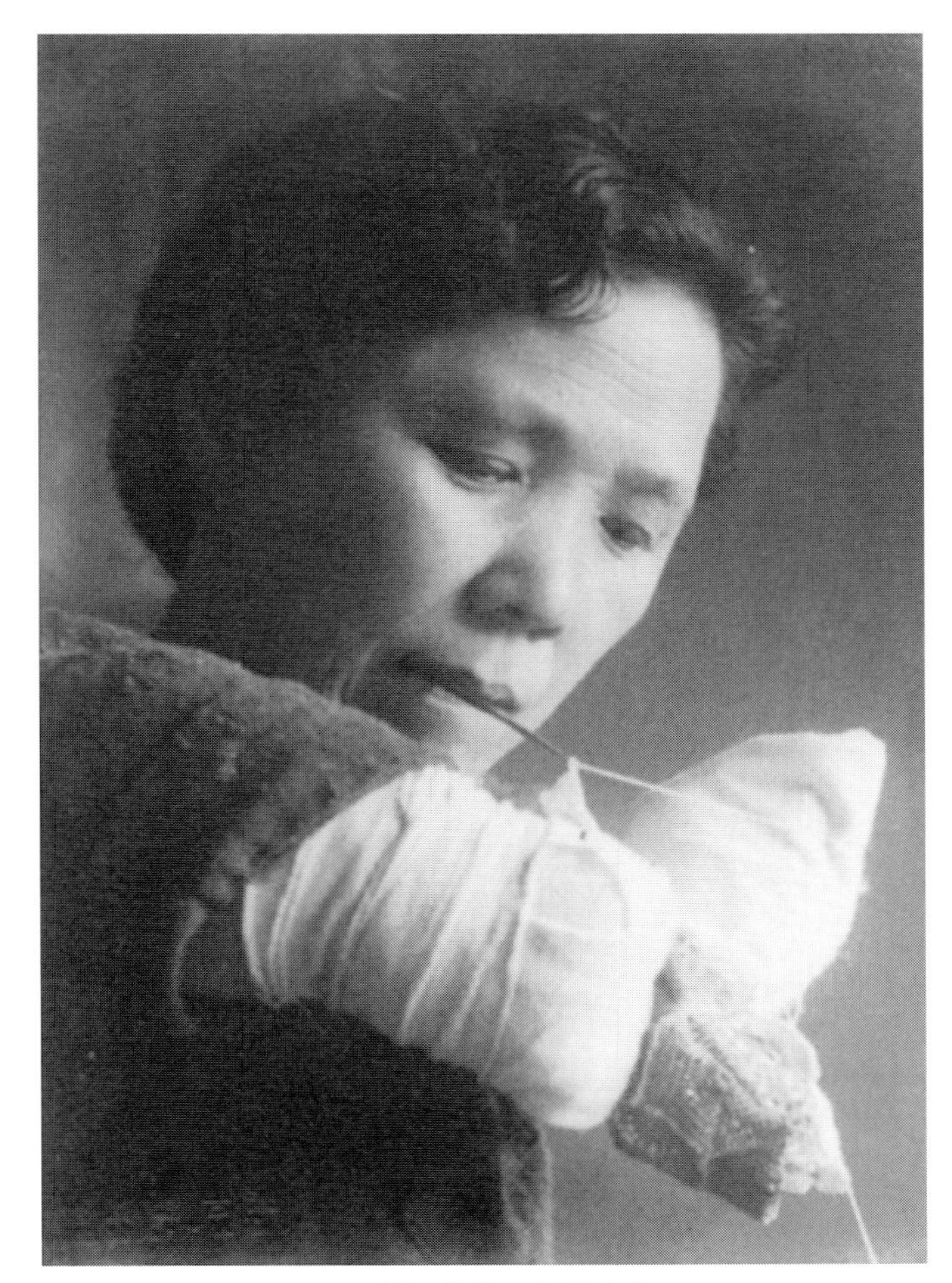

1、編み物中の久子女史

（写真提供：中村久子女史顕彰会。以下同）

2、久子女史肖像　20代後半

3、久子女史肖像　30代後半

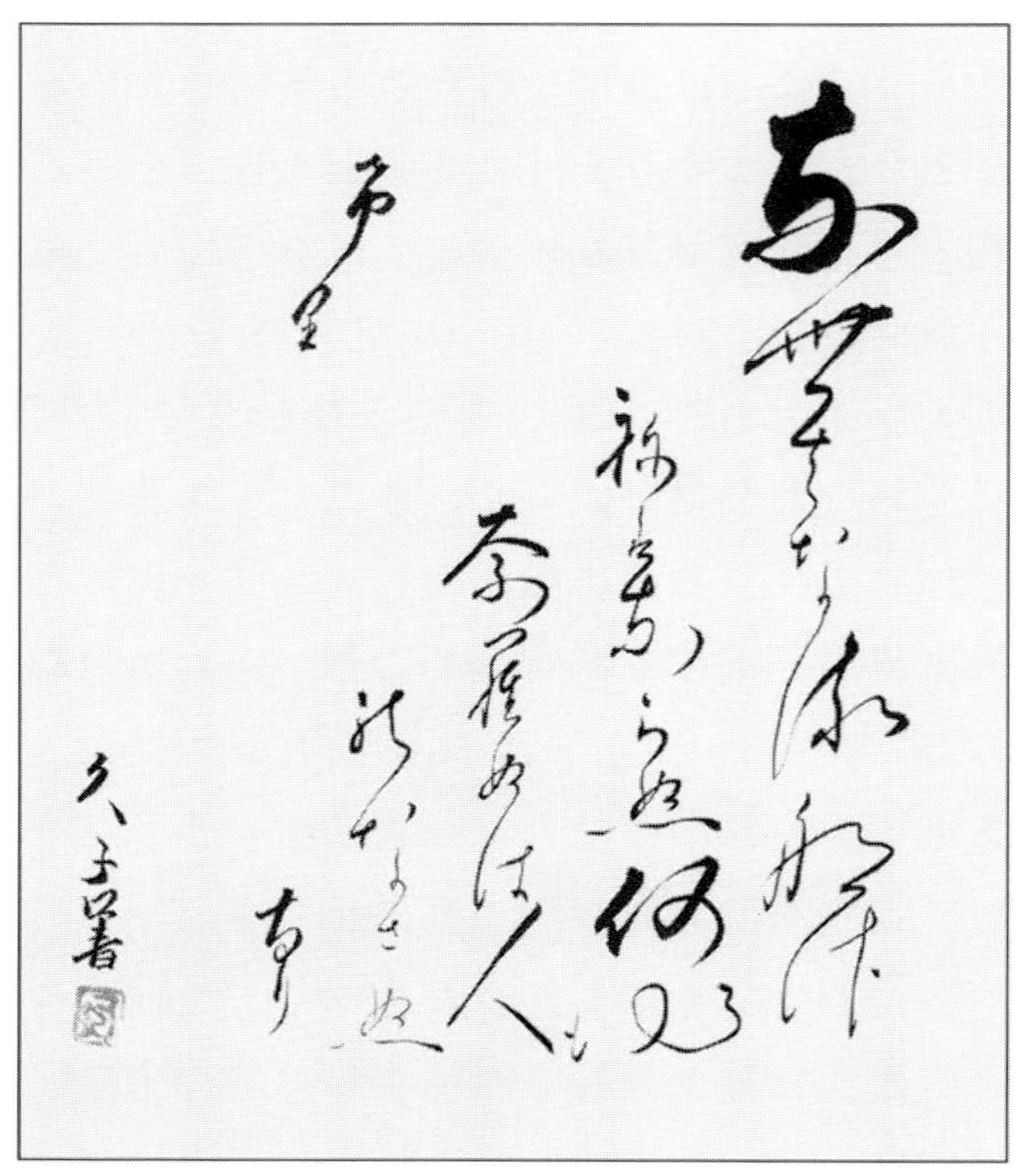

4、色紙
「なせばなる なさねばならぬ 何事も ならぬは人のなさぬなりけり」

5、色紙「精神一到何事不成」

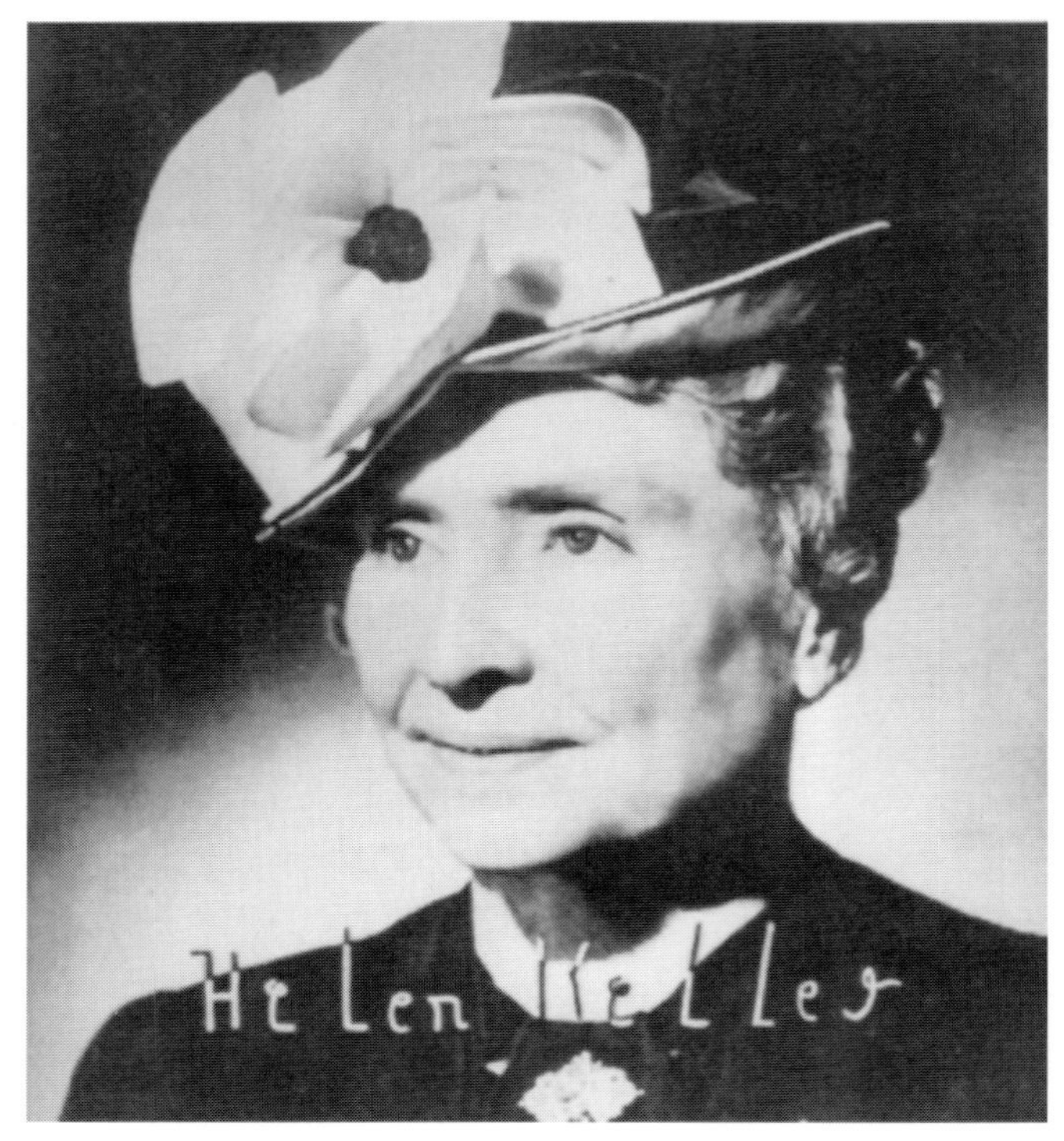

6、ヘレン・ケラー女史

7、ヘレン・ケラー女史に贈った人形とともに

8、久子女史の作った多くの人形とともに

9、はさみを使う久子女史

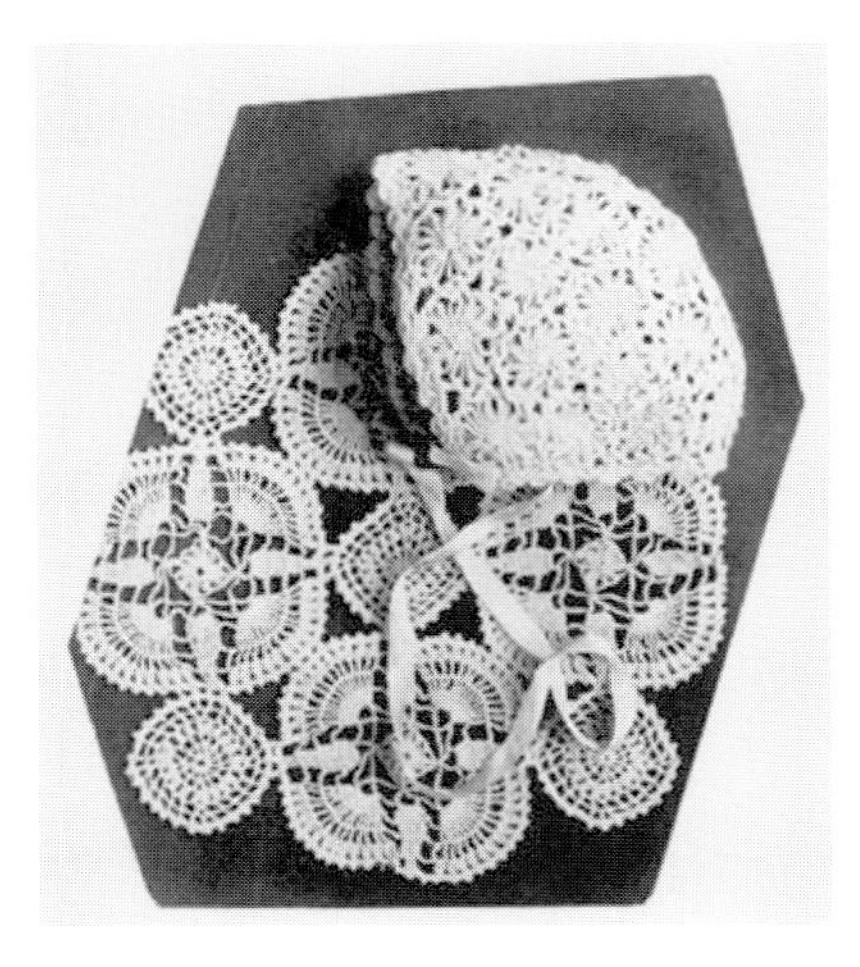

10、ずきんとレース編み

11、色紙「南無仏」

12、色紙「とうとさは 母とよばれて 生かさるる」

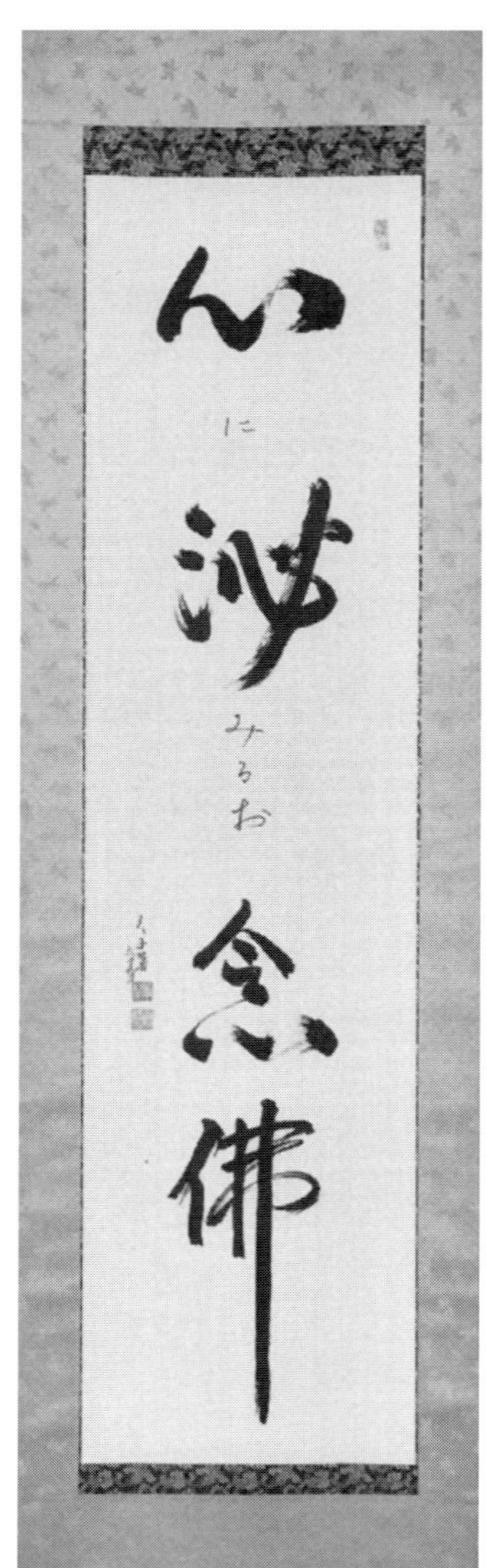

13、軸装「心に沁みるお念仏」

14、色紙「一杯の水も 仏のなみだかな」

15、次女・富子さんに背負われた久子女史

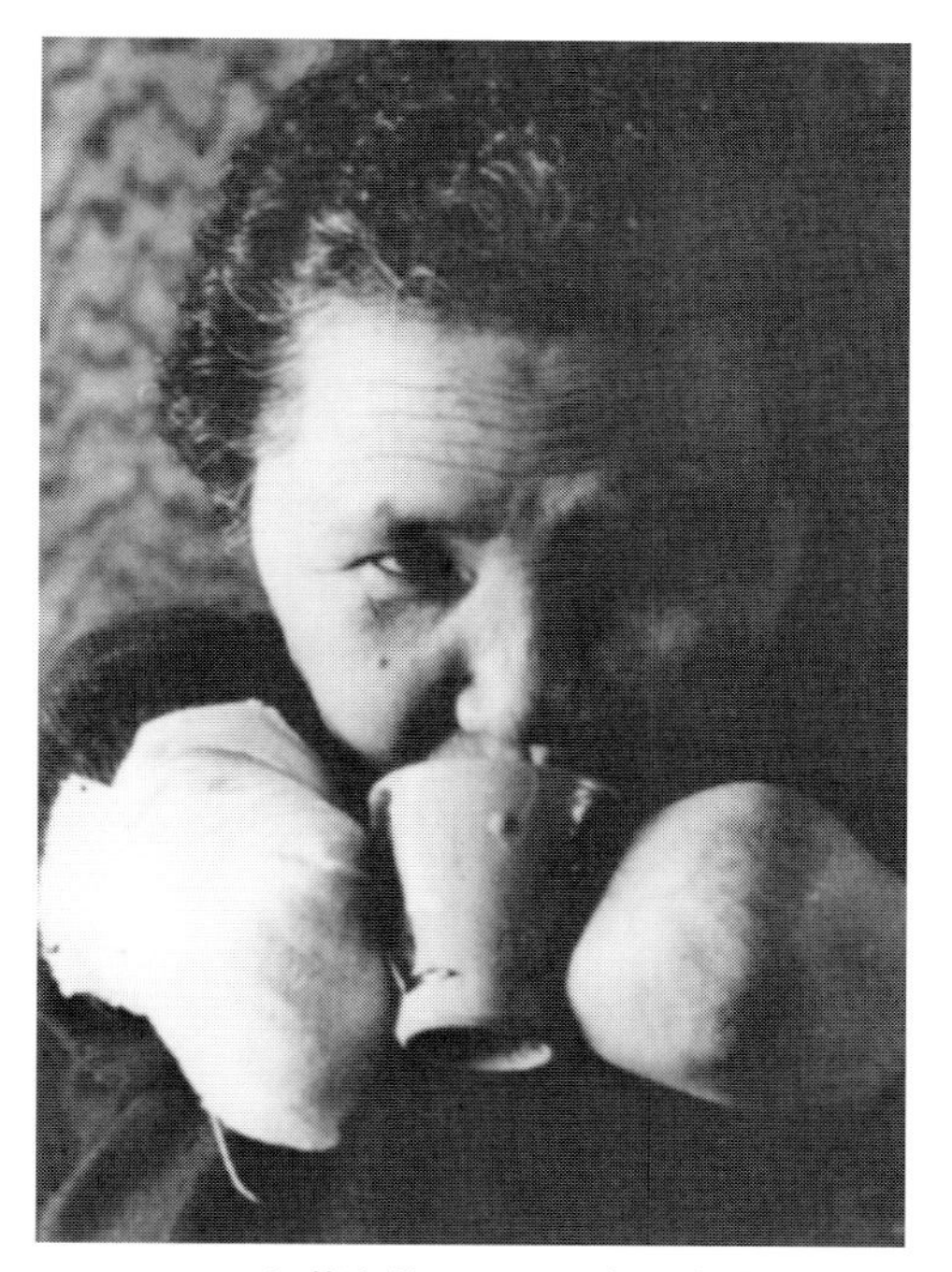

16、お茶を飲んでいる久子女史

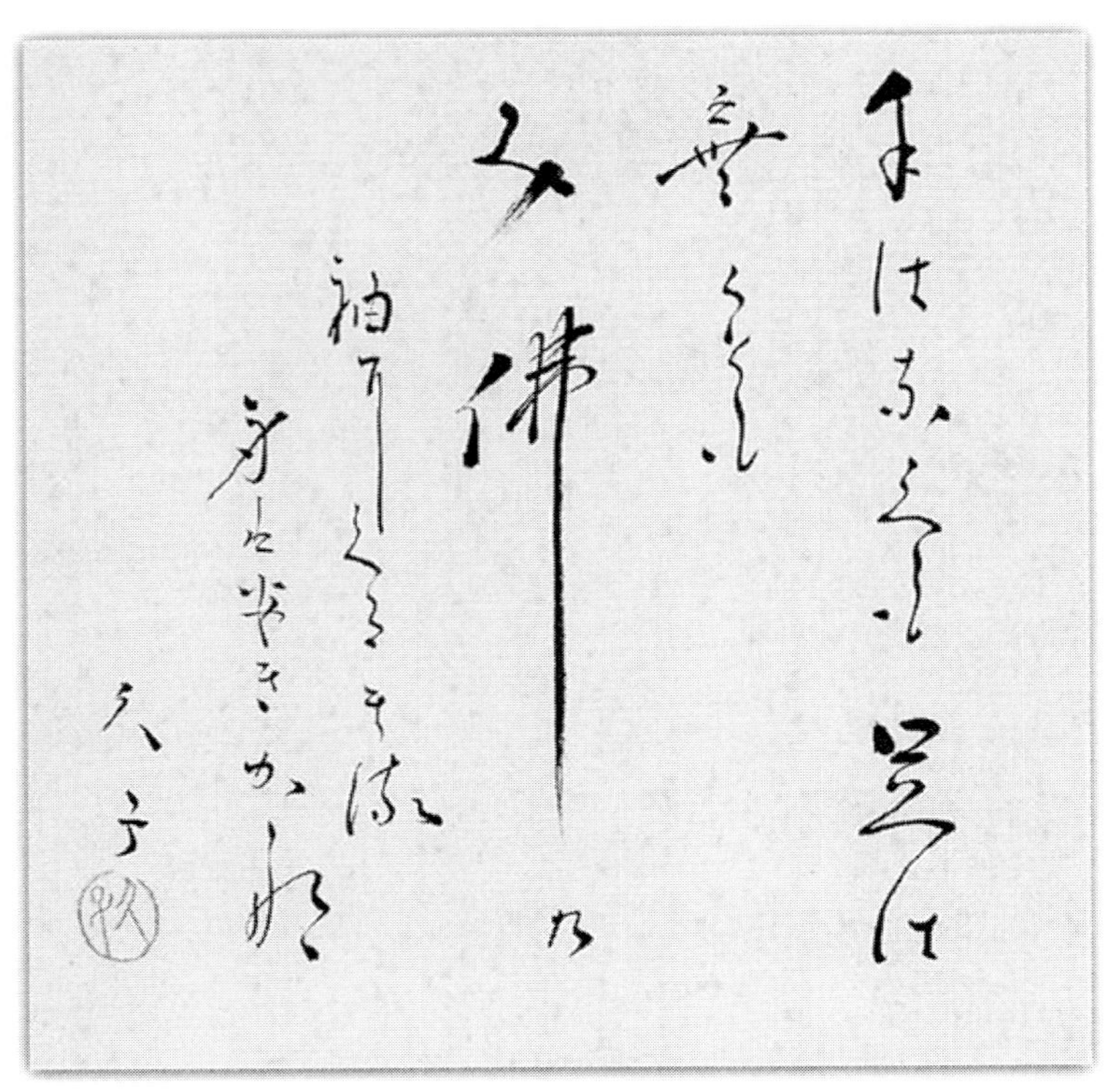

17、色紙
「手はなくとも 足はなくとも み仏の 袖にくるまる身は安きかな」

はじめに

世界は、戦争やテロ、貧困、差別殺人・虐待・自殺、環境破壊といった苦悩をかかえています。いつの時代にも求められているのは、孤立しがちな私が、あらゆる人々や自然の生命と相互に関係し、互いの居場所を認め合い、いのちのつながりを感じて生きられることではないでしょうか。時に対立も大事でしょう。なぜそういう思いになっているのか。けんかをした後で、葛藤しながらも、やがて自分の思いを知り、相手の気持ちに気づくことがあるからです。自分の生きる意味とは何か、自分の居場所はどこにあるのか、何が本当の幸いであるのか、そして、困難な時によりどころとなる真実の宗教とは何か、それを中村久子女史と歎異抄に学びます。

中村久子女史（一八九七〜一九六八）は、三歳で特発性脱疽がもとで両手両足を失い、一時は失明の苦しみまで経験しました。やがて生活のために見世物小屋で自活していきますが、その逆境の中でひたむきに読書、裁縫、書道等に打ち込むことによって、少しずつ自立していきました。両親を亡くし、弟とも死別する悲しみの中で、彼女はさまざまな宗教に出遇い、やがて、歎異抄に震えるような感動ます。
を覚えました。その苦しみの中で見出した救いについて、中村久子女史は次のように表現なさってい

「手足なき身にしあれども生かさるる　いまのいのちは尊とかりけり」

「逆境こそ恩寵なり」

「人生に絶望なし。いかなる人生にも決して絶望はない」

「どんなところにも生かされていく道はございます」

このような中村久子女史の言葉は、逆境に追い詰められた人々を力強く支え、生かされている尊さを示しています。彼女の生き方には、障がい者の尊厳や、仏教の人間観が溢れています。ヘレン・ケラーは、久子に「私より不幸な、そして偉大な人」と賛辞を贈りました。

このたびの研究出版にあたり、中村久子女史顕彰会・三島多聞代表様、故中村富子様、方丈堂出版社長・光本 稔様、同編集長・上別府 茂様、龍谷大学 世界仏教文化研究センターに絶大なご支援をいただきました。ここに深々の謝意を表します。また、二〇〇六年に飛驒高山の真蓮寺を訪問し、中村久子女史顕彰会の遺してきた貴重資料の中に、中村久子女史の愛読されていた『真宗聖典』『歎異抄真髄』が発見されました。その成果も本書に掲載されています。

二〇〇六年の『中村久子女史と歎異抄　生きる力を求めて』の展示に際しては、文部科学省をはじめ、中村久子女史顕彰会、岐阜県博物館、ＮＨＫ京都放送局、龍谷大学図書館、研究部など関係各位

にお力添えをいただきましたことを心から感謝いたします。龍谷大学人間・科学・宗教オープン・リサーチ・センターでは、こうした研究出版を縁として、中村久子女史の生涯と思想を広く社会に知っていただき、中村久子女史の力強い生き方とともに、その彼女を導いた心のよりどころについて、多くの方々に感じ取っていただけたらと願っています。

二〇一九年一月二十四日

龍谷大学 世界仏教文化研究センター
応用研究部門 人間・科学・宗教オープン・リサーチ・センター長
鍋島直樹

ご挨拶――中村久子女史の生涯に学ぶ

中村久子女史の生涯は、
言語を絶する感動の人間ドラマであります。
三歳で両手両足を切断し、その障がいの事実を引き受けて
生きた人生は、障がいのある、なしを問わず、
「生まれた意味と生きるよろこび」を
「自ら問わしめる」ものであります。
女史の存在は抽象的表現を破って、具体的認識と感動を持って
「生き抜く力」を我々に訴える象徴（シンボル）であります。

ヘレン・ケラー女史をして、「私より偉大な人」と言わしめた存在は、
日本はおろか、全世界の人々共通の宝であり、力であります。

人間として真正直に、しかも、自立と独立の開拓精神は、
女史の障がい・貧困・差別・別離・労働・
結婚・勇気・子育て・感動から生まれ、
そこに私たちが人生の深い意味を学び知ることができます。

中村久子女史顕彰会　代表　三島多聞

資料編

ご恩——中村久子・無手足の大恩

三島多聞

一九六一年（昭和三十六）、宗祖親鸞聖人の七百回御遠忌法要にあたり、中村久子さんは次の歌を作っている。

『親鸞さまを　お慕いして』
手足を切断して　十四年の間
苦痛と貧苦の谷間におちて
いのちのともし灯は
かそけくもゆれていた
　このともし灯を消してはならじ

と、あらしの昼も　雨の夜も
守りつづけて　育てて下さったのは
今は亡き
大恩ある　父と母のおかげさま

南無阿弥陀仏をとなふれば
この世の利益きわもなし
流転輪廻のつみきえて
定業中夭のぞこりぬ

と、おしえて下さったのは
親鸞さま、あなたで御座いました
うつし身の手足の無い
苦しみと悲しみを
最上のえんとして
極重悪人の私を

お救い下さった　歓喜の世界に——
光りかがやく　この地上に——

おお　何たる素晴しさでしょう
真実の仏法のみ教えをきかせて頂き
この大きな幸福を　下さったのは
親鸞さま　あなたで御座いました
生きがたくして　生かされている
このしあわせ
遇いがたくして　遇わせて頂く
この大遠忌
ききがたき正法を　きかせて下さった
親鸞さま——けふも　お念仏の裡に
お慕い申させていただきます
ほんとうに　ほんとうに
有がとう、有がとう御座いました

南無阿弥陀仏

年々の報恩講の、五十年目ごとの節目が御遠忌です。久子さんのこの歌をじっくりいただく時、御遠忌は一挙に来るのではなく、年々の報恩講との出遇いの歓喜が、正に海潮のうねりとなって高まる極まりが御遠忌であると感じられます。お念仏を申される時、久子さんの断端の手足は身に満ちる心血によって紅に染まったでしょう。

私が小さい頃、久子さんの断端の腕をさわらせてもらった感触を、今でもハッキリ憶えています。それはテルテル坊主のようにまるく、ピンク色をしていました。働ききって余分な肉片のない力強い腕で、温かかった。今、そのぬくもりは久子さんの押さえ切れない大恩の感情の証として感じられるのです。

念仏に遇う前は、断端の両腕に苦悩と悲痛の涙を、久子さんはどれほど落としたことでしょう。なぜなら彼女の波乱万丈の人生を読む時、涙なくしてはページをめくることはできない、いのちの共感として知ることができるからです。無手足のドン底の身が、そのままに無上の縁として歓喜の世界に照らし出される時、私もまたいのちの共感として済度されていくのを感得します。〝流転輪廻の身のゆえに極重悪人となる自己の、そのままをお念仏の中に懺悔することができる身となった〟ことを、喜びとして親鸞さまに報謝している久子さんに出遇います。

真宗の教えの正しい理解は、「報恩講」が勤まることで証明されます。地上に人間として身を受けたことが、どれほどの深い志願―本願―に満ちて支えられていたかを、正法―お念仏―によって証明した親鸞聖人の教えに出遇うことで信知し、その感動の勤行が報恩講だからです。念仏に出遇って、初めて真実、自分を悲痛の中で育てた父母の心根が、弥陀大悲と二重映しに大恩として受け取られていけることを、久子さんの信心が教えていてくれます。「ご恩とは、私のいのちになっている志願と、それをはぐくむ志願の歴史に気づくこと」を、久子さんの人生は語っています。久子さんが〝生かされている〟ことを喜ぶのは、その志願のゆえであります。

某新聞記事に九十一歳の老人の日記が紹介されていました。〝人間に生まれて／人間がわからない／人間に生まれて　人間をもて余す／ただ歳年をとって　さびしくなるばかり〟とありました。ただ寂しくなるというのは何でしょうか。志願に出遇いたいのに出遇えない叫びです。いのちそのものをいとおしむその叫びが、弥陀の本願であることを彼の老人は気づいていないがゆえに、叫びのままに流転輪廻せざるを得ない悲しさ寂しさです。

前述した久子さんの歌にある親鸞聖人の和讃の一句、「流転輪廻」の身こそが、久子さんの一大事でした。お念仏のいわれを信知した時、その流転輪廻の身は、〝歓喜の世界、光りかがやくこの地上に〟、「無手足の身が私を救った善知識」となり、「両手両足が無いのがありがたいのです」という身に生まれ変わったのでした。さらに厳しい母は悲母なる菩薩となり、愚かな父はみ仏となり、差別した人は大切な人々となったのも、お念仏の中に知らされた自己自身でした。久子さんの父は、久子さんの病気ゆえに当時流行した某宗教に一時入信したことがあります。その神さまにも久子さんは感謝しています。〝ようこそ神さま、私の病気を治さずにおってくださいました。おかげさまでお念仏に出遇わせてもらいました〟と。正に無辺光の弥陀の浄土です。

前述の久子さんの歌の〝ほんとうに　ほんとうに有がとう、有がとう御座いました　南無阿弥陀仏〟の一句が、蓮如上人の『御俗姓』の報恩講に当たってのお言葉、「真実真実、報恩謝徳の御仏事となりぬべきものなり」とひとつになって、私の耳にひびきます。

（みしま　たもん　岐阜県高山市真蓮寺住職）

珠玉の言葉――生きる力を求めて

中村久子

闇に流す胎児は、年間に三百万を下らないという数字を見たとき、体中がさむかった。もの言わぬ魚すらも、母体を捨ててまで子を産んで、育てようと決心するのに、人間は何と恐ろしい心根を持っているのだろうか。

しかし、この恐ろしい心根は、世の中の人のみではない。私自身にもあるのではなかろうか。ふと自分を省みさせて頂いた。四肢の無い子を育てて下さった親がなかったら、私もやはり二人の子らを、貧乏の中で、それも見世物小屋生活の旅がらすの体で、育てることをしなかっただろうと思うとき、亡き両親に心から有難うございました、とお念仏させて頂くことができる。（「明珠」昭和四十三年四月）

聞かせて頂き、教えて頂いているお念仏をいつか忘れて、人の悪口に、かげ口に、毎日起きてから寝るまで耳をはたらかせ、口を動かしている私。お念仏させて頂ける口を与えられていることを、聞かせて頂くことのできる耳が小さいながらもあることを喜ばせて頂かねばならぬと、ふかく、ふかく、教えられました。

（「十方」昭和二十七年二月）

五体完全な体を生んで頂き、そのまま成人して学問も立派に身につけ、堂々たる社会人として起って行けるその理由は、根本は、いつの時代になりましても、両親の御恩にほかならぬと思います。生み育てて頂いた親の御恩を忘れてどこに宗教も教育もあるのでございましょうか。

南無阿弥陀仏、と両手を合わせて頂くことはそうした御恩を知ることなのではないでしょうか。手が短くとも、足が無くとも、生かされている、そして残っている肉体の部分に心から感謝して、その残っている部分を立派に生かして行くことこそが、〝無碍の一道〟ではないかと思います。（同上）

勿体ない、ご恩しらずの自分と少しでも分らせて頂きますことは、み法のおかげさまでございます。手や足を立派なお体をご両親から、み仏様から頂いておいでになる皆さまは、今こそ、ここで静かにお心の病を治され、再び社会の人となって下さったあかつきには、両の手をしっかり合わせて、み仏様に、有難うございました、とお礼を申し上げて下さい。世の中の人のお役に立つ人となって元気にはたらいて下さいませ、と。全国のどの刑務所でも、老いたる人にも、若い前途ある人々にもお願い申し上げてまいります。

（同上）

ほんとうの善知識は、先生たちではなく、それは私の体、〝手足がないことが善知識〟だったのです。悩みを、苦しみを、悲しみを宿業を通してお念仏させて、よろこびに、感謝にかえさせて頂くことが、先生たちを通して聞かせていただいた正法。

親鸞聖人さまのみ教えの〝たまもの〟と思わせて頂きます。

（「私の越えて来た道」）

親の御恩も、子の御恩もわきまえずして、お寺にまいり、お念仏申したとて、どうして如来様のお慈悲がわからせて頂けましょう。今こそ親鸞聖人さまのみ教えをしっかり腹の底にきかせて頂き、正法の鏡によって、仏道を歩ませて頂きたいと念じます。そして限りなき慈光のもとに〝生かされている〟つつましさを今日も見失いたくない——思いで一杯です。

（「同朋」昭和三十二年八月・九月）

無学なために、もちろん、真宗の高い教学を全然存じません。けれどもあきらめよと言われて、手足のない自分をすなおに、ハイ、そうですか、とあきらめ切れるものか切れないものか、まずおえらい方々から手足を切って体験を味わって頂いたら——と私は思います。その悲しみと苦しみはどれほどのものか——。六十年を手足なく過ごした私ですが、決してあきらめ切っているのではございません。あきらめ切れぬ自分の宿業の深さを、慈光に照らして頂き、お念仏によってどうにもならぬ〝自分〟をみせて頂くのみなのです。

（同上）

真宗の御同行とおぼしき方の中にも、時々見受ける悲しいことは、……おまじないやら御祈禱にあくせくしておられるお姿です。……御祈禱やおまじないによらず、正しい治療法によってなおして下さいませ。……本人が社会人として生きて行けるようにして上げて頂きたいのでございます。

こうして親が障害の子を思われるこころこそが、末とおりたる大慈悲心ではないでしょうか。その子を通してお念仏させて頂ける御縁が、自らのはかったものではなく、〝給わりましたみ名〟だと思わせて頂きます。と同時に、前に書きました、あきらめもよく解らせてもらうことができます。

悲しみも苦しみも越えさせて下さる方があるのに、今日も〝御恩〟を忘れておりました。南無。

（同上）

私、各地の婦人会のお集まりにも時々講演に行きますがネ。そこでよく夫婦喧嘩の話が出るんです。それで私申しますんです。皆さん、私は六十二で主人は五十三ですが、一緒になって二十六年間お世話になっていますが、夫婦喧嘩できませんの、つかみ合ったり、なぐったり、蹴飛ばしたりしようたって、それに必要な手足がございませんのでネ。ですから夫婦喧嘩する方々は、御主人さんか奥さんかどちらかの手足を切ってしまいなさい、そしたら喧嘩できませんから仲ようなりますヨってネ。そしておぶったり、おんぶされたりすると、汽車などに乗っても、いつも新婚旅行の気分で、トテもいいですヨって言うんですヨ。

（「大乗」昭和三十三年七月）

先生はお気の毒ですね、手があるから、ややもすると、お土産さげて行こうとする。私は幸いなるかな、手がないから、いつでも、やアす、やアす、と手ぶらでお浄土に参りますワ。

（同上）

怒りのままに
腹立ちのままに
かなしみのままに
与えられないままに
生かされているこのひととき
手足のないままに生かされておる

真理の鏡によって　自分の

心のとびらを　そうっと開いて　のぞく
そこにはきたない　おぞましい自己がある――
そして　きょうも無限のきわまりない
大宇宙に　四肢なき身が
いだかれて　生かされている――
ああこの歓喜　この幸福を
〝魂〟をもっておられる誰もが共に
見出してほしい
念願一杯あるのみ――。

親鸞さまを　お慕いして
手足を切断して　十四年の間
苦痛と貧苦の谷間におちて
いのちのともし灯は
かそけくもゆれていた

このともし灯を消してはならじ
と、あらしの昼も　雨の夜も
守りつづけて　育てて下さったのは
今は亡き
大恩ある　父と母のおかげさま

南無阿弥陀仏をとなふれば
この世の利益きわもなし
流転輪廻のつみきえて
定業中夭のぞこりぬ

と、おしえて下さったのは
親鸞さま、あなたで御座いました

うつし身の手足の無い
苦しみと悲しみを

最上のえんとして
極重悪人の私を
お救い下さった　歓喜の世界に——
光りかがやく　この地上に——

おお　何たる素晴らしさでしょう
真実の仏法のみ教えをきかせて頂き
この大きな幸福を　下さったのは
親鸞さま　あなたで御座いました
生きがたくして　生かされている
このしあわせ
遇いがたくして　遇わせて頂く
この大遠忌
ききがかき正法を　きかせて下さった
親鸞さま——けふも　お念仏の裡に
お慕い申させていただきます

ほんとうに　ほんとうに
有がとう　有がとう御座いました
南無阿弥陀仏

（宗祖親鸞聖人七百回御遠忌に当たり作詩）

ありのままの姿

……自然といふは、自はおのづからといふ。行者のはからひにあらず、しからしむるといふことばなり。然といふは、しからしむといふことば、行者のはからひにあらず、如来のちかひにてあるがゆへに。法爾といふは、如来の御ちかひなりけるゆへに、すべて行者のはからひなきをもちて、このゆへに、他力には義なきを義とすとしるべきなり。

自然といふは、もとよりしからしむるといふことばなり。弥陀仏の御ちかひの、もとより行者のはからひにあらずして、南無阿弥陀仏とたのませたまひて、むかへんとはからせたまひたるによりて、行者のよからんともあしからんとも思わぬを、自然とはまふすぞとききてさふらふ。ちかひのようは、無上仏にならしめんとちかひたまへるなり。無上仏とまふすは、かたちもなくまします。かたちもましまさぬゆへに、自然とはまふすなり。かたちましますとしめすときは、無上涅槃とはまふさず。かたちもましまさぬやうをしらせんとて、はじめに弥陀仏とぞききならひてさふらふ。弥陀仏は、自然のやうをしらせんりようなり。この道理をこころえつるのちは、この自然のことは、つねにさたすべきにはあらざるなり。つねに自然をさたせば、義なきを義とすといふことは、なほ義のあるべし。これは仏智の不思議にてあるなり。――　　（自然法爾）

※「自然法爾」の文は、親鸞聖人の正像末和讃の最後に添えられている。また『末燈鈔』五に収められている文章である。（編者註）

四肢の無い女が家庭を持ち、あまつさへ夫や娘まで、其も貰ひ子でなしに自分で生んだ娘と普通一般の女性と変わる所のない主婦生活を営んで居る。手の無い體で家の仕事もやつてのける。一體それは何者か、あたり前の人間ではないだらふ神がかり式の女か。

爾光尊まがひの女なのか。

うたがひ三歩に、好奇心七歩、

未見の人たちから突然に来訪をうけることが度々あります。中には返信切手まで入れて、「〇〇市の講演で〇〇講師があなたを非常に篤信の女性と申されたがどんな信仰を持つていられるか、御家庭の御様子も拝見したいし信仰の程度も承りたい云々」などと申し越される方には有りのままをすなはち、一職工の家内で現在六十圓の借家に住み、つぎはぎだらけの服を着て短い手は短いままに出して、読書、裁縫など娘が忙しい時お使ひに出て留守の折にはお台所に出て御飯も炊けばおかずも煮る、水も汲めばお茶もいれる、何でもやつている毎日の所作や姿はどなたが訪ねて下さらうともかざらず、いつはらず此までお目にかかりますが、何か私だけが特種のものでも持つているように思われることは甚だ迷惑します。

ただ貧しい家庭の一主婦にすぎませぬ故御期待なきようにと御返事申上てをります。私たち不自由者は世の人と何かちがふ信心でも持つて居ると思はれるのは当然かも分りませんが他の不自由者の方々はいざ知らず、自分としてはほんとうに何等異なつたものは何も無いのです。

各地にまいりますと皆様が、

「あなたもほんとにおえらひお方ですが、併し、あなたの御良人は何としたおえらひお方でせう一度お目にかかつてお禮が申上げたい気持ち一杯です」

と、合掌されるお姿を拝して自分もこころの中で夫をおがみます。

男ざかりの夫が薄給の工場もいとはず大雪の日も、あらしの日も休まずにつとめ、私たち母と娘が有縁の地を巡講に出たお留守は、夫が食事の支度もお掃除も、洗濯も、配給物取りにゆくのも一切一人でやつて居て出勤もおくれない日常は勿體ないかぎりです。貧しい暮らしの中で私の求める書物は何時でも夫は不服なく同意して頂ける事は何よりも有難いことです。

薪わりに配給ものは休日を
夫はひまなく働き給ひぬ

街に湯に映画に吾を負ひ給ふ
夫はとうとし示現菩薩

ともすれば娘にも夫にも不平の多い私自身を浅間しくも、情けなくも、うの毛の先でついた程のしゆんかんでも省みさせて下さるのは、如来様のおかげで御座います。

満員列車にうら若い娘、富子が細おびで大きな私をおぶつて、両手にトランク、風呂敷包などの大きな荷物を二つも三つも下げて乗ります時、わざわざ座席を明けて私を下させ、

「お若いのにお母さんをおんぶして、おえらひですね、出来ぬことです、感心いたしました」

などと見知らぬ方から讃められる時、始めて夢からさめたように娘の恩を教えて頂きます。

人から言はれなければ夫の恩も、娘の恩も分らぬ自分なのです。

あらゆる御恩の真っ只中〝生かされている〟自身にさへ気のつかないをろかしい私、もし仏法のおしへが無かつたら――此おそろしい自分の魂は一體どうなつたであろうか。と、一人居て物静かな雪の夜――お聖人（親鸞）様の――自然法爾――とおぼへず口ずさませて頂く時、何かしら胸はほのぼ

のとあたたかさを覚へます。

――自然――さうです、人はいざ知らず、私はいつも自然の中に育くまれてをります。抱かれてをります。

はからをふとしても何一つとして、はからふことのようしない私。

はからへないままに救はれている私。
怒りのままに
腹だちのままに
悲しみのままに
与えられないままに
不足したままに
救はれてをる自分の姿を
魂の御法の鏡によつて、泌々とながめる時
其處には、唯、はからひの無い
涯しのない、大宇宙があるのみです。

いつわらず、かざらず、ありの姿のままで、生かされて往くより他に何も知らぬ私なのです有縁のおもむくところ御教導たまわらんことを。　拝掌

（『無形の手と足』昭和二十四年）

各地の主催者のお招きを受けて行きますと、暁け方にはまだ早い山間へき地のけわしい山坂道を、老若男女の方々がぞくぞくと講演に参集してくださいます。そのお姿を見ると、ほんとうに涙ぐましいまでに尊いお姿でございます。

お心もまた純ぼくそのものなのです。

〝手も足もない今日の講師は、きっと何か有難いものを持っておいでじゃろう〟

期待のかけられていることは、有難いことではなく、私としてはつらいことであり、悲しいことなのです。

昔、ある人が十余ヶ国をはるばる越えて、京の親鸞様をおたずねになり、往生極楽の道を問われたとき、親鸞様は、

〝親鸞におきては、ただ念仏して、弥陀にたすけられまいらすべし〟と仰せになりました。

親鸞様はただ念仏だけをして、仏に助けられている、という、あの歎異抄のお言葉を、私はしみじみ味あわせて頂きながら、申し上げますことは、

〝私は学問もなく、信仰も皆さまとちがって何も持っておりません。お念仏が最上の宝物と、きか

せて頂いております〟

そんなことは今更聞かんでもよく知っている、という顔で、物足りなさそうな姿を見ますとき、失礼ながら、真実のお念仏のみ声が、心の奥底にひびき渡っていないのではないだろうか、と私は思うのでございます。

夕暮れどき、山の端に入陽の沈むころ、しずかになったお寺の書院で、一人瞑目しながら、我が心をみつめさせていただく時があります。

長い年月、私は天理教の神様は父を早世させて、私の手足を治して下さらなかったことを、恨むまでにはならずとも、いい感じを持たずに過ごしてきました。が、ある日思ったことは、ほんとうにご利益はいただかなかったのだろうか、という事でした。

いいえ、立派にご利益は頂いていたのです。なぜならば、五十何年か前に亡き父が火の玉のようになって祈り、願いを神様にかけて下さった時、切り落としたときの手足が今よりももっと長かったら、それに痛みも苦しみも無かったら、一体私はどんな心で今日まで生きてきただろうか、そこに思い到ったのです。

苦しい時、悲しい時、神や仏に無理な祈りや願いをかけることは当然のこと、そして宗教とはこんなもの、と信じ込んで、これを容易に納得していたら、おそらく今つかんだ真の仏の正法と、真実の道を求めようとはしなかったにちがいない。

亡き父は肉体にとらわれず、真実の道を歩み行けよ、と教えてくれていたのです。父の心こそはまさしく広大な〝仏心〟だったのでございます。

前にも申しましたように、沢山の善知識（師）の方々によって、教え導いていただいたお蔭さまで、ここまで連れてきて頂きましたが、ほんとうの善知識は、先生たちではなく、私の体、この、〝手足のない体こそが善知識〟だったのです。

なやみと、苦しみと、悲しみの宿業を通して、よろこびと、感謝にかえさせて頂くことが〝正法〟でございました。

親鸞聖人さまの、みおしえの〝たまもの〟と思わせて頂きます。」

（『生きる力を求めて』昭和二十六年十月）

『無碍の道』

中村久子

（一九六五年〈昭和四十〉頃　久子六十九歳執筆）

註…この文章は、米国の浄土真宗本願寺派西羅府（西ロスアンゼルス）別院の名誉開教使・藤村文雄師が一九六五年（昭和四十年）に、当時岡崎市在住の久子女史を表敬訪問しているので、その年に執筆されたものと推定する。この文章は藤村師が西羅府仏教会の会報『慈光』誌に執筆を依頼したものである。師は、全米仏教婦人会連盟大会の総会に中村久子女史を招待する計画を立てたがかなわず、そのおわびに翌年の一九六五年に訪日し久子女史にお会いしている。

その後、一九八一年（昭和五十六）、国際障害者年を記念して、藤村師が、久子女史の文章を『無碍の道』と題して編集し、西羅府仏教会頼母子講から出版されている。

ここに、その文章を転載するのは、久子女史が迷心に走らなかった理由の一つが述べられており、そして宗教というものを正しく認識する方向を示しているからです。読みやすくするため、当方で小題をつけた。

（三島多聞）

親のご恩

指が五本ある手がほしいなァー

みんなはわたくしのことを「手なし」「足なし」といぢめる。手や足はどこへ行ったのだろう、だれが持って行ったんだろうか、返してほしい、かえしてください、と泣きわめいた日を、今もはっきりとおぼえております。どれだけ泣いても、さけんでも、私の体には手も足も指一本も返ってはきません。

人間の体に手足が無いということを、手足を持った社会の人たちは、考えたことがあるのだろうか。そして五本の指がそろっている、自分たちの手や足に「有難う」と感謝したり、お礼をいったりなさる人は、どれだけあるであろうか――、と思う時がございます。

岐阜県高山市、ここは冬になると、零下二十度から十七度のきびしい寒さの北アルプスにかこまれた盆地、当地は高山町だった、文字通りの山間へき地に私は生まれました（一八九七年）。

父なる人。畳業職人、釜鳴栄太郎（釜鳴家養長男、数え年三十三歳）

母なる人。丸野家漢法外科医長女、釜鳴あや（数え年二十七歳）

満二歳と十ヶ月過ぎた頃に、左足の甲に凍傷が原因で、特発性脱疽病にかかりました。

両親が結婚して、十一年目に生まれた最愛の子であったために、左足切断を病院長にいわれたとき、何としても切ることはできなかったのでございました。

病気は悪化して、四本の手足とも高熱で、真黒に焼けて痛みと苦しみつつ、右手の手首から、左足は膝とかかとの中程から、右足はかかとの所から、とうとう切り落とされてしまいました。

二度目の誕生日、十一月二十五日を迎えた時は、すでに手も足もない、無残な姿の子供になってしまったわけでございます。

手足は切断後も毎年痛みつづきました。秋のお彼岸さまのころには、手足の切り落とした先が、ざくろのように肉が割れて、骨もあらわに出て痛みだし、あくる年の五月残雪も消え、桜の花も咲く頃には、痛みも疵もいえていきました。

夏から秋口までは、短い手と足でいたずらを初めたようです。けれど、真冬の長い間の痛みと苦しみは大変なものでした。痛み止めの注射もし、飲み薬とてなかった昔の山の中の町であったために、私の泣き声苦しむ声に、町の人々は毎年のように、きたない子だ、やかましい子だ、他の町へ行くようにと、追い出されました。

職人生活の家にお金のあるはずもなく、その上、長い冬両親は私を病院に入れる、又は毎日治療に通わねばならぬ等、その費用もなまやさしいことではありません。

「この子は今夜があぶない」「明日はもう駄目です」といくたびも死の宣告をされたのに、生きていたということは、親としてどれほど悲しいことだったでしょう。追い出されるたびごとに、借金は借金をかさねて、たれもがきらう手足のない子を捨てもせず、殺しもせず育ててくださいました。

何年たっても一人でお手洗いにも行かれず、いくつになっても、自分でご飯も食べられない子を、私の親は何と考えて貧しい生活の中から育ててくださったのでしょう。その上一度も愚痴や不平をいわれなかった親を思いますとき、今はすでに世を去られました両親に、沢山な不幸をかさねた自分を、心の底からあやまらせていただきます。

今の日本では親の恩などは無い、親は子を作り生んだのだから、育てるのは当然のことといわれております。親もまた頭の切り替えが仲々できず、育ててやったんだから、年老いたら面倒を見てくれるのが至当と、考えておられる方々が多うございます。でもどんな人でも生れて来て、一人で成長した人はありますまい、みんな両親や祖父母それぞれの方々に育てていただいたのですから、御恩を忘れてはならないと思います。

また親としましても、子供たちに老後を養ってもらうための子供と考えてはならぬのではないでしょうか。

子供はおたがいに、み仏さまからおあずかりした大事な子どもです。天より与えられたお宝なのです。育てさせていただくこと、親にしていただいたことに、感謝しなければなりません。恩を忘れ、恩をふみにじる今の時代こそ、親鸞聖人さまのみ教えをしっかりと腹の底に、聞かせていただかねばと存じます。

父・母のご苦労

「あなたは若いとき、恋をした女に夫婦約束をしながら、その約束を破ったために、可愛い我が子がこうして手足を切った、恐ろしい因縁となってあらわれたのです。あなたが一心に神様にざんげをして、「尽し運び」（お金や物を神さまに上げること）をすれば、必ずこの子の手足の痛みや苦しみはなくなりますから、安心して神様におすがりなさい」と知人にさそわれて、天理教にはじめて行ったとき、先生にいわれたこの言葉を、父は真にうけて、わずかな家財道具も売りはらい、夜も昼も教会にほとんどかよっていたそうです。教会と申しましても、よそのお二階の一室をかりて神殿がもうけられている、そのころは集会所という所でした。

高山は仏教処で、その仏教の大半は、浄土真宗の寺院が最も多うございました。私の父の生家、養家とも真宗寺院（母の実家も）の一門徒でありました。只今は家族の一人ひとりが、異なった宗教をもちましても自由ですけれど、昔の高山では家の主人が宗旨を変えるには、親族会議が開かれましたとか。

我が子の苦しむさまを、日夜ながめて看病せねばならぬその気持は分るが、先祖代々がお念仏させていただいて来た、その大切な家の信仰を、子供の病気ですてて、人の嫌う天理教になんか入信せんでもよい、と反対の中に、父は私の病をなおしていただきたい一心から、貧乏のどん底に陥りながら、三年間火の玉のようになって信仰しましたが――。私の七歳（数え年）の夏に、急病で父はあの世に旅だたれました。手足は治るどころか、冬になると少しずつ切り落とすために、四本とも短くはなりましたが、快くなりはいたしませんでした。

「御主人の「ざんげ」と「尽し運び」が足らなかったので、御利益の方はどうも――」と教会の先生が母にいわれたとの話を、大きくなってから母によく聞かされました。

こうして父の死後、たれよりも悲しい人は母でした。数え年三歳の小さな弟（栄三）を、母も連れてはおれず、とうとう父の生家（畦畑）の叔父のもとへ、引きとられて行きました。

母も多くの借財と私をつれて実家、丸野家に帰ったが、昔とちがい母の弟なる人は、医師をつがず、小学校の教員をつとめておられる家に、夜昼泣きわめいて痛がる私を、それに病院行きの費用もなく、わずかに祖母のみが頼りでしたが、春風吹かぬ家にいかに姉といえども、姉顔をしておられもせず、母は私を連れ子して、同職の「藤田」という家に後妻に入りました。

その時私は数え年八歳の浅い春――雪の沢山降っている時だったことを覚えております。

その家には同年の男の子、二つ上の女の子、この二人は母に死なれた姉弟であり、この人たちを姉弟と呼ばされて、知らない家の子になったわけです。

学校に上るときは来ましたが、片輪の子は学問してはいけない、戸外に顔を出してもいかぬ、連れ子、貧乏、あらゆる悪条件がそなわっているために、それに山間地独特の、障害者排他的な空気は、最も濃厚なものでございました。

こうした家で、足かけ十三年間育ててもらいましたが、私の悲しみや、苦労よりも、母の御苦労は大変なことでした。今から思いますと、ようこそ育てて下さったと、心からお礼申しあげるほか言葉はございません。

九歳（数え年十歳）の四月のある夜、目が痛み出し、とうとう一夜にして盲目となりました。その時は、さすがの母も私を背負い、深夜河辺をさまよわれたのですが、何としても飛びこんで死ぬことはできず、また暗い家路を帰られました。

日は秋もふかくなり、初冬の頃にようやく、物の形が見えるようになりました。真暗だった月日は八ヶ月間でしたが、治してくださった先生が眼科川上医師でございました。（今は故人）

あくる十歳の年の夏に、父より兄が使用された、読本、修身などをもらえるようになって、ともかく独学をはじめました。父方にも祖母はおられましたが、一年に二、三回会うだけで、恐い感じの人でした。丸野の祖母はお念仏の人であり、私には誰よりも温い優しい人だったことは、ほんとうに有難い人でございました。

手足が満十七歳まで痛みましたけれど、それからはひどい痛みもせず、徐々に疵もいえました。二十二年ほど前に、左足と右手が痛み出して、少々でしたが断端を両方とも切りました。その後今日までは(明日にでも再発するかは分かりませんが)、お陰さまで痛まないことは、大きな仕合せをいただいておる次第でございます。

生かされて生きて

不具の子供を思う母の心は、世の母のお心よりも幾百倍のものでした。十一歳の夏より(手足の痛まないとき)、母から私にきびしい躾が始まりました。衣類のほどきもの、おそうじ、いろりに火をたく、小さなお洗濯など、普通の母だったら、おそらく何もさせられはしなかったでしょうが、手足のない娘が自分のこと一つも出来なかったら、自分が死んだら、この子はどうして生きてゆくだろうか——、少しのことでも自分に出来るようにしておかなければ可愛そうだ、と思われての結果、一つ一つをさせられました。どれだけ工夫しても、考えても出来ず、心の中で母をうらみに思ったことも、いく度ありましたか。でも短い腕先と口を相手に、歯が大半の仕事をしてくれました。お裁縫、編みもの、へら付け、その他室内のことはともかく、何かと出来るようになったことは、母のお陰さまでさせていただける体に、心にしていただいたことは、終生忘れることの出来ない、大きな御恩の賜でございます。

かくしている間に、二十歳という女盛りの年が私にも来ました。恋愛・結婚も人間であるために考えないことではなかった。しかし、私にはパンをいかにして求めるかが必要にせまられておりました。手足がなくとも、生かされているんだもの、自分で働いて生きて行かなければならぬ。この決心がとうとう見せ物小屋の芸人になる動機となり、二十歳の秋から天幕の中で働きつづけた年数は二十三年、小屋で結婚して二女の母となり、その間夫との「死別」「生別」、大病開腹手術など、人生のあらゆる苦難は、いつもこれでも性こりしないのか、と天の怒りにふれているような、息もつけない思いをしながらも、生かされてきましたことは、何と考えても不思議な心地がいたします。もちろん小屋芸人で、お金がもうかったのではありません。明日の日に幼い二女に食べさせるものにも、はかせる足袋一足にもことかきました。

父のみちびき

苦難のどん底にあえぎながら、何の救いの声にも、手にもなぜ私はすがらなかったのでしょうか？その頃（大正、昭和の初め頃）には新興宗教という、お金もうけ、病気なおし、災難よけ、等の人の心を引きつけるものは無かったのでしょうか？

いいえ、そうしたものは何時の頃にも、一ぱいうようよしております。人間のどん底にうごめいている私に、さそいの手も言葉も、いやというほどございました。

でも、何が私をそうさせなかったか？

育ての父が仕事をかくちょうするために、手広な借屋にうつったのが、私の十二歳の夏でした。その真向かいの家が、亡き父が私をつれて行っては、拝んでお授けをしてもらった、天理教の集会所だったのでございます。

「道を切ったら切られると、神様のお言葉ですから、道をつづけて下さい」と教会の先生にいわれた母は、熱心な信仰はもたなかったようですが、時々お向かいに行くようになり、私も親せきや近所の家には、ほとんど行かないので、二十歳の秋、旅に出るまでの大半の時間を、天理教にくらしました。

集会所も私が十六歳の頃に、「宣教所」になって、鳴物入りの「お手ふり」や「おつとめ」ができるようになりました。

ほうたいをしている左手に「ヘラ」をさして琴をひくこともおぼえました。かぐら歌も読んだり、歌ったり、信者の人たちのお手ふりも、足のうごきの間違いも、先生が御布教でお留守のときは、直してあげることが出来るようになったので、人は私のことを「天理教の久ちゃん」といっていましたが――、果たして心から天理教の教えに、頭が下がって信者になることが出来たでしょうか。

学問はないけれど、独学で小学校六年までの「修身」「読本」はまがりなりにもおぼえ、文字の書いてある紙切れは、どんなものでも一おうは目を通さずにはおかなかったほどの向学心にもえていましたので、教会にそなえてある教理の書物は、分っても分らなくても、読むことに夢中でした。けれども、先生から教えを聞けば聞くほど、読めば読むほど、私の心は年とともに、天理教から離れて行きました。

理由は、亡くなった父が、真夜中に降りしきる雪をものともせず、わらぐつで雪をふみしめて、二時間あるいは三時間を、神様へお願いつぎの時間に、集会所へつれて行かれるその道で、痛みと苦しみで泣きわめく私に、「かんにんしてなァー、おとっつぁんが、わるかったんや、この通りあやまる、どうかゆるしてよなァー」

とわびられた声は心の中に残っております。何をあんなに父はあやまられたのだろうか、と不信に思いましたが、先生から手足の病気の元の因縁を聞かされて、ようやくその時の父の言葉が私に分ってきました。

あれほど熱心に沢山の借金を残しながらも、神様へ尽くし運びをして、西も東もわからぬ手足のない我が子に、血をしぼるような声で、ざんげされて、それに定命とはいえ、四十歳の男盛りの父は亡くなる。四肢の痛みを取り去ってほしいと祈願したのに、その手は治るどころか、十四年も病んで、四本とも短くなってしまったではないか。冥土とやらで父もきっと後悔しておいでになるであろう。お可愛そうな父上――。お気の毒なお父様――。久はどんな苦しみにも、悲しみにも負けないで、手足こそ無いが、きっと強く正しく生きて行きます。ご安心下さいんせ。いつとはなしに、私の心の奥そこに、こうした固い信念ができましたことは、やはり亡き父の魂がみちびいて下さったと思います。

無碍の道

科学だ、文化だ、宇宙旅行だ、と人は足もとを忘れて、上ばかり向いて夢中になっている現在の時代にも、昔と同じ何様を拝めば病気がなおる、金がもうかる、災難がよけられる、立候補させて投票せねば、お前の家には病人が出るとか、事故でケガ人が出るから覚悟しておれ、とある家の御主人が、〇〇〇会の知人におどされて、青くなって私にどうしたらよかろうかとのことでした。

「矢でも、ピストルでも何でも向けてこい、事故でも、病気でも何でも、自分に向かって来たものは、見事に受けて見せる、固い信念をおもちなさいませ。戦争中南方で大和魂をもって、お国のために戦われた立派なあなたは、新興宗教ぐらいにおどされて、少し弱すぎはしませんか」と言いました。

人をおどし、他宗をけなして、票をとって国会に立って見せたところで、どうして正しい真実の政治家になれましょうか。かえって亡国の徒にすぎないと思います。

現在の社会は、見たところおえらそうな面をしておられる人ばかりですが、失礼ながら米国のどなたかがおっしゃったとおり、十二歳以下の日本人が、全部とは申しませんが、大多数あるように、お見受けしております。子供を育てる家庭のしつけも、戦後はゼロ。そのために非行少年の多いこと、どちらを向いてもお恥しい、なさけないことは、宗教心のかけていることだと思います。

病気も、災難も、貧乏も、自分にあたえられているものは、何でも受けてゆく、しっかりしたものを、なぜ心の底にもたないのでしょうか。

つい数日前の出来事に、県下のある夫婦が、○○宗教の信者になって、本部とか本山へお詣りの帰り途に、男の親が、子供があると生活が苦しいからと、走ってきた貨車の線路目がけて、抱いていた幼児をなげこんで、殺してしまった記事を、新聞で読みまして、手足のある立派な男が何事かと、他人ごとながらいきどおらしくさえなりました。

宗教を金もうけや、災難よけや、病気なおし、ぐらいに考えるとはもってのほかと思います。宗教とは、いかなる境涯にも、どんな体でも、生かされているかぎり、世間にごめいわくをかけないように、正しく強く生きぬいて行くことではないかと思います。

今一つは、仏教といえば、特にご老人の方は、死んでからのことに、考えておられる方もあるようですけれど、死後のことよりも、今日を、否、今の一刹那を、生かされていることを、合掌念仏しなければならんのでございます。

考えて見ますと、昔父が天理教に入信されて、私の手足の上に御利益をいただいておりましたら、きっと後年は天理教の布教師になっていたと思います。肉体の上に御利益をいただかなかったことは、私の精神上に大きな目に見えないもの、――(金もうけ、災難よけ、病気なおし、などは正しい教でないこと)を仏さまは私にお恵み下さいました。

人にはそれぞれのご縁がございます故、信仰の初めは、なやみ、災難よけ、などの面からでも結構です。けれども御利益をいただくことのみ目当てにしないで、もっと深く広く「自分を見る」ことを求めてほしいと思います。

そして皆で、「無碍の道」を歩こうではございませんか。

人間には絶え間のない苦しみがある。夫に先立たれた妻、子に死なれた親、一生を身うごきすらも出来ないお気の毒な方もあります。どんな境遇の人でも、その苦しみや、かなしみを、ぐちや不平でおわることなく、それを喜びにかえていただくことが、善智識と思わせていただき、われ一人の助かりでなく、人さまにも喜びをお分けさせていただくのでございます。

守りに守られているこの生活に（貧しくとも）感謝させられますことも、仏さまよりの大きなおはからいなのです。

両手のある皆さま。お国こそ海をへだてて、異なった地上に住んでおりますが、仏さまのお守りは決して、異なってはおらないのでございます。しっかり手を合わせて、合掌してくださいませ。

※ここに参考として、『中村久子の生涯』黒瀬昇次郎著に引文の『私の越えて来た道』昭和三十四年改訂版を以下に転載します。（編者　三島多聞　註）

問「中村さんは何の宗教ですか」

答「私は真宗の親鸞聖人様が好きです。人間として一切の苦難を通って下さいました聖人様がたまらなく尊敬できますの。しかし自分が好きだからと言って、宗教は人に強いるものではないと思います。

キリスト教でもよいし、禅宗でもよいし何宗でも結構と思います。しかし、ほんとうの宗教を求めてほしいと思います。私の地方でも非常に迷信が多いのですが、神仏は病気を治して下さるものではありません。また神仏に、自分の手足を元々どおりに治して下さい、と祈ることが決して宗教ではございません。何者にもすがらない〝安心〟の境地の到達点が真の宗教です。

宗教とは肉体を超えた、我利我欲も出来るだけ取りすてて、仏にすべてを委ねる魂の奥深い境地だと思います。多くの人々が迷信に走ったり、色々なところに拝んでもらいに行くのは…（中略）…つまり経済的な問題も多分にあると思います。その経済的なものをのり越える気概こそ宗教です」。

中村久子　年譜（年齢は数え年）

（『花びらの一片』一五六〜一六一頁参照）

明治30年（一八九七）〈1歳〉　父釜鳴栄太郎、母あやの長女として11月25日出生。本名ひさ。久子はあざ名。父は畳職を営む。

明治31年（一八九八）〈2歳〉　冬、左足に凍傷発生。高熱で焼けただれて痛み、右手と左足に転移する。

明治32年（一八九九）〈3歳〉　特発性脱疽になる。後藤病院で、右手首と左足は膝下から、右足はかかとから切断。

明治33年（一九〇〇）〈4歳〉　日本赤十字支部の群立病院で両腕は肘関節から、両脚は膝関節から切断。以後14年間医師通いを続ける。

明治34年（一九〇一）〈5歳〉　10月4日、弟栄三出生。

明治36年（一九〇三）〈7歳〉　父釜鳴栄太郎、7月22日の夜急性脳膜炎で倒れ、同月24日死亡。同年秋弟栄三は父の実家畦畑家に預けられ、久子は母の実家丸野家に母と共に帰る。母あやは信州下諏訪の製紙工場に働きに出る。

明治37年（一九〇四）〈8歳〉　身体障がいのため小学校入学不能となる。秋、母あや久子をつれて藤田家へ再婚する。

明治39年（一九〇六）〈10歳〉　4月16日、久子両眼失明。5月5日、弟栄三、岐阜県、南の加納育児病院に送られる。母あや、久子と入水を考える。11月末、久子の両眼光を取り戻す。

明治40年（一九〇七）〈11歳〉　母あや、藤田と一時別居。祖母丸野ゆき、久子に読み書きを教え、久子の

明治44年（一九一一）〈15歳〉
独学はじまる。母藤田家へ戻る。母あやのきびしい躾はじまる。

大正元年（一九一二）〈16歳〉
夏、1ヶ月かかって単衣を口で縫いあげる。

大正3年（一九一四）〈18歳〉
マニラ麻のつなぎの賃仕事を始める。九月、異父妹たみ子生まれる。

大正5年（一九一六）〈20歳〉
亡父栄太郎の親友〝丹後の小父〟久子に見世物小屋入りをすすめる。約1年あまり思い悩み、やがて自活の決意を固める。

大正6年（一九一七）〈21歳〉
見世物小屋入りを決め、11月16日故郷を発ち19日名古屋文明館の元締木下宅に入る。12月1日、宝座で初興行。芸名だるま娘。書道家沖六鵬、久子に書道の指導を行う。

大正7年（一九一八）〈22歳〉
同郷高山市の知人伊勢兼（本名木下兼吉。文明館の木下とは別人）久子一座を引き連れて興行主となり、熱田興行を振出しに京都、神戸、福井、金沢と巡業する。11月、伊勢兼興行に失敗、久子は佐藤興行師の手に渡る。12月、弟栄三の所在わかり文通はじまる。

大正9年（一九二〇）〈24歳〉
日本全国、台湾、朝鮮、満州へ巡業。この間、独学すすむ。裁縫。編物いちじるしく上達する。
5月24日、弟栄三死亡。8月18日、母あや死去。秋、婦人雑誌『婦女界』に懸賞実話〝種々の境遇と戦ってきた私の前半生〟が1等当選。11月、身売りの年季明けて自由の身となる。中谷雄三と結婚。

大正10年（一九二一）〈25歳〉
1月20日、東京帝大病院で義足着用のため切断手術。4月、義足にて初めて歩く。6月、夫の知人池野某来り、義理の柵で1年間、彼の傘下で働くことになる。

大正11年（一九二二）〈26歳〉 8月21日、長女美智子を出産。夫の体調崩れはじめる。

大正12年（一九二三）〈27歳〉 池野と談判、彼の一座と別れる。夫の実家で病を養っていたが、7月1日、夫、肺と腸結核で倒れる。8月20日、祖母の病気見舞に高山に帰る。9月1日、関東大震災。9月17日、祖母ゆき死亡。9月25日、夫中谷雄三死去。11月、義兄のすすめで進士由太と結婚。

大正13年（一九二四）〈28歳〉 8月13日、二女富子を出産。

大正14年（一九二五）〈29歳〉 10月24日、夫進士由太急性脳膜炎で急死。

大正15年（一九二六）〈30歳〉 7月、定兼俊夫と結婚。秋、久子左肺を犯される。3ヶ月入院。11月、台湾興行。

昭和2年（一九二七）〈31歳〉 4月26日、三女妙子を出産。

昭和3年（一九二八）〈32歳〉 2月22日、妙子はしかにて死亡。

昭和4年（一九二九）〈33歳〉 妙子の遺骨を四国善通寺へ納める。夏、座古愛子（52歳）に会う。秋、長女美智子の運動会参観。

昭和5年（一九三〇）〈34歳〉 11月1日、学習院で演技披露。賞状をもらう。

昭和8年（一九三三）〈37歳〉 秋、定兼俊夫と離婚。興行師大野の仲介で9歳年下の中村敏雄と結婚。久子、中村姓に入る。

昭和9年（一九三四）〈38歳〉 春、「無我愛」の創立者伊藤証信の妻あさ子を知る。

昭和10年（一九三五）〈39歳〉 郷里高山で父母の追善供養興行を行う。

昭和11年（一九三六）〈40歳〉
11月、三越ホールで大石順教と講演。この折、岩橋武夫、ヘレン・ケラーとの対面を約束してくれる。

昭和12年（一九三七）〈41歳〉
1月、芸人生活を止める決意を固めて上京。四谷塩町に移住。夫敏雄は日通の荷物配達に従事。伊藤あさ子の依頼で、千葉耕堂、久子の面倒を見る。4月17日、日比谷公会堂でヘレン・ケラーと対面。5月8日、大日本連合母の会より表彰される。この頃から求道心より発する精神的煩悩に苦悩。慢心に気づく。経済的に行きづまる。12月、子宮外妊娠で木下正一博士の厚意を受ける。

昭和13年（一九三八）〈42歳〉
書道家福永鵞邦を知り『歎異抄』を教えられる。見世物芸人に復帰する決心をする。

昭和14年（一九三九）〈43歳〉
決定の域に足を踏み入れる。

昭和15年（一九四〇）〈44歳〉
故郷高山に帰り以後14年間ここで過ごす。朝鮮、九州へ興行に出る。

昭和16年（一九四一）〈45歳〉
12月8日、太平洋戦争はじまる。

昭和17年（一九四二）〈46歳〉
1月、三重県津市の観音祭を最後に興行をやめ芸人生活にピリオドを打つ。日本大学付属病院にて左足、右腕3センチ切断、義足使用不能になる。長女美智子に男児生まれ、久子初孫を抱く。

昭和18年（一九四三）〈47歳〉
6月、『宿命に勝つ』一千部発行。

昭和19年（一九四四）〈48歳〉
夫、中村敏雄に召集令状来る。

昭和20年（一九四五）〈49歳〉
8月15日敗戦。10月、夫敏雄無事に帰る。

昭和21年（一九四六）〈50歳〉 講演の回数おびただしく増え、夫や富子に背負われて会場をまわる。

昭和23年（一九四八）〈52歳〉 10月、京都府立盲学校で、ヘレン・ケラーと二度目の会見。

昭和24年（一九四九）〈53歳〉 『無形の手と足』を執筆発行。身体障がい者福祉法が制定される。

昭和25年（一九五〇）〈54歳〉 高山身障者福祉会発足。初代会長に就任。

東海毎日新聞社の表彰をうける。11月、黒川厚生大臣と対談。

昭和26年（一九五一）〈55歳〉 10月15日、『生きる力を求めて』を発刊。

昭和27年（一九五二）〈56歳〉 7月24日、亡父母、祖母、義父、弟、妙子の法要を高山別院で営む。

昭和28年（一九五三）〈57歳〉 講演の不便、高山の冬の寒さで静岡に移る。

昭和30年（一九五五）〈59歳〉 初夏、京都府立盲学校でヘレン・ケラーと三度目の会見。9月、『私の越えて来た道』を発刊。

昭和32年（一九五七）〈61歳〉 東京仏教婦人会有志より義足を贈られる。

静岡県身体障がい者福祉大会で表彰される。

昭和35年（一九六〇）〈64歳〉 5月11日、身体障がい者の模範として厚生大臣賞受賞。10月23日、宮中に参内、天皇陛下にお言葉を賜わる。

昭和36年（一九六一）〈65歳〉 4月12日から3日間NHKの〝人生読本〟で〈御恩〉と題して自らの人生を語った。当時全国の大反響を呼び、津々浦々より支援のカンパが寄せられた。これを縁に、支援者の心を体して、障がい児をもつ親にとって励ましと、障がい者の生きる力を喚起するため、女史は〈悲母観世音菩薩建立〉を発願した。昭和40年9月5日、念願成就して悲母観音像（彫刻は前真蓮寺住職三島常馨師）が国分寺の磐台に建立されたが、その間、丸3年の間に有志は二九八名に達し、開眼法要前の9月4日、今後の更なる女史の活動支援を誓って〈久光会〉が設立された。

昭和41年（一九六六）〈70歳〉
5月、故郷高山市天満町に家を新築し、岡崎市より移り住む。

昭和42年（一九六七）〈71歳〉
座古愛子の23回忌法要を神戸の祥福寺と神戸女学院で営み、『座古愛子女史の一生』を編纂発行。

昭和43年（一九六八）〈72歳〉
1月3日、脳溢血で倒れる。3月19日午前6時53分、天満町の自宅で死去。遺言により即日遺体は岐阜大学医学部に運ばれ尾島昭次教授の執刀で解剖。脳、眼球、内臓すべて寄贈される。4月4日、高山別院で葬儀。

昭和46年（一九七一）
6月、中村久子女史の主著と諸誌に掲載された対談、詩歌など主要部分を、春秋社と瀬上敏雄氏が協力編纂し『こころの手足』と名づけて出版。現在書店で発売中。

昭和49年（一九七四）
8月27日、久光会の会長・三島常馨氏が逝去。

昭和52年（一九七七）
春、〝ある　ある　ある〟と題して中村久子女史の一生が映画化された。製作者は浄土真宗本願寺派教証寺住職・小池俊文師（山口県嘉川字原条）である。〔仏法を家庭にひろめる運動の会〕（東京都世田谷区羽根木2―37―4）ＴＥＬ東京（三二一）〇八三四に連絡されれば、フィルムを求められる。

昭和56年（一九八一）
10月15日、国連障がい者の十年にあたり、久光会は高山市仏教会の協力を

昭和57年（一九八二）

得て、法要と記念講演会（講師・松原泰道、課題〝人間復興〟）を開催。

3月、岐阜県高山市鉄砲町、真蓮寺住職三島多聞師、寺報「浄摩尼珠」に中村久子女史の一生を特集発行。これを機に、久光会幹事・鍋島芳太氏より久光会の一切を引き継いだ。

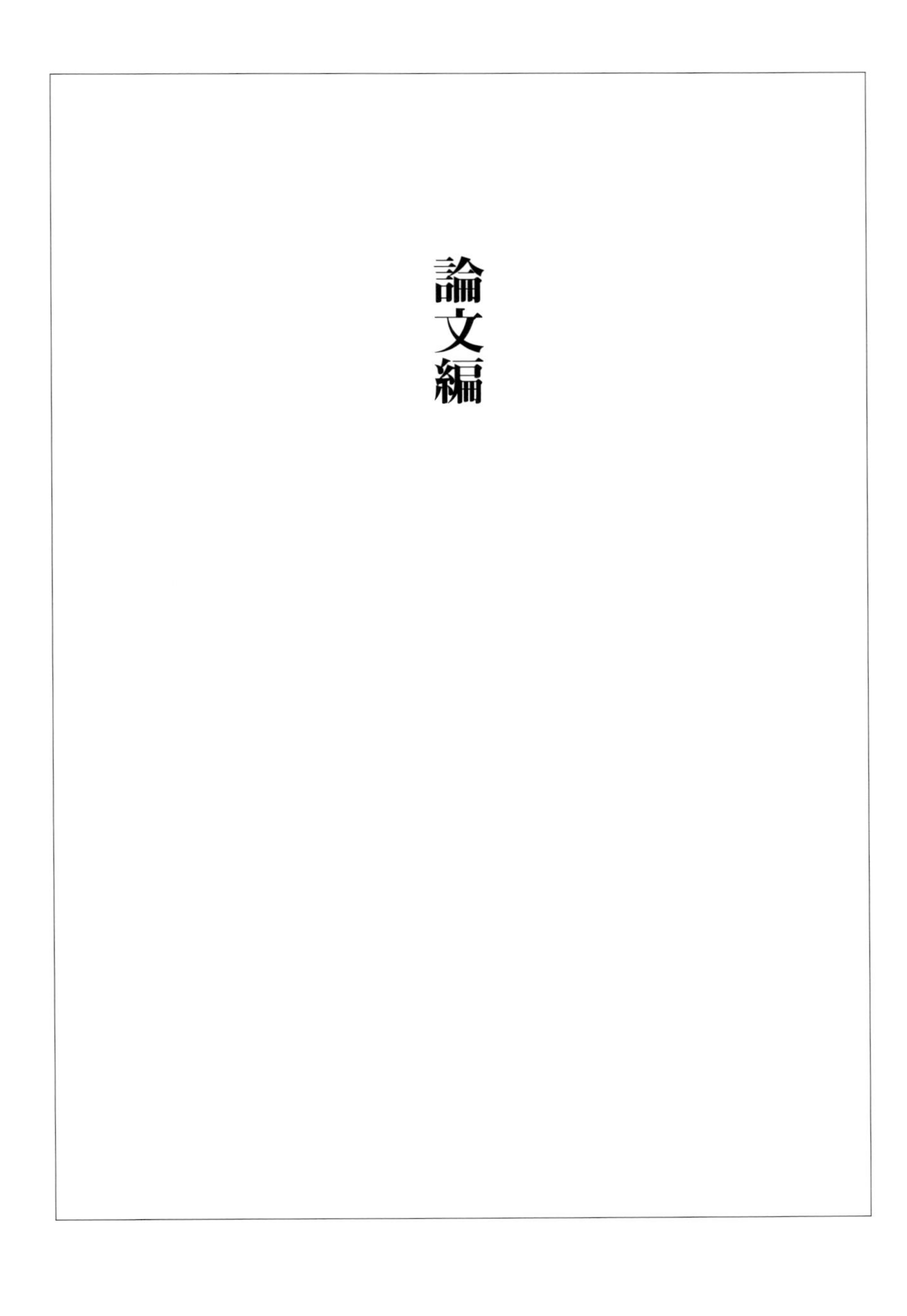

論文編

中村久子の生死観と超越（上）

Life, Death and Transcendence in Hisako Nakamura (1)

鍋島直樹
Naoki Nabeshima

序　生死観と超越についての物語

仏教において「生死」とは、すべての存在が無常にして稀有な存在であることを自覚させるとともに、衆生が曠劫より久しく流転輪廻し、迷い・苦を繰り返している現実を示す言葉である。「超越」とは、迷い・苦悩を超えて真の依り処を見出す意義を有している。[1]

『嘆徳文』によると、[2]親鸞は九歳で出家して二十年間、比叡山において、生死の出離を求めて修行に励むものの、湖水のように心を凝らしても意識が波立ち、さとりの月を観想しても煩悩に覆われてしまう自己に行き当たったとされる。『恵信尼文書』によると、[3]親鸞は精神的な煩悶が深まり、比叡山を下りて、六角堂に参籠して後世を祈った。そして九十五日目の暁に、聖徳太子の言葉を読み終えた時、救世観音が聖徳太子の姿となって現れ、道を示した。その明け方、堂を出て、後世を助かる縁を求めて、人を尋ねて歩いた末に、法然に出遇った。それから、百日間、雨の降る日も晴れの日も、どのような支障がある日にも法然のもとを訪ねた。法然が、後世のことは、善人でも悪人でも差別なく大切であり、「生死いづべき道」だけを一筋に説いたのを承った、と記されている。「生死観と超越」という研究テーマには、人が精神的煩悶のなかで、自らの生きる意味を見つめ、真実を求めて、真実に出遇っていく過程を明らかにするとともに、その苦しみを超えた真の依り処とは何かを解明する目的が込められている。

中村久子（一八九七年十一月二十五日～一九六八年三月十九日）は、三歳で特発性脱疽がもとで両手両足を失い、一時は失明の苦しみまで経験した人物である。やがて生活のために見世物芸人となり、その逆境の中でひたむきに読書、裁縫、書道等に打ち込むことによって、少しずつ自立していった。両親を亡くし、弟とも死別する悲しみの中で、彼女は天理教、キリスト教、無我愛などさまざまな宗教に出あい、最終的には、『歎異抄』に震えるような感動を覚えた。その苦しみの中で見出した救いについて、中村久子は次のように表現している。

人生に絶望なし。いかなる人生にも決して絶望はない。(4)

お前を見ると　涙ぐむ
花びらの一片は
血のにじむ忍従がある
忍びゆくこと
それ自身は勝つことである
忍ぶのには力がいる
信ずることは
如来にとって
力を得ることである(5)

どんなところにも生かされていく道はございます。(6)

手足なき身にしあれども生かさるる
いまのいのちは尊とかりけり(7)

このような中村久子の言葉は、逆境に追い詰められた人々を力強く支え、生かされている命の不思議さを示している。中村久子は、ひとひらの花びらに忍従の美しさを見出し、如来の力によってこそ自らの信じる力を恵まれていることを感じとっている。彼女の生き方には、差別されていた障がい者の尊さや、親鸞思想に基づく人間観と救済観があふれている。そこで、この論では、中村久子の生死観と超越に焦点を絞り、彼女の生涯とその苦悩の中で見出した真実について明らかにしたい。

人は、それぞれの人生において誰にも代わってもらえない苦しみに悩むとき、苦悩を離れた真実の生き方を求める。思い悩む人間にとって、実際に苦悩を乗り越えた人間の生き方や物語は、自らの行くべき道を示す灯となる。ちょうど親鸞の生涯と思想に、自らの人生の指標を探し求め、また、法蔵菩薩が五劫思惟の修行を経て一切衆生を救済する本願を成就し、阿弥陀仏となる説話に、自らの救いの道筋を恵まれるように、現実の苦悩を超えた実際の物語は、人々に大きな示唆を与える。

河合隼雄は、人の苦しみを理解し、悩みに寄り添う心理療法において何が重要であるかについて、次のように記している。

各人の生きている軌跡そのものが物語であり、生きることによって物語を創造しているのだ[8]。

自我による納得を焦らないためには、イメージを簡単に何らかの概念や、特定の人物や事物などに置きかえるような「解釈」をすることなく、むしろ、そのイメージのもつ意味合いを味わう

ことが大切となる。……解釈をせずにそれを見守ることが大切となる。(9)

このように、人間理解においては、聞き手が悩める人間を一方的に分析し、解釈する方向から、聞き手と話し手とが相互に関係し、じっと見守りながら相互に深く聞く方向に転じる必要があるだろう。仏教においても、一人ひとりのかけがえのない物語を聞き、法に照らされて自己を知り、生死を超える真実の安らぎを見開いていくことが願われる。伝統ある真実の教義研究は何より重要である。ただし、その教義解釈が、生きる羅針盤としての真実味をもたない限り、悩める者にとって生きる力とはなりにくい。だからこそ、実際に苦悩を乗り越えた人間の物語（narrative）に注目し、その到達した境地だけでなく、どのようにして苦悩を超えて真実にいたったのかというプロセスを示すことが求められている。そして、生死を超える真実の物語と教学との往復運動ができれば、物語を通じて、教義の真意を知ることにつながるだろう。

両手両足を失った中村久子は、差別や偏見の中で、孤独感や苦悩に耐えながら、努力して生き抜き、自分の生まれた意味、生きる意味を真剣に求めつづけた女性である。この論では、中村久子の見出した真実の道を明らかにし、彼女の生死観と超越を、一つの真実の物語、生死を超える鑑として真摯に学びたいと思う。

一　中村久子の誕生から十八歳まで――苦難とひたむきな努力

中村久子は、三歳の時、凍傷がもとで特発性脱疽となった。高熱のため、肉が焼け骨は腐っていく病気である。手術すべきかどうか家族が悩んでいた時、久子の左手首がポロリと崩れ落ちた。久子はやむなく右手と左手は手首、左足は膝とかかとの中間、右足はかかとから切断した。三歳から四歳にかけて、幾度も両手両足を切断し、郡立病院にて、両腕肘関節、両足膝関節を切断した。その手足の切断後も苦痛は去らず、毎年秋の彼岸の頃から、切断した手足の末端が紫色となり、翌年五月の葉桜の頃まで、疼くような痛みで昼夜を問わず泣きつづけた。久子が七歳の時、父親の釜鳴栄太郎がある夏の夜、久子を揺り起こし、「久子、お父ちゃんが貧しくても、死んでも決して離さないよ」と叫んで、久子を強く抱きしめて床に倒れた。三日後、父親は急性脳膜炎にて死亡した。その秋から、久子の弟栄三は父の実家にあずけられ、久子と母は、母の実家に帰り、久子は祖母の丸野ゆきに面倒を見てもらった。久子が八歳の時、生活を維持するためもあって、母親が再婚したが、義父の冷たさもあって、久子は二階にいつも置かれ、まともな食事をいただくことも、トイレに行くことも我慢せざるをえない悲しさを味わった。久子が十歳の時、弟栄三は育児院に送られた。その十歳の春、四月十六日、久子は急に眼が痛みだし、一夜のうちに、両目とも失明する苦しみまで経験した。

母親の釜島あやは、目の見えなくなった久子を背負い、高山に流れる宮川の上流に死に場所を求めて歩いた。中村久子は、その時の母の姿を次のように記している。

「ひさ……堪忍してなあー」

と、かすかに首を振り向けた母の顔から、冷たい泪がおちて私の額に――。

ただ、訳もなく悲しくなり、母の背で泣き出した。なだめるようにひくい声で何か言いつつ、とぼとぼ歩みをつづけていられる。…（中略）…

町外れを東南に隔てた此処は宮川の上流――、じいっと身動きもせず、いつまでもいつまでも立っておる母、――何とはなしにおそいかかるような怖ろしさに固く小さくふるえている私の体にも、夜霧が冷え冷えと下りている……。

「……かか様、こわいよう」

「…………」

母は身じろぎもしない。放心した人のように――。

「…………」

地獄の底を思わせるような凄い水音は、ひっきりなしに大地をふるわせておる。

「泣かんでなあ……。何でもないの、……帰ろうなあ」

かすかな溜息をついて、よろよろと母は力なく歩き出した。…（中略）…人の世に生きる事の難きに堪えかねて安住の地を「死」によって見出そうと母はされたが、やっぱり死は得られなかったのです。凡ての苦しみと悲しみの中に、雄雄しく強く私を育てるべく決意された事を、後日に聞いて、母のみ心こそ大慈悲だったのでございます。(10)

こうして自殺を思いとどまった母あやは、久子を連れて家に戻った。久子は川上医師の熱心な治療を受けることによって、その年の十一月末、視力が回復した。これが縁となり、心中まで思い詰めた母も、力強く生きることを決意した。そして娘に独立して生きる道を選ばせるため、久子が十一歳の夏より、母の厳しい躾が始まった。母は久子に、衣類のほどき物、掃除、囲炉裏に火をたくこと、小さな洗濯などをさせるようになった。「ほどき物はようしません」という久子に、母あやは、

「できないからといって止めてしまったら、人間は何もできません。どんなことでもしなければならないのが人間なのです。できないことはないはず。やらねばならんという一心になったら、きっとやれるものです(11)」

と言った。その時は、母を恨むような気持ちがあふれた。久子は考えた末、和鋏を口に咥え、上下の

歯で噛み合わせて使用した。和鋏を口に咥えて使うことにより、時間をかけて、着物のほどき物ができ、丹前の綿入れもできるようになった。それは久子にとって大きな歓喜であり、発見であった。また、母あやが「針がもてたらええのになあ」と話した言葉に奮起して練習し、やがて口で運針ができるようになった。お手玉も巾着も人形の着物も縫い上げるようになり、少しずつ室内の生活や身の回りのことができるようになった。母の厳しさは、久子の将来を考えた末のまことに深い愛情だった。しかし実際には、近所の友達に人形の着物を頼まれて、裁縫してあげると、その家の母親が、こんな汚いものをもらうんじゃありませんと、小川の中に捨てられてしまったことがあった。久子の唾液で人形の着物が濡れていたからである。久子はこの時、自分に手足が無いことを改めて実感し、目の前が真っ暗になって泣き出したという。久子が唾液で濡れない裁縫ができるようになるまで、それから十三年間かかった[12]。

また、幼い久子を深く支えたのは、久子の母方の祖母、丸野ゆきであった。母が仕事のため、久子を祖母にあずけたとき、祖母は久子を不具の子として、特別扱いをしなかった。祖母は、久子に来客に対する礼儀や日常生活の躾、百人一首や読書、習字を教え、近所の友達を久子のもとへ呼び集めたりして、人との関わりの中で明るく生きられるように育てた。祖母はまた折に触れて、仏様の話を久子に聞かせた。

「授けられた運命には少しの不満も抱かず、お念仏を申しながら、一心に努力して、仏様のみ心に背かぬようにしなければならない」

「怨めば怨みが返ってくる。仏様がご覧になっていらっしゃるから、いじめられても、叩かれても決して他人様を口きたなく罵ってはいけませんよ[13]」

祖母は、真宗で聞いた経験をもとに、目に涙をためながら、久子にそう語ったとされる。祖母の優しい教育が久子の心を慰め、力強く支えた。後になって、久子は祖母のことを、

私の心の中に肢体不自由を全く超越し克服した幸福感と感謝の念を強く芽生えさせてくれた[14]。

と語っている。中村久子は、十二歳頃まで、自分で御飯が食べられなかった。母に頼ってほとんど食べさせてもらっていた。しかし、「箸ももたんで食べるものはなぁ、犬や猫とひとつじゃぜなぁ[15]」と言われ、久子ははっとした。「自分は犬や猫ではない。人間なのだ」と火のような信念と反抗心が子どもの心に燃えさかり、肘までの手を使って食べる練習を重ねた。ついに十三歳頃には、左手の肘の上に茶碗をのせ、右手に包帯を巻きつけ箸をさして、箸を使って食事をすることができるようになった。十五歳の夏には、血のにじむような思いをして、一ヶ月かけて、ついに口で単衣を縫い上げた。

十六歳の頃から、マニラの麻糸つなぎの賃仕事をした。母あやは、固い麻糸を口の中で結び合わせるように、指のない久子に与えた。久子は悲しさや悔しさがこみあげてきて、涙がとめどなくあふれた。それでも苦心して二本の糸の両端を口の中で結べるようになった[16]。

二 中村久子の成人期――「泥中の蓮になれ」

久子が十八歳の時、亡き父、釜鳴栄太郎の親友が、久子に見世物小屋での芸人生活を勧めた。母あやは、はじめ興行師の勧誘に激怒した。なぜなら、久子の亡き父、釜鳴栄太郎が、「貧乏はしていても、我が子を喰物にはしない[17]」といい、厳しく見世物小屋からの誘いをはねのけていたからであった。それから約一年余り、思い悩んだ末、久子は自活を決意した。久子は二十歳の時、高山を離れ、名古屋大須「宝座」において「だるま娘」の看板で、見世物芸人の生活が始まった。想像を絶するような苦しみの渦中で、努力に努力を重ねて、生き抜くために芸を身につけていった。興行していたある日、ある青年が、「これを一枚書いてくれ」と紙片をだした。「精神一到何事不成」の八字だった。この人が、書家の沖六鵬であることを知り、それ以来、熱心に習字も習い始めた[18]。やがて口を使って文字を書き、編み物をし、人形の着物を縫いあげることができるようになった。興行の小屋などで、参加者から字を書いてほしいと求められると、

精神一到何事不成

なせばなる　なさねばならぬ何ごとも　ならぬは人のなさぬなりけり[19]

という言葉を、子どもたちや大人によく書いたとされる。また、沖六鵬は、久子にこう教えたとされている。

「見世物小屋の芸人であっても、泥中の蓮にならなくてはいけない。泥の中にはいても、泥に染まらない精神を持たねば、真の人間とは言われないのだ[20]」

この「泥中の蓮になれ」という言葉が、中村久子の目標となり、見世物小屋で受ける人々の揶揄に負けず、自らの精神を清らかに保ちながら、努力する生き方を生んだ。それはまた見世物芸人の生活で一生を終わってはならないという気概でもあった。この中村久子の見世物芸人の生活に関連して、一つのエピソードがある。瀬上敏雄によると、「熊娘」と呼ばれる芸名の仕事仲間と久子との心の交流が伝えられている。

一度、熊娘の話を聞かされたことがあった。偽者の多い見世物界で、この熊娘は正真正銘、全身に熊のように毛が生えていて、しかもその一本一本の毛に血が通っていて、剃ることも出来ない。薄暗くしたテントの真ん中で、裸になって懐中電灯に照らされると、全身の毛に、うっすらと血の赤さが見える。それを観客に見せて渡世するのである。

仙台で興行を行っていた時、この熊娘にお客を取られて、隣に張った久子さんのテントには、お客が入らなかった。そんなある日、親方に叱られて、まだうら若い熊娘は、何度か久子さんのテントに逃げて来た。障害の身でなければわからぬ悲しみがある。久子さんは短い腕に抱くようにして熊娘をいたわり、熊娘は「お姉さん！」といって慕った。やがて、次の巡業地へと別れる浮草の身を嘆き合い、泣いて別れを惜しんだ(21)。

また、久子自身が自らの日常生活を説明するにあたり、こう記している。

私より断端が短い人が歯ブラシを使う事は困難ですが、柱と残った腕で歯ブラシを押さえて、頭を左右に動かして歯を磨く事ができます。

近代科学の粋を集めた巧妙な義肢とても、つけたままでじいっとしていたのでは、何等の役には立たないのです。……

一にも努力、二にも努力、努力以外の何物もありません。如何程おもい障害を受けていようと、必要に迫られれば人間にはかぎりなくも、それからそれへと独創の世界がくり展げられることは、「生かさるる者」のみが受ける宇宙の偉大な恩寵なのであります[22]。

このように、苦難の中にあろうとも、ひたむきに努力するところに、自らの道が展かれてくることを久子が実感していたことがよくうかがわれる。この頃より、中村久子は、ひたむきに努力する「心・魂」、そして「無心」という言葉を大切にして、その書を数多く書き遺している[23]。

中村久子が二十四歳の時、弟栄三の危篤の知らせが久子に届いた。幼い五歳の頃から離れ離れになったままの弟栄三と再会して喜び、弟も姉久子の腕を離すことがなかった。久子はしばらく重病の弟を看病したが、仕事に戻らねばならず別れた。後に、興行先の名古屋で、栄三の死を電報で知った。また、わずか三か月ほど後、母あやが四十六歳で亡くなったのを興行先で知った。母の訃報に接して、中村久子は、こう記している。

ああ、お母様もとうとうお亡くなりになられた。子として自分ほどの不孝者があるだろうか―申し訳のない私でした。お宥しくださいませ。四肢なき子を伴れて貧苦の中に世の人の冷笑を浴び冷たい家庭にも、ようこそ育てて下さいました。かか様があったお蔭で、ひさは手足が無うても生きて行く事が出来るのです。かか様の御苦労を思いまして、ひさは、きっときっと強く正しく生き抜いて行きます。[24]

こうして中村久子は、弟と母の死別を縁として、さらに強く生きるべき道を求めたのである。[25]その年の夏、久子は、婦人雑誌『婦女界』に「種々の境遇と戦ってきてきた私の前半生」を執筆して応募したところ、一等に当選し、原稿が掲載された。また、中谷雄三と結婚して、子どもに恵まれ、長女美智子が誕生した。「手も足もありますか」、産後にはじめて聞いた言葉であった。看護婦が「お手々もあんよも立派なお嬢ちゃんですよ」と応えてくれた言葉ははっきり久子の耳の底に残っていたという。[26]「私のような体にも、人並みに母の歓びを与えられたのだ。——じっと見つめていた私の眼には、感傷とも感謝ともつかない涙がとめどなくあふれた」と久子は語っている。[27]

しかし、またもや不幸が久子に襲いかかった。久子が二十七歳の時、祖母の死につづき、看病をつづけていた夫、中谷雄三も亡くなったのである。その時の思いを、久子はこう記している。

「祖母死す」

義父からの電報、大事な大事な、ばば様はお亡くなりになった。予期した事ながらも悲しさで胸は一杯。一生を苦労された老後を我子がありながら——病床のあの有様は——、二十年の年月を母の片腕になって私を育てて下さった。其の間でも祖母の許に在る時は、不具の子とて別扱いはされず、来客に対する礼儀、食事の仕方など普通の子どもと同じ躾をされた。…（中略）…

数日過ぎて暁の朝。

九月二十五日、三十歳を一期としてとうとう夫は此の世を去りました。四肢なき妻と生後十三ヶ月の愛児を残して――。

私もこのまま一緒に死にたい――子どもの為にいつ迄も生きて居て――と、念った悲しい妻の祈りも、ついに空しく、短い腕に児を抱いて、冷たくなった夫の躰にすがって泣き暮れました。子は無心にほほ笑んでいる――。

天地広しといえど、孤独のあわれさ、はかなさよ。生くる苦杯を受けねばならぬ宿業を、沁々と思いつつ――。(28)

自分の心を支えてくれる頼りを失ってしまった死別の深い悲しみである。悲しみの底で、義兄の世話により、久子は進士由太と再婚した。翌年二十八歳の時、次女富子が誕生して喜んだのもつかの間、翌年二十九歳の時、夫の進士は急死した。美智子と富子は、幼くて父の死がわからなかった。

父の死を知らず、手を引っ張って起こそうとする子のいじらしさ――生みの親の顔も知らず、優しく育てて下さった父に逝かれ、なんとふびんの子よ――胸は締め付けられる悲しさ――。
何故自分だけが生きているのだろう。
だれを頼りにして生きて行こう――[29]。

悲しみの中で、中村久子は二人の子どもを育てる責任を同時に感じていた。久子が三十歳の時、ある人の紹介で、定兼俊夫と再婚した。その後、三女の妙子を出産したが、三十二歳の時に、妙子ははしかで亡くなってしまい、久子は深い悲しみにくれた。

三　中村久子の心の灯――座古愛子・伊藤証信・ヘレン・ケラーとの出遇い

久子が三十三歳の時、雑誌の『キング』に載っていた「寝ながらにして女学校の購買部を受け持っている人」という記事を読んで心動かされ、その女性、座古愛子のいる神戸女学院を訪ねた。座古愛子とは初対面であったが、互いに涙が堰を切ったように流れた[30]。クリスチャンの座古愛子と出会って、彼女が不平も言わず、他人の幸福を神に祈っているのを知り、久子自身も生かされているということを心の底に感じたとされる。

久子は三十七歳の時、さまざまな事情で離婚をしたが、ある人の紹介によって、中村敏雄と再婚した。中村敏雄は、久子の九歳年下で、温厚で、久子一座の仕事をよく理解し、久子の臨終まで立ち会った人だった。

久子四十歳の頃より、伊藤証信の妻、伊藤あさ子との交流を縁として、「無我愛」という生き方に感化された。「無我愛」運動は、伊藤証信が明治三十八年に、東京巣鴨村大日堂に無我苑を開き、修養運動を始めると同時に、機関誌「無我の愛」を創刊したところに始まる。[31]伊藤証信は、「無我愛」運動を進めるために真宗大谷派の僧籍を返上し真宗大学も退学した。その「無我愛」運動を始めた頃には、徳富蘆花、幸徳秋水、堺利彦、綱島梁川、河上肇などが賛同していた。「無我愛」の精神とは、「全力を献げて他を愛するの主義」とされ、何事も大自然にまかせて生活すればよいという思想である。「無我愛」とは、この身は天下の公有物であって、私有すべきではないという仏教の「無我」の精神と、この身は愛を行う器であるというキリスト教の「愛」の精神や西洋哲学をあわせた思想であった。久子は、「無我愛」に感化されつつも、後に、念仏の信心にめざめてからは、政治的色彩の濃い伊藤証信の思想と一線を画するようになった。伊藤証信が晩年、戦争協力、天皇制賛美などの国粋主義的傾向を示したからであった。[32]久子にとっての念仏は、阿弥陀仏が自己を招喚する声であって、国家や政治などの世間の都合と結びつくものではなかった。[33]

昭和十二年（一九三七）四月十七日、久子が四十一歳の時、岩崎武夫らの尽力で、ヘレン・ケラー（Helen Keller 一八八〇～一九六八）と会えることになった。ヘレン・ケラーは、耳・口・目の不自由な三重苦を背負いつつ、サリバン先生の教化を受けて言葉の世界にめざめ、やがてハーバード大学に入学し、社会事業家として活躍した女性である。ヘレン・ケラーは、世界の身体障がい者に希望と福音をもたらす「青い鳥」と呼ばれ、自己犠牲をして、社会に尽くす「没我」の姿勢を貫いたとされる[34]。中村久子は、ヘレン・ケラーのために口で縫った着物を着た人形を贈った。その二人の初対面について、こう記されている。

ケラー女史は私の傍らに歩みより、熱い接吻をされた。――そして、そうっと両手で私の両肩から下へ撫で下ろされる時、袖の中の短い腕先にさわられた刹那、ハッとお顔の動きが変わりました。下半身を撫で下された時、両足が義足とお分かりになった――再び私を抱えて長い間接吻され、両眼から熱い涙を、私は頬を涙に濡らして女史の左肩にうつ伏しました。

二千余の聴衆も誰一人として、顔をあげ得る人はなく、さしもの大会場も一瞬は、すすり泣き声のみ――。全く生まれて初めての大きな感激でした。

みすぼらしい人形は、女史のお膝の上に抱かれて、おつむを撫でて頂いています。その暖かい女史の姿を見た時、再び感激に胸はふるえました。

心をこめた仕事に、太平洋も国境もない。あらゆるものを乗り越えて行くのは、人間の持つ尊い真心なのだ――としみじみこの時教えられました[35]。

同じように重い障がいの経験をもちながら、ひたむきに生きている者同士の心の交流は、言葉や国境を越えて、深く通いあった。当時の新聞には、ヘレン・ケラーが中村久子に対して、「私より不幸な人、私より偉大な人」という賛辞を送ったと伝えている。[36] 中村久子は、ヘレン・ケラーと交流が始まり、昭和十二年、昭和二十三年、昭和三十年の三回、日本で出会っている。

中村久子は、幾度も宗教に帰依する機会はあった。父親の信じた天理教、座古愛子やヘレン・ケラーのキリスト教、伊藤証信の提唱した「無我愛」、生長の家などがそれである。特にヘレン・ケラーとの対面後は、東京などにおいて何度も洗礼を勧められた。しかし、久子は、「心をゆさぶられるものは何ものもなく、もっと深いもの、もっと香り高い何かがどこかにあるような感じ[37]」がしていた。

私は手がない上に、人生の雑草の中に育ち、見世物小屋の中で結核にかかり、主人が二人も亡くなり、いろいろ不幸な境遇に苦悩しました。が、その中にあっても、拝んだり祈ったりする信仰には絶対入りませんでした。

興行主は、お客様が多く来るようにと、豊川稲荷や金毘羅様にお祈りするが、私はそれにも迷わなかった。お客様は信仰するしないには関係ないのだ。面白かったり、よかったりするとドンドン来る。そうでなかったらいくら信心したって来やしない――それは私の終始変わらぬ気持ちでした。[38]

久子は、手足のない状態で、人間として生きるために、血の滲むような努力を重ね、本物の芸を磨いてきた。だから、人々が彼女の芸を見に来てくれたのであった。決して祈願や祈禱にすがる信仰の力によって、見物客が増えるのではない。ごまかしのきかない彼女の身体がそれを教えてくれていた。

四　中村久子の精神的煩悶——中村久子女史後援会による支援と久子の苦悩

久子は自活を求めて、二十歳の時より見世物芸人の仕事に就いたが、芸人から独立したいという気持ちを持っていた。久子は結婚して子どもに恵まれたが、全国での興行の旅をつづけていたため、子どもとゆっくり過ごす時間はなかった。また、久子が自宅近郊の総社まつりで見世物芸を披露した際には、長女の美智子が学校で、「手足の無い人が口でするお仕事の見世物をみました。その人は釜鳴さん（久子のこと）のお母さんです」と同級生から中傷を受け、泣いて帰ってくることもあったという。[39]子どもの幸せのためにも、興行会を去り、子どもとともに生きたいという気持ちが膨んだ。興行会を出たいという久子の願いを支えたのは、「無我愛」を提唱した伊藤証信の妻、伊藤あさ子であった。「無我愛」の思想を通じて、「パンの問題はあとまわしに、精神上の心を糧に生きることを決心した」

と、久子は語っている。[40] こうして、精神上の心を糧に生きることを決心し、四十一歳の時、見世物小屋での芸人生活をやめることを決意した。

ヘレン・ケラーとの会見を縁として、中村久子を支援する人々も集まった。中村久子を見世物芸人から独立させて、精神的にも物質的にも援助したいという支援者の声が高まり、昭和十二年三月、「中村久子女史後援会」が組織された。[41] その後援会は、「ヘレン・ケラー女史に会わす後援会」の会員の他に、伊藤証信の妻・伊藤あさ子、千葉耕堂、韓見相、高嶋米峰、泉道雄、平塚らいてう、守屋東、栗田確也、森慈海、ギルバート・ボールズ夫妻などが支援して立ち上がった。こうして久子の境涯が世間に高く注目され、各地で講演に招かれた。昭和十二年五月八日には、大日本連合母の会において、「母の模範」として表彰された。中村久子は、見世物の興行会から独立した後、全国の学校や婦人会や寺院や刑務所で講演し、陸軍病院へ慰問のために話に行った。しかし中村久子は有名になると、家を空けることも多くなり、子どもたちは不安になった。中村久子女史後援会より月一人一円の会費を彼女は受けていた。しかし、久子はそれに感謝しつつも、それは久子本来の自立という願いとは異なっていた。久子は新しい仕事を得たかったのであった。この頃より久子は精神的にも経済的にも行き詰まりを感じていた。この時期の精神的煩悶について、中村久子は次のように記している。

後援会の皆様の連絡によって、市内の学校、婦人会、母の会、信仰の会にいろいろな場所へ拙い体験談をお話ししてめぐったことは、今も異なることはありませんでしたが、其の頃、心のどこかに慢心がありました。

自分はえらいからだと――これはとんでもない大まちがいであり、そして自分の突き当たりになっているのですが、慢心している自分には分かろう筈はありません。…（中略）…私が後援会に望んだことは月々一円宛ての会費を頂くことや、花火線香のような私の体験談を会合でさせて頂くことでなく、私に仕事を与えて頂きたかったのですが、時代が福祉法の無い時代でもあり、とにかく仕事がなかった事は、精神的にも経済的にも行き詰まりを来たす反面でした。…（中略）…。

私には何よりも必要で大切な「時」は、与えられていなかったのです。……母子三人の生活は後援会費を頂いた処で二人を学校に上げての生活は無理でした[42]。

久子は、死ぬまで見世物の興行会にいなければならないのかという深い煩悶に苦しんでいた[43]。そこで久子は決心して、見世物小屋を出て独立する生活を始めたものの、久子の講演や夫の仕事だけでは経済的に厳しかった。現実には、見世物小屋を辞めて、自立できる時期ではなかった。また、何よりも久子は、心の中に、自分の苦しい経験を高みに立って人に説いているという慢心に気づかずにいた。心のどこかにあった慢心に向き合えず、生活基盤の不安と心の苦しさに突き当たるばかりで、自らを掘り下げる時間もなくしていたのである。

五　中村久子と『歎異抄』との出遇い――念仏の声

中村久子が四十二歳の時、東京のある婦人会に招かれ、福永鷲邦という書家で熱烈な浄土真宗の門信徒に出遇い、手に数珠をかけ、念仏する姿に心動かされた。以来、毎日のように、福永鷲邦より話を聞いた。その際、久子は、福永鷲邦から紹介されて、『歎異抄』および大須賀秀道著『歎異抄真髄』（法藏館、大正八年〈一九一九〉再版）を読み、親鸞の明かした真実に出遇うのである。

「お念仏なさいませ、一切は仏様におまかせすることです。どんな時も仏様は私たち衆生をいだきかかえていて下さるのです。お念仏させて頂きましょう」

そのお言葉はまさに旱天に慈雨。――長い間土の中にうずめられていた一粒の小さい種子がようやく地上にそうっとのぞいて出始めた思いがしました。そして幼い日に抱かれながら聞いた祖母の念仏の声が心の裡に聞こえたのです。

どれほど自分で考えてみたところで何ができよう。そうだ、お念仏させて頂きましょう。そして、仏様にすべてはお任せ申し上げよう。ようやく真実の道が細いながら見出せた思いがいたしました。これまで何十年もの長い間、見世物小屋のしがない芸人であったが、宗教に帰依する機会は幾度かありました。拙い体験の記事が某婦人雑誌に発表されるや全国はおろか、海外の読者からもたくさんの聖書を新旧約とも贈られて一通りはよみました。

そして、在京中はキリスト教関係の先生方より洗礼を幾度も勧められました。また親しい奥様より『生命の実相』を頂いてよみましたが、心をゆさぶられる何ものもなく、もっと深いもの、もっと香り高い何かがどこかにあるような感じがしておりました。(44)

「もっと深いもの、もっと香り高い何か」、それは、自己を掘り下げる時間をなくした中村久子にとって、精神的煩悶から求めるものであった。久子は、ヘレン・ケラーや座古愛子に会いながらも、キリスト教に入信せず、キリスト教と仏教の二つの特性をあわせもった伊藤証信の「無我愛」の思想にも行き着くことができなかった。そのような時に、福永鷲邦が合掌して念仏する姿に心動かされた。中村久子は、もっと深い何かをただ念仏する姿の中に感じとった。そして福永に勧められて『歎異抄』を読み、その言葉を通して、心の奥底にある自分の姿を知り、自らの行くべき道を見出した。中村久子は、念仏の真実に照らされて、自己を明らかに知り、行くべき道を見開いたのである。

与えられた境遇より他に如何とも出来ぬ私なのでした。其より外に致し方のない自分なのでした。自己をはっきりと見せて下さった、そして自分の行くべき道を法の光もて照らして下さった親鸞様、自来、私の崇拝の的は人間親鸞様であります。

業のある間何十年でも見世物芸人でいいではないか。止めろと、ほとけ様が仰言る時が来たらやめさせて貰えればよい。来なかったら業の尽きる迄芸人で居よう。こう決心がついたら、煮えたぎっていた「るつぼ」は「るつぼ」でなくなりました(45)。

自らの知恵や能力、努力によってのみ救われるのではない。自らの無力さを知り、自然のあるがままの姿で仏の大悲に身をゆだねたとき、はじめて真の救いがある。あれこれと自分で思案したところで何になるであろう。そう気づいた時、幼い頃、祖母がそばで称えていた念仏の声が久子の心に聞こえてきた。ただ念仏して、阿弥陀仏にまかせよう。一切の計らいを捨てて、ただ念仏して阿弥陀仏にまかせるところに、彼女に真実の道が開かれたのである。この『歎異抄』との出遇いによって、久子はいつのまにか傲慢になっていた自我にはっきり気づいた。

こうして中村久子は、『歎異抄』との出遇いを契機に、「中村久子女史後援会」を解散し、最初に自分を育ててくれた見世物小屋に、もう一度戻って行った。

満一ヵ月後、後援会も私たちが九州に帰るので解散になり、再び小屋の芸人に立ち返った時、水中に浮いた油――という感じがしました。
一ヵ月余りの家庭生活、母としての生活、社会的な交際など――すべてはそれ迄の暗い魂を、せまい心を広く深く育てていただいた事に気付かされ、宿業はいかにしてものがれ得られないもの、そしてすなおにお受けして行くべき人間の心の歩み方――など、あらゆる角度から教えられました。人間的に、多少でも心の目が明るみに向いて来た事は、それからでした。(46)

ここに示されているように、再び見世物芸人の生活に戻ることによって、中村久子は自分本来の居場所に帰ってきたような気持ちになった。ふりかえってみれば、与えられた厳しい境遇こそが、自分の心を育ててくれたものであり、何事も素直に受けとめて生きよと教えてくれていたのであった。こうして一切の打算を捨てて、ただ念仏して、あるがままの姿で仏の慈悲に身をまかせるという、真実の依り処を中村久子は見出した。自らの身と心を引き受ける大悲に出遇って、久子の人生は明るい方向へ開かれていった。

六　中村久子における慢心への気づき

それでは、有名になればなるほど、精神的苦悩に陥った慢心の正体とは、何であったのだろうか。

中村久子は次のように記している。

逃げ場を取りあげられ、絶体絶命の場に座らされて生き抜いてきた自信、この自信こそ傲慢であり、その自信こそ慢心の正体なのだ[47]。

中村久子は、両手両足のない苦境の中で、ひたむきに努力し、裁縫や書道など、何でもこなせるようになった。その努力は、彼女の支えであり、生き抜くために必要不可欠であった。しかし、絶体絶命の中で生き抜いてきた彼女の自信と実績が、気づかぬうちに慢心に変わっていた。全国の障がい者の模範となり、ヘレン・ケラーとの出会いを通じて、世間から脚光を浴びていくうちに、慢心がふくらんでいることに悩んだ。彼女は華やかな社交界で認められ、高みにのぼって講演する時、心のどこかで自分を見失っている気がしていたのかもしれない。しかし、『歎異抄』との出遇いによって、幼い頃に聞いた祖母の念仏と仏の教えが彼女の心の中に仏の呼び声となってよみがえった。福永鵞邦の称えていた念仏の声は、久子の少女時代に、祖母がいつも称えていた念仏の声を久子に思い起こさせた。祖母から聞いた仏の大悲が彼女の心に沁みてきた。こうして中村久子は、高みに上るのではなく、むしろ、足元の現実を引き受けるところに、仏の大悲を感じとった。自分をまるごと受けとめる母の懐のような仏の大悲に抱かれた。ただ念仏して弥陀にまかせた時、何でも独りで生き抜いてきたという自信が傲慢さに変質していたことに、中村久子は気づいたのである。自信という名の傲慢な自己にはっと気づき、自分の弱さや愚かさを認めて、素直になることが、真に生かされる道となっていった。実際に、久子は、「すなおなこころ」「はだかで生まれて来たに何不足」という言葉を色紙に口書きして遺している[48]。それらの言葉は、己を飾らず、謙虚になって生かされていく道を示している。

それでは、高みにのぼらずに、自己を自然のあるがままに任せるとはどういうことであろうか。それを示す中村久子の詩がある。

頂きはなかなか暑し　なかほどの滝のあたりぞ山は涼しき[49]

頂上に登りつめても暑くて安らぎはない。山の中腹が涼しく穏やかであるという意趣である。高みに立つことは、自己の自信と努力によって得られるかもしれないが、気づかぬうちに偉くなって傲慢になってしまう。そして慢心の状態はかえって精神的な行き詰まりをもたらす。親鸞が雑行雑修の自力を捨てて、本願他力に帰したように、中村久子もまた、自信という慢心を捨てて、手足のないあるがままの姿で他力にまかせた。現実を引き受け、大悲の他力にいだかれる道こそが、祖母の教えてくれた真実の念仏の道であった。

七　中村久子における救い――「業深き身であればこそ、念仏が申させていただける」

それでは、この現実を引き受けるとは、どのような心境をいうのであろうか。中村久子は、救われた心境を次のように記している。

私を救ってくれたのは両手両足のないこの体であった。[50]

ほんとうの善知識は、先生たちでなく、それは私の体、「手足のないことが善知識」だったのです。悩みを、苦しみを、悲しみを宿業を通してお念仏させて、よろこびに、感謝にかえさせて頂くことが、先生たちを通してきかせていただいた正法。
親鸞聖人さまのみ教えの「たまもの」と思わせて頂きます。[51]

自分の外に何か特別なものを手に入れようとするのではなく、両手両足ない自らの体が、真の善知識であったということである。ここに現実を引き受けるという真意がある。

私は両手両足がないとなげくより前に、人間として生かしていただく喜びをかみしめてきました。なぜなら人間であるが故に真実の道を、真理を求めることも、体のいかんを問わずできるからでございます[52]。

無手足の身であるかないかは関係ない。真理を求めるところに、人間として生きる喜びがあるということである。これに関連して、久子が大切にしていた念仏法語に、源信の著した『横川法語』がある。久子は、人間に生まれた意味を次のように語っている。

『横川御法話』に、人間として生まるることおおきなるよろこびなり。身はいやしくとも畜生におとらん。家まずしけれども餓鬼にはまさるべし。と仰せられてございます。

手がない、足がない、目が見えない、口が利けない、耳が聞こえない、と自らの障害をかこつ前に、人間に生かさせて頂いたことを先ず以って、よろこばなければなりません。

畜生にも餓鬼にも生まれなかったことはかえすがえすも大きなよろこびであります。その人間であるお蔭で、使っても使ってもすり切れたり、小さくなったりすることのない「魂」、すなわち、精神力を与えられていることは、二重の幸福者であることを自覚しなければならぬ[53]。

このように、ひとえに真実を求め、真実を明らかにしようとする精神力を与えられていることが、人間として生まれた意味であると久子は受けとめている。

そして、現実を引き受けてこそ、悲願を知ることを最もよく示している文章が、次の文章である。

業の深さが、胸のどん底に沁みてこそ、初めて仏のお慈悲が、分らせていただけるのです。業深き身であればこそ、真実、お念仏が申させていただけるのです。[54]

中村久子の言葉は、業の深さを引き受けるところにこそ、仏の慈悲が沁みてくることを示している。業の深さ、すなわち、誰にも代わってもらえない自らの苦しみの深さは、自己の思索によってではなく、念仏を称えることを通して気づかされるものであった。

中村久子女史顕彰会代表として、中村久子を研究してきた三島多聞は、この久子にみる業の自覚について、次のように論じている。

「業を問題にする」ということは、「自己が偽りなく事実として問題となる」ことで、そこに内観される自己観・世界観が、「業深き身」と表現される存在感である。これは自己の考え、所謂人智で発見されるものでなく、仏法（念仏の信心）にて知らしめられる客観（救済の当体）としての実存である。換言すれば、念仏の信心にて初めて業（自己自身）が真実に問題となる。よって、業の自覚は救済の事実の顕現である。即ち自己変革であって、運命論的低次元の世界ではない[55]。

自らを偽ることなくありのままに受けとめられるのは、法に照らされ、念仏の信心においてはじめてできることである。自己の計らいで取り繕う心を捨てて、あるがままで阿弥陀仏の本願に救われることが、業を自覚することになっていくのである。

中村久子は、念仏のはたらきを受けとめて、次のような書を記している。

心に沁みるお念仏[56]

手足のないあるがままの私の心に、念仏が沁みてくる。そのように中村久子は、念仏を受けとめたことがうかがわれる。三島多聞は、久子における念仏の意義について、次のように論じている。

幼い頃、思うように遊べない無手足に泣き喚き、かんしゃくを起こす久子を、お念仏を称えながらなだめ、あるいは、傷の痛さにぐずる久子を背負って、あやしながら雪降る町を歩くままに祖母が称えたお念仏が、久子の心のなかに聞こえてきたのであった。それは、お念仏を称えるから救けてくれでもなく、念仏を称えれば何とかなるのでもなく、何でこのような目にあわなければならんのかと歎く念仏でもなかった。「ただ、今、現に在る、いのちそのまま」を、念仏がスッポリ抱き摂っている世界という心が、常に残った[57]。

祈願のための念仏でも、功徳を身に得て、現状を打開するための念仏でもない。手足のない身の現実に、どうにもならない心の中に、念仏が沁みてくる。いかなる時も大地に支えられ、母の懐にいだかれているように、本願を信じてただ念仏を称えるところ、仏の悲願が彼女全体を包み込んだ。そういう仏の大悲が自らの身と心に満ち満ちてくるような念仏を、久子は実感していたのであろう。以上のように、久子は、親鸞の教えと出遇い、念仏を称えつつ、悲願に支えられて、与えられた境遇、手足のない現実を引き受けて、悩みや悲しみを喜び、感謝に変えていった。

親鸞は、他力の念仏に込められた悲願の力について、『教行証文類』行巻において明らかにしている。久子にみる真実の念仏理解は、親鸞が「弘誓一乗海」の徳について二十八の比喩を用いて讃嘆しているところを思い起こさせる。

悲願はたとへば太虚空のごとし、もろもろの妙功徳広無辺なるがゆゑに。なほ大車のごとし、あまねくよくもろもろの凡聖を運載するがゆゑに。なほ妙蓮華のごとし、一切世間の法に染せられざるがゆゑに。善見薬王のごとし、よく一切煩悩の病を破するがゆゑに。なほ利剣のごとし、よく一切驕慢の鎧を断つがゆゑに。勇将幢のごとし、よく一切のもろもろの魔軍を伏するがゆゑに。なほ利鋸のごとし、よく一切無明の樹を截るがゆゑに。なほ利斧のごとし、よく一切諸苦の枝を伐るがゆゑに。善知識のごとし、一切生死の縛を解くがゆゑに。なほ導師のごとし、よく凡夫出要の道を知らしむるがゆゑに。なほ涌泉のごとし、智慧の水を出して窮尽することなきがゆゑに。なほ蓮華のごとし、一切のもろもろの罪垢に染せられざるがゆゑに。なほ疾風のごとし、よく一切諸障の霧を散ずるがゆゑに。なほ好蜜のごとし、一切功徳の味はひを円満せるがゆゑに。なほ正道のごとし、もろもろの群生をして智城に入らしむるがゆゑに。なほ磁石のごとし、本願の因を吸ふがゆゑに。閻浮檀金のごとし、一切有為の善を映奪するがゆゑに。なほ伏蔵のごとし、よく一切諸仏の法を摂するがゆゑに。なほ大地のごとし、三世十方一切如来出生するがゆゑに。日輪の光のごとし、一切凡愚の痴闇を破して信楽を出生するがゆゑに。なほ君王のごとし、一切上乗人に勝出せるがゆゑに。なほ厳父のごとし、一切もろもろの凡聖を訓導するがゆゑに。なほ悲母のごとし、一切凡聖の報土真実の因を長生するがゆゑに。なほ乳母のごとし、一切善悪の往生人を養育し守護したまふがゆゑに。なほ大地のごとし、よく一切の往生を持つがゆゑに。なほ大水のごとし、よく一切煩悩の垢を滌ぐがゆゑに。なほ大火のごとし、よく一切諸見の薪を焼くがゆゑに。なほ大風のごとし、あまねく世間に行ぜしめて碍ふるところなきがゆゑに。よく三有繋縛の城を出して、よく二十五有の門を閉づ。よく真実報土を得しめ、よく邪正の道路を弁ず。よく愚痴海を竭かして、よく願海に流入せしむ。一切智船に乗ぜしめて、もろもろの群生海に浮ぶ。福智蔵を円満し、方便蔵を開顕せしむ。まことに奉持すべし、ことに頂戴すべきなり。

（『教行証文類』行巻）(58)

これらの比喩の中で、特に、悲願は、鋭い剣のように、一切の驕り高ぶる慢心の鎧を断ち切るという譬えは、久子が念仏することを通して、自らの慢心を省みたことに一脈通じるものがある。また、慈悲深い母のように、一切の凡夫・聖者が真実報土に往生する因を育むという譬え、乳母のように、一切の善悪の往生人を護り育てるという譬え、そして大地のように、一切衆生の往生を支えるという譬えは、久子が幼い頃から聞いた祖母の称える念仏によって守り育てられてきたことに関連するものであろう。このように中村久子の念仏領解は、親鸞の念仏領解と響きあっている。

現実の苦悩を超える道は、現実世界を逃避したところに開かれてくるのではなく、現実世界の悲嘆と肯定の中に生まれてくる。煩悩や慢心を切り捨てるのではなく、煩悩から生まれる苦しみと関わって生きるところに真の宗教的な生活があるだろう。混沌としたカオスの現実世界を否定的に見るだけでなく、生きる意味を深く開く門として見るというのが仏教のまなざしであるといっていいだろう。

こうして中村久子は、「ただ念仏して弥陀にたすけられまひらすべし」という『歎異抄』の言葉にあるように、すべてを如来にまかせ、如来に救われて、念仏するようになった。その四十三歳頃の歌に、次のような歌がある。

手はなくも　足はなくとも
み仏の　袖にくるまる　身は安きかな
（昭和四、五年頃、久子四十三歳頃）(59)

このままで仏にいだかれている、その深い安心がそこに表れている。そして、中村久子は四十七歳の時、『宿命に勝つ』を出版し、その冒頭でこう記している。

世にも稀な不具の身を以って、女として、妻として、更に母として苦闘幾十年、あらゆる苦しみ悲しみと取っ組み来った私にも、今ようやく苦難の夜は明けて、輝かしい微笑の朝が訪れた。私は今、明るい歓びに浸りながら、苦あればこそ、また滋味ゆたかな人生を、静かに省みつつ味はふことができるのである。

〈人生に絶望なし〉――如何なる人生にも決して絶望は無い。私は今、しみじみとこう叫ばずにはゐられない。少なくともたゆまざる努力と、逞しい意志力の前には道は常に展けて行く。(60)

両手両足を失った彼女が、何十年も努力を怠らず、苦しみと格闘しつづけてきたことが、ようやく味わい深い真実の人生を開き、明るい歓びに満たされたことがこの文章に示されている。「人生に絶望なし。いかなる人生にも決して絶望はない」。この久子の言葉には、力強く生き抜く力があふれている。この私がそのままで仏に支えられているからこそ、そこから立ち上がっていかなくてはならない。仏の大悲にいだかれているからこそ、それに甘えず努力して、力強く報恩感謝の道を歩んでいこう。そういう意志力を念仏に与えられたのではないだろうか。

この中村久子の救いの心境をよく表している一枚の色紙を、久子の次女、中村富子から譲り受けた。その色紙には、

よろこびは　なやみのやみをくぐりきて
ほほえみかわす　まことのみちに

久子口書(61)

と達筆で書かれている。すなわち、喜びは悩みの暗闇をくぐりぬけ、ついに真実の道を見出して、微笑みをかわすことである、と久子は語っている。

この中村久子の歌は、親鸞が、

「摂取心光常照護」といふは、信心をえたる人をば、無碍光仏の心光つねに照らし護りたまふゆゑに、無明の闇はれ、生死のながき夜すでに暁になりぬとしるべしとなり。「已能雖破無明闇」といふは、このこころなり、信心をうれば暁になるがごとしとしるべし。

（『尊号真像銘文』[62]）

と記し、信心をうれば、迷いの闇が晴れ、長い夜があけて暁になるという内容と呼応するものである。このように救いとは、現実の悩みと向き合い、ひたむきに努力して闇の中で真実を求めつづけるときに、ついに真実の信心が開かれ、仏に照護されて、明るい歓びがあふれてくることであるといえるだろう。

八　貴重史料

中村久子の愛読した『歎異抄真髄』『真宗聖典』『意訳歎異抄』等

平成二十年（二〇〇八）八月二十日、高山にある真宗大谷派真蓮寺を訪問して、中村久子女史の遺品展を龍谷大学 人間・科学・宗教オープン・リサーチ・センターで初めて開催するために、相談に伺った。その際、真宗大谷派真蓮寺住職、中村久子女史顕彰会代表の三島多聞のご厚意により、中村久子が自ら愛読していた大須賀秀道著『歎異抄真髄』と『真宗聖典』を借りて研究することができた。そして、龍谷大学古典籍デジタルアーカイブ研究センターの岡田至弘理工学部教授の格別の研究協力により、それら久子の愛読した書を、精密なデジタルデータで集積、保存して、公開することが可能となった。

まず、『歎異抄真髄』の本の最後の頁に、中村久子自身が、「昭和拾七年如月 東京、日本大学病院外科室入院中、求之。 中村久子㊞」と記している。昭和十七（一九四二）年、中村久子が四十六歳の時、戦争という緊迫した状況により、芸人生活もできにくくなり休業した年である。その年の二月に、日本大学付属病院で、左足と右手を三センチほど切断する手術を受けた。その入院中に、求めた本であることがわかる。もともと、この『歎異抄真髄』は、久子が四十二歳の時、福永鵞邦から紹介されて読んだ本である。久子が四十六歳の時に、その『歎異抄真髄』を購入してもう一度、読み直したことがわかる。

（1）大須賀秀道著『歎異抄真髄』――中村久子の付けた赤い傍線部分（抜粋）

モウたのむの任せるのと、其様なことは今更申すには及ばぬ、歓べ様が歓べまいが、其様なことは少しも気にはかけぬ。信仰などのことは何も言ふに及ばぬ、其上はただ南無阿弥陀仏でよい、南無阿弥陀仏南無阿弥陀仏の外はない、外のことは何もかも私共の言葉にかければ、相対になり、虚言になってしまう。ただ南無阿弥陀仏はいつも真実で絶対である。念仏でなければ、到底絶対の信仰は味はれるものではありませぬ。たゞ念仏の信仰こそ絶対である、究極である。(63)

あゝ是でこそ救はれるのが私共です。助けられるのが散乱麁動の凡夫なのです。……いま私共が救はれるのは如来の本願に救はれるのである、私共の助けられるのは、「弥陀の誓願不思議にたすけられまひらせて往生をとぐる」のである……日々業務に追はれ、利欲に紊され、散乱麁動の身なればこそ、御本願に救はれるのです。どうしても親様が思はれず、忘れがちの心なればこそ、それで如来様がたのまれるのです。(64)

如来の前には、いつも不完全なる我等である、罪悪の凡夫である。(65)

死んだ後のことなど、さらに貪着するにも及ばない、煩悩具足の凡夫、火宅無常の世界、何事もそらごとたわごとであると知られたら、我慢もない、執着もない何等の修飾も要らぬ、ただ己れ忘れて喜び喜び感謝の念仏が称へらるるばかりである。(66)

これらの文章には、散乱麁動の凡夫だからこそ、阿弥陀如来の本願によって救われること、すべてが嘘・偽りのこの世にあって、ただ念仏のみが真実であることが示されている。念仏の信心こそが絶対であるとは、本願を信じて念仏する道が他に比肩するものがないほど尊い唯一の教法であることを示している。(67)すなわち、本願を信じて念仏を称える時、慢心に苦しんだり、体裁を取り繕ったりする必要はなくなり、放逸なる自己だからこそ弥陀の本願に救われる。仏に照らされて、不完全な自己を知り、しかも煩悩をかかえた自己が仏に願われていることを知って、ただ報謝の念仏があふれてくる。そのような『歎異抄真髄』の内容が、中村久子に念仏の真意を気づかせたことがわかる。実際に、中村久子は、『歎異抄』後序にある「唯念仏のみぞ　まことにておはします」という文を、口で書いて数多く遺している。(68)

次に、中村久子女史の愛用した『真宗聖典』（大江淳誠・大原性實監修）にも、中村久子によって赤い傍線が数多く文章に引かれていることがわかった。その『真宗聖典』の最初の頁には、「香樹院師の仰せに、忘れまいと思ふても、忘れるものは、如来の御恩と報謝のお念仏なり」と、中村久子自身が記している。その『真宗聖典』の最後の頁に、「昭和三十二年　きさらぎ求む　中村久子」と書かれている。昭和三十二年二月、中村久子が六十歳の時、求めた本であることがわかる。その聖典の中で、『歎異抄』に傍線が引かれている部分だけを、以下に引用する。ただし、久子の愛用した『真宗聖典』には、『無量寿経』『観無量寿経』『教行証文類』『和讃』『恵信尼消息』など数多くの箇所に、赤い傍線が引かれている。その意味では、中村久子にとって、それら傍線部分だけでなく、『歎異抄』全体、そして『真宗聖典』全体が心の依り処となっていたことを忘れてはならない。(69)

（2）『真宗聖典』所収の『歎異抄』――中村久子の付けた赤い傍線部分

第一章

念仏申さんとおもひたつこころのおこるとき、すなはち摂取不捨の利益にあづけしめたまふなり。

念仏にまさるべき善なきゆゑに。悪をもおそるべからず、弥陀の本願をさまたぐるほどの悪なきゆゑにと云々。

第二章

ただ念仏して弥陀にたすけられまゐらすべしと、よきひと（源空）の仰せをかぶりて信ずるほかに別の子細なきなり。

いづれの行もおよびがたき身なれば、とても地獄は一定すみかぞかし。

第四章

今生に、いかにいとほし不便とおもふとも、存知のごとくたすけがたければ、この慈悲始終なし。

しかれば、念仏申すのみぞ、すゑとほりたる大慈悲心にて候ふべきと。

第六章

親鸞は弟子一人ももたず候ふ。

ひとへに弥陀の御もよほしにあづかつて念仏申し候ふひとを、わが弟子と申すこと、きはめたる荒涼のことなり。

第七章

念仏者は無礙の一道なり。

第九章
仏かねてしろしめして、煩悩具足の凡夫と仰せられたることなれば、他力の悲願はかくのごとし、われらがためなりけりとしられて、いよいよたのもしくおぼゆるなり。
久遠劫よりいままで流転せる苦悩の旧里はすてがたく、いまだ生れざる安養浄土はこひしからず候ふこと、まことによくよく煩悩の興盛に候ふにこそ。

第十一章
念仏の申さるるも如来の御はからひなり

第十三章
善きこころのおこるも、宿善のもよほすゆゑなり。悪事のおもはれせらるるも、悪業のはからふゆゑなり。
卯毛・羊毛のさきにゐるちりばかりもつくる罪の、宿業にあらずといふことなしとしるべし

我が心のよくてころさぬにはあらず。また害せじとおもふとも、百人・千人をころすこともあるべし

されればとて、身にそなへざらん悪業は、よもつくられ候はじものを。

さるべき業縁のもよほさば、いかなるふるまひもすべし

願にほこりてつくらん罪も、宿業のもよほす故なり。

第十四章

如来大悲の恩を報じ、徳を謝す

ただし業報かぎりあることなれば、

第十六章

往生は弥陀にはからはれまゐらせてすることなれば、わがはからひなるべからず。

ただほれぼれと弥陀の御恩の深重なること、つねはおもひいだしまゐらすべし。しかれば念仏も申され候ふ。これ自然なり。

後序

聖人（親鸞）のつねの仰せには、「弥陀の五劫思惟の願をよくよく案ずれば、ひとへに親鸞一人がためなりけり。されば、それほどの業をもちける身にてありけるを、たすけんとおぼしめしたちける本願のかたじけなさよ」と御述懐候ひしことを、いままた案ずるに、善導の「自身はこれ現に罪悪生死の凡夫、曠劫よりこのかた、つねにしづみ、つねに流転して、出離の縁あることなき身としれ」（散善義）といふ金言に、すこしもたがはせおはしまさず。さればかたじけなく、わが御身にひきかけて、われらが身の罪悪のふかきほどをもしらず、如来の御恩のたかきことをもしらずして迷へるを、おもひしらせんがためにて候ひけり。

煩悩具足の凡夫、火宅無常の世界は、よろづのこと、みなもつてそらごとたはごと、まことあることなきに、ただ念仏のみぞまことにておはします

親鸞は越後国、罪名、藤井善信と云々

以上の『真宗聖典』に収められた『歎異抄』の文に、久子が赤い傍線を引いている。ここより、中村久子の心の依り処となった親鸞思想は、ただ念仏して弥陀にたすけられるという本願の真実性、何ものも畏れず、何ものにも妨げられることはないという念仏の無礙性、人は誰しも煩悩具足の凡夫であり、罪・宿業を重ねているという人間理解、如来の本願はひとえに私一人のために願われたものであり、苦しみの業を抱えた身のままで救われるという本願の大悲性、如来の恩徳に感謝して報じるという念仏者の生き方、世間は虚仮であり、ただ念仏のみがまことであるという念仏の真実性などに関するものである。他力の悲願が念仏に結晶され、だからこそ、念仏を称えるところに無礙なる道が開かれていくことを示している。

（3）中村久子の愛読した金子大栄著『意訳歎異抄』――久子の付けた赤い傍線部分

中村久子の次女、中村富子より、研究のために役立ててほしいと譲り受けた書がある。その一つは、金子大栄著『意訳歎異抄』（昭和二十四年、全人社）である。その『意訳歎異抄』の最後の頁に、中村久子自身がペンで、「昭和二四年文月に求之、中村久子蔵書」と口書きしていることより、彼女が五十三歳の時に購入した本であることがわかる。その金子大栄著『意訳歎異抄』に、久子が赤い傍線を引いている部分は、次の通りである。

永遠の光を感ずるものはたゞ念仏である。

（『歎異抄』第四章、聖なる道と浄土の光[70]）

生きとし生けるものを世々生々の父母兄弟と知るものは、愛憎の悩みを身に沁みて悲しめるものでなくてはならぬ。

（『歎異抄』第五章、縁のつながり[71]）

人多しといへども真に人に遇うことは難い。

（『歎異抄』第六章、人縁と法縁[72]）

この世にありて、われらを無碍の一道にあらしむるものは、たゞ念仏のみである。

（『歎異抄』第七章、ただ一つの道[73]）

念仏しつゝ、この世の業を果たす外に常住の真実を内観する道はない。…（中略）…念仏の一生は永遠の光に摂められてゐるのである。

（『歎異抄』第九章、名残を惜しむこゝろ[74]）

煩悩を薪として、仏道の炎となすものは念仏である。それゆゑに、煩悩のあらん限りは、念仏も不退転である。

（『歎異抄』第十三章、浄土真宗[75]）

常に己の枉を省み直を他に見て、言行並びに柔和なるべきことである。
その道を開くものは、ただ念仏のまことである。
（『歎異抄』第十五章、真実[76]）

我が身に引き当てて感知させていただく慈悲こそは、真実如来の大悲であるのである。
（「歎異抄に聞く[77]」）

いずれの業苦にしずめりとも
（「歎異抄に聞く[78]」）

「後生の一大事」といふことは、「汝の魂を問題とせよ」といふ言葉のやうに聞ゆる。
（「歎異抄に聞く[79]」）

業苦に悩む身は、その業苦の尽くる日を待ちわびてこそあるべきを却て業苦の旧里が捨てがたい心の反省である。…（中略）…よくよく案じ見る時、そこにこそ教法にあらずば救はれず、念仏にあらずば開けないものがあると信心せしめらるるのである。そこには、急ぐ心のなきことを機縁として、いよいよ急がねばならぬ法の思ひ知らるるといふことがあるやうである。
（「歎異抄に聞く[80]」）

これらの金子大栄の文章が指し示すように、念仏申す私の一生が、永遠の光に摂めとられ、永遠の光の中で自らの不実さを省み、他者に対して寛容になることができるとされている。金子大栄の「わが身に引き当てて感じる慈悲こそが、如来の大悲である」「念仏して、この世の業を果たす」という意趣は、中村久子の「業の深さが、胸のどん底に沁みてこそ、初めて仏のお慈悲が、分らせていただけるのです。業深き身であればこそ、真実、お念仏が申させていただけるのです」「業の尽きる迄芸人で居よう。こう決心がついたら、煮えたぎっていた「るつぼ」は「るつぼ」でなくなりました」という体験告白と呼応している。

（4）中村久子が自ら作った『勤行聖典』――久子の口書きによる和讃

さらに、もう一つ、貴重史料として、中村久子が自ら作った『勤行聖典』がある。この史料も中村富子から譲り受けた貴重書である。その史料の大きさは、縦十一・九センチ、横十六・六センチ、厚さは三ミリである。その聖典は、綺麗な包装紙を用いて表紙にして、中に、印刷された鳩摩羅什訳『仏説阿弥陀経』、念仏、回向句「世尊我一心、帰命尽十方、無碍光如来、願生安楽国」と蓮如「白骨の御文章」が収められ、紐で閉じられている。そして、その回向句の次の頁に、一枚の紙が貼られ、そこには中村久子が細筆で口書きした、親鸞の『正像末和讃』と『正信偈』意訳の文章が、次のように記されている。

無明長夜の灯炬なり
智眼くらしとかなしむな
生死大海の船筏なり
罪障おもしとなげかざれ(81)

つみの人々み名をよべ
われも光の中にあり
まどいの目には見えねども
仏はつねにてらします

また、折りたたんだ紙が二枚、彼女の聖典に挿まれている。いずれも久子自身が万年筆で口書きしたものである。一つの紙には、『らいはいのうた（十二礼）』一番から三番、もう一つの紙には、『親鸞さま』の歌詞が綴られている。すなわち、

風もないのにホロホロと　大地の上に　かえりゆく
花を見つめて　涙した　親鸞さまは　なつかしい

夜半の嵐に　花はちる　人も無常の風にちる
　はかない浮世に　涙した　親鸞さまは　なつかしい
父様か母さま　失ひて　一人流転の　さみしさに
　心の親を　さがします　親鸞さまは　なつかしい
慈悲の涙に　目がさめて　久遠の親を　伏しおがみ
　仏のいのち　たたえます　親鸞さまは　なつかしい
闇にさまよう　われらをば　みむねにしっかと　いだきしめ
　光にかえれと　示します　親鸞さまは　なつかしい
迷えるものの　手をとりて　われもさみしい　凡夫よと
　大地の上に　ひれ伏した　親鸞さまは　なつかしい
嵐いばら路　ふみこえて　ただ真実の　白い道
　歩みつづけしわが父の　親鸞さまは　なつかしい
　　　　　　　　　　　　　恩徳讃ノコト　久子口書

と記されている。『正像末和讃』（三六）と『正信偈』源信讃意訳の文章は、「罪悪深重の凡夫である身を悲しみ歎くことはない。阿弥陀仏が灯りとなり、船となって必ず救う。罪なる人も念仏を称えて仏を呼べば、阿弥陀仏の光の内にある。惑いの多い凡夫の眼には見えなくても、仏は常に照らしている」という意趣であり、これら二つの歌はともに、罪なる者を救い、慰める言葉である。その意味では、これらの二つの歌より、中村久子自身が自らの罪障を深く見つめていたことがうかがわれるとともに、念仏の道こそが罪なる者を照らし救う無礙の一道であることを信じていたといえるだろう。また、『親鸞さま』の歌は、中村久子にとって、恩徳讃と等しい意義を有していたことがうかがわれる。このようにして、中村久子が自分自身にとって最も心に響く和讃や歌を選んで、日常に読経する聖典を作っていたことがわかる。自ら手作りした聖典は、彼女にとって日々の依り処となっていただろう。

このような中村久子の読書の跡から、彼女の見開いた世界を少しでも身近に理解することができるのではないだろうか。「手足が無いままの姿で生かされている」という中村久子の実感は、阿弥陀如来にいだかれ、家族や人々に支えられた感謝から生まれているとともに、浄土真宗の聖典や解説書を読んだことによるところが大きい。その意味では、中村久子が経済的、精神的な行き詰まりの中で真実を求め、『歎異抄』や『真宗聖典』、その真実義を明らかにする解説書を読んだように、人が苦悩の中で、生きる意味を懸命に探し求める時には、聖典とその真意を体験的に解明した書が、その人の心の羅針盤になることを学ぶことができるだろう。

註

（1）「具縛の凡愚、屠沽の下類、刹那に超越する成仏の法なり」、『教行証文類』信巻、『浄土真宗聖典全書』二巻九二頁、『浄土真宗聖典註釈版』二四八頁、本願寺出版（※『註釈版聖典』と表記する）。

（2）存覚『嘆徳文』に「定水を凝らすといへども識浪しきりに動き、心月を観ずといへども妄雲なほ覆ふ。しかるに一息追がざれば千載に長く往く、なんぞ浮生の交衆を貪りて、いたづらに仮名の修学に疲れん。すべからく勢利を抛ちてただちに出離を悕ふべし」（『註釈版聖典』一〇七七頁）と記されている。

（3）『恵信尼文書』、去年の十二月一日の御文。『浄土真宗聖典全書』二巻、一〇三一～一〇三四頁、『註釈版聖典』八一一頁。また、『本願寺聖人親鸞伝絵』上、第二段、第三段にも記されている。『註釈版聖典』一〇四四～一〇四五頁。

（4）中村久子『宿命に勝つ』冒頭、昭和十八年。久子四十七歳。

（5）中村久子「花びらの一片」五〇頁、昭和四十年（一九六五）。久子六十九歳の時の講演筆録。三島多聞編『花びらの一片』所収。

（6）前掲書六五頁。久子六十九の時の講演筆録。

（7）前掲書一一八頁、中村久子『こころの手足』二二六頁、春秋社。久子七十歳の時の歌。昭和四十六年（一九七一）二月十日初版、新版昭和六十二年（一九八七）。

（8）河合隼雄『心理療法入門』一〇三頁、岩波書店、二〇〇二年。

（9）前掲書二二～二四頁。

（10）中村久子『私の越えて来た道』一一～一二頁。昭和三十年九月二十日。中村久子五十九歳。

（11）中村久子「花びらの一片」五七頁、三島多聞編『花びらの一片』所収、昭和五十七年初版、平成十六年再編、真蓮寺。

（12）『私の越えて来た道』一三～一五頁。

（13）『こころの手足』二四五頁。三島多聞「中村久子の生涯」七四頁、『花びらの一片』所収。

（14）三島多聞「中村久子の生涯　生まれて・生きて・生かされて」『花びらの一片』七四頁。

（15）『私の越えて来た道』一五頁。

(16) 中村久子「種々の境遇と戦ってきた私の前半生」、大正九年、久子二十四歳、『花びらの一片』七頁。
(17) 『私の越えて来た道』一三一頁。
(18) 中村久子「種々の境遇と戦ってきた私の前半生」『花びらの一片』一二頁。
(19) 『花びらの一片』二九頁。
(20) 『私の越えて来た道』二四頁。『こころの手足』二四六頁。
(21) 『こころの手足』二四六頁。瀬上敏雄「解説」。
(22) 『私の越えて来た道』一二〇頁。
(23) 『花びらの一片』二九頁。
(24) 『私の越えて来た道』三八頁。
(25) 三島多聞「中村久子の生涯　生まれて・生きて・生かされて」『花びらの一片』八二頁。
(26) 『私の越えて来た道』四一頁。
(27) 『花びらの一片』八四頁。
(28) 前掲書五四～五五頁。
(29) 『私の越えて来た道』六二頁。
(30) 『花びらの一片』九〇頁。
(31) 臂繁二「伊藤証信」を参照、http：//web1.kcn.jp/syushin/ito-syoshin.htm
(32) 前掲書九六頁。
(33) 『こころの手足』二五三頁。
(34) 黒瀬昇次郎『中村久子の生涯　四肢切断の一生』二四五頁、致知出版社、平成六年（一九九四）。
(35) 『花びらの一片』九八頁。
(36) 『中村久子の生涯』二四九頁。
(37) 中村久子『こころの手足』一二四頁。『花びらの一片』一〇二頁。
(38) 『花びらの一片』一〇一頁。
(39) 前掲書八一頁。

(40) 前掲書九五頁。
(41) 『私の越えて来た道』七九〜八〇頁。
(42) 前掲書八三頁。
(43) 『花びらの一片』一〇〇頁。
(44) 中村久子『こころの手足』一二三〜一二四頁。『こころの手足　中村久子自伝〈普及版〉』参照。春秋社、一九九九年。『花びらの一片』一〇二頁。
(45) 『こころの手足』二四五頁。『中村久子の生涯』二六六頁。
(46) 『私の越えて来た道』八四頁。
(47) 『中村久子の生涯』二五八頁。
(48) 『花びらの一片』四四頁。
(49) 『こころの手足』二一三頁。甲斐和理子と中村久子の対談。
(50) 『中村久子の生涯』二六二頁。
(51) 「法味」一二二頁。『花びらの一片』所収。原文は『私の越えて来た道』に収録。
(52) 南信日日新聞、昭和三十六年九月十日。『花びらの一片』五九頁。
(53) 中村久子が名古屋放送局全国中継インタビューによる「婦人の時間」(昭和二十五年四月十三日)で、はじめに話したもの。この内容は、『生きる力を求めて』(昭和二十六年)となって出版された。
(54) 『こころの手足』二五七頁。
(55) 『花びらの一片』あとがき、一六五頁。
(56) 『花びらの一片』八三頁に、中村久子の書「心に沁みるお念仏」が掲載されている。鍋島直樹・三島多聞編『中村久子女史と歎異抄―生きる力を求めて』にも同じ書の写真が掲載されている。龍谷大学 人間・科学・宗教オープン・リサーチ・センター、龍谷パドマ一二、二〇〇八年。
(57) 三島多聞「真宗をめぐる人々　中村久子3　もっと深いもの、もっと香り高いもの」『ひとりふたり』二〇〇九年三月号、法藏館。
(58) 『浄土真宗聖典全書二・宗祖篇上』五八〜五九頁、本願寺出版社。『註釈版聖典』二〇〇〜二〇一頁、本願寺出版社。

(59)『こころの手足』二二一頁。『花びらの一片』一〇三頁。

(60) 中村久子『宿命に勝つ』冒頭部分、昭和十八年。三島多聞「中村久子の生涯　生まれて・生きて・生かされて」一〇五頁。『花びらの一片』所収。『こころの手足』二二一頁。

(61) 中村久子の口書きによる色紙。中村富子から譲り受けた久子の遺品。中村富子によると、中村久子は、この詩を、苦難を越えて結婚することができた夫婦にも贈ったとされる。

(62)『浄土真宗聖典全書』二巻、六五二頁。『註釈版聖典』六七二頁。

(63) 大須賀秀道『歎異抄真髄』一七二頁、法藏館出版、大正八年再版。

(64) 前掲書二〇六～二〇七頁。

(65) 前掲書三一〇頁。

(66) 前掲書三七五頁。

(67) 内藤知康『顕浄土真実行文類講読』には、「「絶対不二之教」の語を、他の教法から抜きん出て、比肩するものがないほど優れた唯一の教法との意として解釈しておく」と論じられている。二九九頁。

(68) 三島多聞「中村久子の生涯　生まれて・生きて・生かされて」一〇一頁。『花びらの一片』所収。

(69) 中村富子は、母、久子についてこう記している。「人から「お母様は『歎異抄』のどこに心を惹かれましたか？」と時々聞かれることがございます。私は「全部です」とお答えします。母は、私に対しても、人さまに対しても「『歎異抄』のここに救われたからお読みなさい」とは絶対に言いませんでした。『歎異抄』に書かれているどこに救われるかは、人それぞれに違います。……母は、「富子は富子の『歎異抄』の頂き方、人それぞれが全部違うんですから、自分の頂き方に対して信念を持ちなさい」と言いました。……『歎異抄』はいつでも仏壇のところにあります。悔しい時、悲しい時、その時にパッと開きます。どこでもいいんです。どこでも一章読めば心は休まります。そんな読み方をしております。……母は「手がない、足がない」それが辛かったんです。でも『歎異抄』に目を開いてから「ある、なし」の世界から、「あるではないか」「有」の世界を見い出すことができました。「ない」と言って悲しむより、「ある」ことによって心が温かくなります。楽しくなります。大きくなりました」。中村富子『「ある、ある、ある」の世界に生きた母・

久子の四肢のない人生』三六〜三七頁、ざ・ぼんちわーく出版。

(70) 金子大栄『意訳歎異抄』五六頁、全人社、昭和二十四年四月初版、六月再版本。

(71) 前掲書五八頁。

(72) 前掲書六四頁。

(73) 前掲書六八頁。

(74) 前掲書七八頁。

(75) 前掲書九五頁。

(76) 前掲書一〇二頁。

(77) 前掲書一六五頁。

(78) 前掲書一六六頁。

(79) 前掲書一六七頁。

(80) 前掲書一六九頁。

(81) 『正像末和讃』(三六)。『浄土真宗聖典全書』二巻、四八六頁。『註釈版聖典』六〇六頁。

中村久子の生死観と超越（中）

Life, Death and Transcendence in Hisako Nakamura (2)

鍋島直樹
Naoki Nabeshima

序

大正十二年（一九二三）九月一日、中村久子は二十七歳の時、関東大震災を経験している。関東大震災は死者・行方不明者の数が十万五千人を超える大惨事である。『花びらの一片』[1]によると、交通機関も断絶する中で、中村久子は横浜にいる夫、雄三の安否を心配し、九月七日に飛驒高山を発ち、四日後に群馬県桐生市の夫の兄宅に着いた。久子はさらに横浜の夫のもとをめざした。しかし九月十七日、突然、祖母、丸野ゆきの死去の電報を受けた。祖母の訃報は、夫が横浜の焼け跡で生きていることを知り、必死の覚悟で訪ねて数日を経た時だった。祖母の法名は釈尼妙証と名づけられた。手足のない久子を特別扱いせずに見守り育てた祖母は七十歳にて往生した。久子は余震の続く中で、病気の夫を看取り、食事、洗濯、排泄物などの世話をした。心細い蠟燭の灯りで彼女は看病した。夫、雄三が寂しがるので、娘の美智子を呼び寄せ三人で暮らしたものの、夫の病状は悪化の一途をたどった。左横の腹部にあいた約六センチの穴から食物が流出した。水もない時であったため、身心ともに痩せるほどの苦しみを味わった。九月二十五日暁方、家族の願いもむなしく夫、中谷雄三は三十歳で死去した。夫の法名は釈音証と名づけられた。

人は思いもかけない大災害や死別に突然遭遇し、悲しみに暮れる時もないほど、その日を生きていくことに困窮することがある。しかし、人生の危機に直面して、はじめて本当に大切なものを求める。絶望の闇の中でこそ希望の光を探す。生死を超えるとは、いかなることであろうか。親鸞思想に基づけば、生死を超える道とは、阿弥陀仏の無碍光に照らされて無明の闇にいる自己を知り、如来より信心を恵まれ、ただ念仏して救われることである。それはまた、生死の苦悩や罪業の固い氷が、大悲のぬくもりによって、真実功徳の水にそのまま転成されていくことである。そのことは、例えば、次のような親鸞の言葉によく示されている。

極重の悪人はただ仏を称すべし。我また彼の摂取のなかに在れども、煩悩、眼を障へて見たてまつらずといへども、大悲、倦きことなくして常に我を照らしたまふといへり。

（『教行証文類』行巻）[2]

無碍光の利益より
　威徳広大の信をえて
かならず煩悩のこほりとけ
　すなはち菩提のみづとなる

（『高僧和讃』（三九）（四〇））[3]

罪障功徳の体となる
　こほりとみづのごとくにて
こほりおほきにみづおほし
　さはりおほきに徳おほし

そこで本論文では、中村久子が手元に持って読んでいた新資料も検証しながら、中村久子がどのように生死を超える道を見開いていったかについて考察したい。新資料は、高山市にある真蓮寺、中村久子女史顕彰会への訪問と、中村久子の次女、中村富子との交流を通して得られた貴重なものである。特に、中村久子が生死を超える世界を「ある、ある、ある」と表現するにいたったその境地を、親鸞思想によりながら解明したい。

一　中村久子における生死を超える道——自然法爾の生

中村久子は五十三歳の時、『無形の手と足』（昭和二十四年五月）を出版した。彼女はその書に、親鸞八十六歳の時の御消息『末灯鈔』第五通[4]を引用し、自然法爾の思想を依り処としていることがわかる。中村久子は、自己が仏の大悲の中で自然のあるがままの姿で生かされていることを自覚して、自然法爾の意義を受けとめたのである。

「自然」といふは、「自」はおのづからといふ、行者のはからひにあらず、「然」といふは、しからしむといふことばなり。しからしむといふは、行者のはからひにあらず、如来のちかひにてあるがゆゑに法爾といふ。「法爾」といふは、この如来の御ちかひなるがゆゑに、しからしむるを法爾といふなり。法爾はこの御ちかひなりけるゆゑに、およそ行者のはからひのなきをもつて、この法の徳のゆゑにしからしむといふなり。すべて、ひとのはじめてはからはざるなり。このゆゑに、義なきを義とすとしるべしとなり。

「自然」といふは、もとよりしからしむるといふことばなり。弥陀仏の御ちかひの、もとより行者のはからひにあらずして、南無阿弥陀仏とたのませたまひて迎へんと、はからはせたまひたるによりて、行者のよからんとも、あしからんともおもはぬを、自然とは申すぞとききて候ふ。ちかひのやうは、無上仏にならしめんと誓ひたまへるなり。無上仏と申すは、かたちもなくまします。かたちもましまさぬゆゑに、自然とは申すなり。かたちましますとしめすときには、無上涅槃とは申さず。かたちもましまさぬやうをしらせんとて、はじめて弥陀仏と申すとぞ、ききならひて候ふ。

弥陀仏は自然のやうをしらせん料なり。この道理をこころえつるのちには、この自然のことはつねに沙汰すべきにはあらざるなり。つねに自然を沙汰せば、義なきを義とすといふことは、なほ義のあるになるべし。これは仏智の不思議にてあるなり。（自然法爾）

…（中略）…

人から言はれなければ夫の恩も、娘の恩も分からぬ自分なのです。

あらゆるご恩の真っ只中〝生かされている〟自身にさへ気のつかないをろかしい私、もし仏法のおしへが無かったら―此おそろしい自分の魂は一体どうなったであろうか。

一人居て物静かな雪の夜―お聖人（親鸞）様の―自然法爾―とおぼへず口ずさませて頂く時、何かしら胸はほのぼのとあたたかさを覚へます。

―自然―そうです、人はいざ知らず、私はいつも自然の中に育まれてをります。抱かれてをります。

み仏のお慈悲の袖にくるまっております。
はからをふとしても何一つとして、はからふことのようしない私。
はからへないままに救われている私。
怒りのままに
腹だちのままに
悲しみのままに
与えられないままに
不足したままに
救はれてをる自分の姿を
魂の御法の鏡によって、沁々とながめる時
其處には、唯、はからひの無い
涯しのない、大宇宙があるのみです。

いつわらず、かざらず、ありのままの姿のままで、生かされて往くより他に何も知らぬ私なのです。有縁のおもむくところ御教導たまわらんことを。

拝掌[5]

親鸞は、「自然」を「おのづからしからしむ」「もとよりしからしむ」、「法爾」を「如来の御誓なるがゆゑに、しからしむ」「行者のはからひのなきをもって、この法の徳のゆゑにしからしむ」「義なきを義とす」と読み込み、自然と法爾を同義語として説明している。すなわち、自然法爾とは、人間の計らいによって救済が成立するのではなく、如来の本願の自ずからのはたらきによって救われることを意味している。また、先行研究の安藤光慈の論文成果によれば[6]、「弥陀仏は自然のやうをしらせん料なり」の「料」は、「方便・手段」や「ため」の意味ではなく、「〜するはたらきにあてたもの（名）」の意味で親鸞が用いていると明かしている。すなわち、阿弥陀仏は無碍光によって罪業深重の私を摂取する自然のはたらきであり、阿弥陀仏はその自然法爾のはたらきを知らせる名（尊号）であると、親鸞は先の文によって明かしたのである。安藤光慈は、阿弥陀仏の自然法爾のはたらきについて、次のように解明している。

「証文類」の文や『唯信鈔文意』等の文、ならびに自然法爾法語において見る限り、宗祖においては、前提としての静的な真如や一如が存在した上で、そこから方便法身や誓願のはたらき等があらわれると考えられているのではなく、すべて智慧のはたらき、すなわち自らに向けられた誓願のはたらきの中で、無為法身・実相・真如・一如等もまた、はたらきとして動的に捉えられているのであって、法蔵菩薩と名を示し、南無阿弥陀仏の仏となることも、それは自然という智慧のはたらきを「しらせん料」として衆生の認識の領域へと自らを対象化させながら、「大慈大悲のちかひの御な」としてそのまま十方世界にあまねく流行し、「一切衆生をして無上大般涅槃にいたらせたまふ」無碍光の智慧のはたらきとして動的に捉えている。(7)

このように自然法爾は、阿弥陀仏の衆生を救わんとする自ずからのはたらきであり、衆生に向けられた本願の躍動的な救済活動であると、親鸞が受けとめていたことがわかる。したがって、自然法爾とは、人間の善悪の計らいはもはや必要なく、本願真実の自ずからなるはたらきによって、南無阿弥陀仏をただ信じ称えるものを救うということである。自然法爾とは、大地が余すことなくすべてのものを乗せるように、阿弥陀如来が誰にも代わってもらえない自己の業すべてを受けとめ、如来の大悲が苦悩の自己に満入して救わずにはおかないことである。中村久子にとって、この自然法爾とは、手足のないあるがままの自己が如来の袖にくるまっていることを気づかせてくれた教説であった。そして、自分が取り繕う必要なく大悲のなかで育まれていることを気づかせた。自己の的確な計らいもできないまま、怒りや悲しみをもったまま、如来の自然なるはたらきによって生かされていたと、久子は実感したのである。阿弥陀如来の自然なる救いのはたらきに身をゆだね、ありのままの姿で生かされていく、そこに、久子は深い安心を見出した。

こうして、自然法爾の教説が、久子の身も心も支えつつ、自分自身を飾らずに見つめる道を開いていった。中村久子は、自然に生かされているという救いを、五十九歳の時に出版した『私の越えて来た道』の中で、次のように表現している。

ある人が私に、
「もう人間としてあなたは完成した人だ」
と言われましたが、完成どころか未完成もはなはだしい人間なのです。……（中略）……

はからおうとしても
何ひとつ自分の力で
はからうことをようしない私
はからえないままに　生かされている私

怒りのままに
腹立ちのままに

かなしみのままに
与えられないままに
足らないままに
生かされているこのひととき
手足の無いままに生かされておる

真理の鏡によって　自分の
心のとびらを　そうっと開いて　のぞく
そこにはきたない　おぞましい自己がある――
そして　今日も無限のきわまりない
大宇宙に　四肢無き身が
いだかれて　生かされている――
ああこの歓喜　この幸福を
「魂」を持っておられる誰もが共に　見出してほしい
念願いっぱいあるのみ――。(8)

この中村久子の文章に耳を傾けると、自分の思うようにならない現実、手足のない現実を、誰かのせいにしたり、嘆いたりする心が彼女から消えていることが伝わってくる。無いままに生かされている、どうしようもないままに大宇宙に抱かれている、そういう深い安らぎを、中村久子の文章が語りかけてくれる。

二　宿業の悲しみとその真意

しかしながら、中村久子は、大宇宙に抱かれているような慈悲の安らぎを感じながらも、自らの現実に苦しむ日々もつづいている。本願を疑いなく信じ、仏に摂取されて捨てられることのない道は、同時に、自己のありのままを深く見つめていける道でもある。すなわち、慶べない自己、現実を受けとめきれない自己を仏の慈光に照らされて知る道でもある。

中村久子は、手足のない現実をただあきらめているのでない。中村久子は、六十一歳の時、ただあきらめて現実を受け入れよというような因縁論や業論を批判している。

いかなる立派な地位や肩書やバックがあっても、あなたは前世の業だから、と高い所から言い放つことは、他宗は知らず、親鸞様のみ教えからは決してこんな思い上がったことは言われないのではないでしょうか。
無学なために、もちろん、真宗の高い教学を全然存じません。けれどもあきらめよと言われて、手足のない自分をすなおに、ハイ、そうですか、とあきらめ切れるものか切れないものか、まずおえらい方々から手足を切って体験を味わって頂いたら――と私は思います。その悲しみと苦しみはどれほどのものか――。六十年を手足なく過ごした私ですが、決してあきらめ切っているのではございません。あきらめ切れぬ自分の宿業の深さを、慈光に照らして頂き、お念仏によってどうにもならぬ〝自分〟をみせて頂くのみなのです。(9)

「あきらめなさい」というような一方的な助言が、あきらめきれない自分の気持ちを全く理解していないと、中村久子は語っている。その人の苦しみの自覚は、他人や僧侶から決め付けられるようなものではない。中村久子は、ひとえに仏の慈光に照らされて、あきらめきれないわが身の宿業をおのずから知り、念仏を称えつつ、自己自身を見つめている。
また、深い安心の中にありながらも、久子は、手足のない自分の現実を悲しむ気持ちも同時にあった。

宿世にはいかなるつみを　おかせしや

おがむ手のなき　われはかなしき
（久子四十四歳の時、越中魚津町の旅館にて）[10]

中村久子は、手足がなくてもほとんど何でもできるようになっていたが、それでもできなくてしたかったことがあった。久子の次女、中村富子の話によると、中村久子が一番したかったことは、両手を合わせて合掌することであったという。真実に出遇ったからこそ、深く感謝し、合掌したい気持ちが久子の心に強くこみあげてきたのだろう。

さらに、久子の悲しみやいらだちを表現した歌がある。

この世には　この手よりほかに手はなく
短くなれる手に　いひきかす
（久子四十七歳　高山・馬場町にて）[11]

いらだちし　おのが心をおさえがたく
なむあみだぶつ　なむあみだぶつ
（久子四十九歳、昭和二十年十月のある日）[12]

いらだちのあとに心をかへりみて
み仏の前にぬかづきまつる
（久子五十一歳、昭和二十二年四月のある日）[13]

祈って現実が好転することを要求するのではない、自らの現実をありのままに受け容れてこそ道は展かれる、その真実に久子はめざめていた。それでも、短くなった手を悲しむ気持ちもあり、現実を引き受けられない気持ちに悶々とする日々もあったことがうかがわれる。だからこそ、自分に言い聞かせ、ひとえに念仏を称えていたのであろう。

生き抜く力は、この自己の全体があるがまま慈悲にいだかれていると気づくときに生まれてくる。ひたむきに生き抜く時、その生きる力は自分の足もとから支える慈悲とともにより強いものとなる。しかし同時に、中村久子は、念仏を称える中で、素直に自己を見つめ、いらだつわが身を反省し、罪に悩む自己を深く知っていった。

三　中村久子にみる自己の省察――「かきいだきつつ　われをみつむる」

ただ念仏して弥陀にたすけられるという生活は、久子にとって歓びばかりではない。自分自身を見つめる時間となっている。

いとほしみ　いとほしみつつわが魂を
かきいだきつつ　われをみつむる
（久子五十二歳）(14)

み名となへ　み名となへつつ罪ふかき
われをみつむる　ま夜中の床に
（久子五十三歳）[15]

念仏する中でこそ、彼女は自己を大切にし、自己の心を静かに見つめていたのである。

〈新資料　暁烏敏『自己を知れ』香草舎、金子大榮『意訳歎異抄』全人社〉

中村久子に、この自己を見つめることを教えた冊子がある。それは、暁烏敏著『自己を知れ』という書であり、中村久子が五十三歳の時、昭和二十四年に求めた金子大榮著『意訳歎異抄』の本の中に挿まれていた。金子大榮著『意訳歎異抄』の最後の頁に、彼女が「昭和二十四年文月に求之。中村久子蔵書」と記している。この書は、久子の次女、中村富子から譲り受けたものである。暁烏敏は、その書『自己を知れ』の中でこう記している。

万巻の書を読み、いろいろのことを知ってゐても、自己を知らぬ人は愚者である。たとひいろはのいの字を知らぬ人でも自己を知る人は賢者である。…（中略）…
幸福の頂上は自己を知るにあり、不幸の頂上は自己を知らぬにある。
すべての苦悩は自己を知らぬより起こり、すべての平安は自己を知るより生じる。

自己を知った者には死はない。即ち自己を知った者は、つねに明るい世界に住むことが出来るのである。

仏とは自己を覚った人のことである。阿弥陀仏がその師匠の世自在王仏から受けられた最初の訓言は、「汝自ら当に知るべし」といふことであった。能く自己を知りたる阿弥陀仏はこれによって竟に光明無量、寿命無量の徳を得られたのである。…（中略）…

事を為そうとする時には、その為そうとしてをる自己を知ろうとせよ。為してをる時には為してをる自己を知ろうとせよ、為した時には為した自己を知ろうとせよ。

悲しい時には悲しい自己を知れ、楽しい時には楽しい自己を知れ。(16)

ここに明らかなように、自己の外に心を向けるのではなく、ひとえに自己自身に眼を向け、自己を知ることが、すべての平安をうむことになるとされている。自己とは何であり、どこに向かうべきかを問いつづけるところに、自ずと見えてくる世界がある。傲慢になって自己を見失い、光に照らされて自己を知ることがないから、自己の殻に閉じこもり、苦悩の闇に沈んでしまう。自己の闇から逃げるのではなく、自己の闇に向き合い、偽らざる自己を知るところに、光がさし、人生の危機を超えていく道が見えてくる。自己の心を知ることが最も大切であることを、中村久子は、この暁烏敏著『自己を知れ』という書からも学んだことだろう。

昭和二十六年十月五日、中村久子が五十五歳の時に、『生きる力を求めて』を発行した。当時の名古屋放送「婦人の時間」で、次のように語っている。

どんないばらの山坂道であろうとも、人生のどん底生活にも堪えてくれるのは「魂」なのであります。

使えば使うだけ、ひとしおに、光も、光沢も、出て、
美しい珠を、くもらせぬように。
水にもぬらさず、火にもかざさず、いたわりつつ、生かされている。
けふ一日を、いいえ、今のひとときを。
きずついた身であるがゆえに、み名となえつつ、一歩、一歩たどらせていただきましょう。(17)

「使えば使うだけ、光を放つ」とは、ひたむきに努力して輝くことを意味し、「いたわりつつ、生かされている」とは、かけがえのない自己を大切にして生かされていくことを示している。中村久子は、念仏を称えつつ、傷ついた自己を慰めながら生きていくことを尊重していたことがわかる。ここにも久子にとって、念仏を称える時間が、自己を大切にするひとときであったことをうかがわせる。

これに関連して、親鸞の念仏理解が思い起こされる。親鸞は、称名の真意について、『一念多念文意』に次のように記している。

「称」は御なをとなふるとなり、また称ははかりといふこころなり、はかりといふはもののほどを定むることなり。名号を称すること、十声・一声きくひと、疑ふこころ一念もなければ、実報土へ生ると申すこころなり。

（『一念多念文意』[18]）

すなわち、ここで親鸞は、「称」には、南無阿弥陀仏と「となえる」という意と、わが身の重さを「はかり」「定むる」という意があることを示している。この「称（はかり）」の国語学的な意味は、「称量」（『教行証文類』真仏土巻）[19]、「秤量」とも表現されるように、物の重量をはかる、事物の多少や軽重を考え合わせる、思いはかることである。これと対照的に、「唱」の国語学的な意味は、「唱和」「合唱」と表現されるように、声高く読む、声を合わせて歌うことである。その点、熱心に唱えるという行為そのものを指す「唱」と、「もののほどを定むる」という行為のはたらきを指す「称」とは意味が異なっている。「称（はかり）」とは、事物の重さと分銅の重さとがぴったりとつりあってその重さを知るように、称名念仏を通して、仏の本願を聞き、わが身の重さを知ることである。ただ念仏申す時、自己の全存在が、苦しみや罪業の重みをもったままで仏の本願にしっかりと受けとめられていることを、「称」の語が教えているといえるだろう。仏の御名を称える時、名号に込められている仏の願心を聞き、疑いなく信じるのが「称」である。

親鸞は、その如実の聞について、

「聞」といふは、衆生、仏願の生起本末を聞きて疑心あることなし、これを聞といふなり。
（『教行証文類』信巻）[20]

と明かしている。真実の聞とは、迷いの衆生を救済するために法蔵菩薩が大悲の誓願を生起して永劫に修行した因本を聞き、ついにその本願を成就して阿弥陀仏が現に衆生を招喚している果末を聞いて疑いなく信じることである。すなわち、如実の聞とは、迷いを出離できない私の現実を聞き、その私にかけられた仏の願心を聞き、如来の本願を疑いなく信じることである。その意味では、念仏を称える時、仏を呼ぶ私の声が、私を呼ぶ仏の声となって聞こえくることである。罪深い私の称名が、仏の招喚する声となって聞こえることである。このように、称名とは、私が名号を称えることでありつつ、仏の私にかけられた本願を聞き、わが身の苦しみの重さを知っていくことであるといえるだろう。

このように念仏の真意をたずねると、中村久子が、念仏を称えつつ、自己の心を見つめつづけた姿勢は、親鸞が、仏の御名を称えつつ、仏の願心を聞いて、わが身の重さを定め知った姿勢と共通しているといえるだろう。

四　中村久子の歌――「ある、ある、ある」

こうして中村久子は、念仏を称え、あるがままで大悲にいだかれ、自己を見つめながら生かされていった。そして、生死を超える道とその境地を指し示すような詩が誕生した。「ある、ある、ある」という詩である。昭和三十年九月三十日、中村久子は五十九歳の時に、『私の越えてきた道』を出版した。その書の冒頭に、中村久子の「ある、ある、ある」という歌が掲載されている。

ある、ある、ある

さわやかな
秋の朝
「タオル　取ってちょうだい」
「おーい」と答える
良人がある

「はーい」という
娘がおる

歯を磨く
義歯の取り外し
かおを洗う

短いけれど
指のない
まるい
つよい手が
何でもしてくれる

断端に骨のない
やわらかい腕もある
何でもしてくれる

短い手もある
ある　ある　ある
みんなある
さわやかな
秋の朝(21)

この「ある、ある、ある」という詩では、中村久子が、手足の無いことにもはやとらわれてはいない。無いのではなく、むしろ、「短いけれど指のないまるいつよい手が何でもしてくれる」という気持ちがそこに表れている。「ない」から「ある」への心の転換、そこにこそ、身心の救いがある。その時、さわやかな秋の朝を感じとる喜びや家族への感謝があふれてきたのだろう。

五　「ある、ある、ある」という言葉の基盤にあるもの

中村久子の「ある、ある、ある」という心境は、どこから生まれてきたのだろう。折しも、平成二十三年（二〇一一）、東本願寺における親鸞聖人七百五十回御遠忌シンポジウム「生きる力を求めて―

中村久子の世界」の開催準備と、中村久子女史顕彰会『歎異抄と中村久子』ＤＶＤ制作のために、三島多聞とともに中村久子女史の典籍を読み返していたら、ある日、一つの文章に出遇った。

手が短くても
足が無くとも
生かされている
そして
残っている肉体の部分に　心から感謝して
その残っている部分を立派に生かしていくことこそ
無碍の一道ではないかと思います。[22]

ここに「ある、ある、ある」という言葉の生まれた基盤が示されている。無い部分にとらわれるのではなく、「残っている部分を立派に生かしていくことこそ無碍の一道」であるという彼女の発見である。中村久子にとって無碍の一道とは、彼女が自分に残っている肉体の部分に生かされていると再発見して、この身に感謝し、懸命にその自分に「ある」部分を生かしていくところに開かれた。すなわち、今この自分に「ある」短い手足に生かされていると気づいた時、それまでの深い歎きが自らの肉体への感謝に転じられ、何も畏れずに前に向かって進んでいくことができたのである。

また、先行研究によれば、この詩の意義を、宮城顗が次のように論じている。

「ある　ある　ある　みんなある」そのお蔭で、今日までの努力もできたのだと、そのことを喜んでいるのである。実際、そのようにしてふりかえってみれば、自分に何か努力できたということは、大きなお蔭あればこそであったのである。逆に言えば、状況一つで、どれほど強固な意志をもって努力しようとしても、不可能になることがいくらでもあるのである。他力の生活とは、そのように努力において却って、多くの人々や事柄に支えられていたと喜ぶ生活なのである。…（中略）…そしてなによりも、多くの人々や事柄の恩・お蔭であることに目をさまさせてくださった本願念仏のご恩を、ふかく慶ぶ生活なのである。

しかも人は、身に受けている恩を知れば知るほど、そのご恩にすこしでも報えずにはおられないはずである。つまり、自分にできることがすこしでもあるかぎり努力せずにはおられないものである。だからこそ、実は、他力の生活こそは、ふかい慶びをもって、力の限り努力する、情熱の生活なのである。(23)

ここに示されているように、「ある、ある、ある」という久子独自の表現には、二つの意が込められていると考えられる。一つは、今まで自分が努力できたのは、如来の大悲と、多くの人々や出来事のお蔭があったからであり、その計りしれないご縁に感謝して、今ここに自分が「ある、ある、ある」と、久子が喜んでいるということである。もう一つは、今まで受けてきた数多くのご恩を知れば知るほど、そのご恩に報謝して、力の限り努力して生きたいという久子の気持ちが、「ある、ある、ある」という表現に込められているということである。その意味では、過去に向かってのご恩感謝と未来に向かってのご恩報謝との両方を、久子が今実感しているといえるだろう。

他力とはひたむきに努力するところにかけられる出遇いという架け橋である。他力とは、懸命に努力するところに、自力の対極から開かれてくる。概して、人は努力によって物事を達成できるようになると、いつしか自信がふくらみ、自らの力を奢り、頼みにし、自力の慢心に変質してしまう。しかし、他力は、自己が、自らの力を頼みにすることに行き詰まる時、翻って自己が多くの人々に支えられていることを知り、そのままで阿弥陀仏に摂取されていることに深く気づいて、慚愧と感謝の気持ちがあふれてくることである。すなわち、中村久子にとって、他力とは、ないことへの不満ではなく、「ある」ことへの感謝であるといえるだろう。「無碍の一道」とは、ただ念仏を称えるなかで、残されている部分、今、自分自身にある部分を感謝して生かしていくところに開かれていく。中村久子は、手足がないのではなく、短いけれど手足が「ある」ことを再発見した。家族や多くの人々に支えられていることに気づく時、あたりまえの日常が輝いてきたのである。

他力はひたむきな努力を育み、ついには自力の無功を知って、あるがままで支えられているご恩を知ることである。そして同時に、ありのままの姿で生かされているという他力への感謝と喜びは、世の平安のために尽くしたいという報恩感謝の生を開く。すなわち、未来に向かってさらに努力して生きる姿勢を生み出すといっていいだろう。それが、自分に今あるものを精一杯生かす無碍の一道である。

註

(1) 中村久子女史顕彰会『花びらの一片』八五～八六頁。
(2) 『浄土真宗聖典全書』二巻、六四頁。『註釈版聖典』二〇七頁。
(3) 『浄土真宗聖典全書』二巻、四二三～四二四頁。『註釈版聖典』五八五頁。
(4) 『浄土真宗聖典全書』二巻、七八五～七八六頁。『註釈版聖典』七八六～七八七頁。
(5) 中村久子『無形の手と足』、久子五十三歳。『花びらの一片』一二七～一二八頁。
(6) 安藤光慈『唯信鈔文意講読』三〇〇頁、永田文昌堂、二〇一一年。
(7) 前掲書三一〇頁。
(8) 中村久子『こころの手足』一三三～一三四頁。『私の越えて来た道』八九頁。
(9) 中村久子「ご恩」『同朋』、昭和三十二年八月・九月号。中村久子六十一歳。『こころの手足』一九九頁。『花びらの一片』一二二頁。
(10) 『こころの手足』一二二頁。『花びらの一片』一〇五頁。
(11) 『花びらの一片』一〇六頁。

(12) 前掲書一〇八頁。
(13) 前掲書一〇九頁。
(14) 前掲書一一〇頁。
(15) 前掲書一一一頁。
(16) 暁烏敏『自己を知れ』一～五頁、香草舎、大正十五年初版、昭和九年八版。
(17)『花びらの一片』一一三頁。
(18)『浄土真宗聖典全書』二巻、六七七頁。『註釈版聖典』六九四頁。
(19)『教行証文類』真仏土巻、『涅槃経』引用文、『浄土真宗聖典全書』二巻、一六一頁。『註釈版聖典』三四五頁。
(20)『浄土真宗聖典全書』二巻、九四頁。『註釈版聖典』二五一頁。
(21) 中村久子『私の越えて来た道』一～二頁。
(22)『生きる力を求めて　中村久子の世界』一三五頁、東本願寺、二〇一一年。
(23) 宮城顗「宿業の身にうながされ」一五五頁、『花びらの一片』所収。

中村久子の生死観と超越（下）

Life, Death and Transcendence in Hisako Nakamura (3)

鍋島直樹
Naoki Nabeshima

序

人生の危機に直面して、人は心の大切な依り処を探し求める。闇の中に星空が広がるように、絶望の中にも救いの光は届いている。しかしそれに気づくのはむずかしい。本論では、第一に、中村久子が五十歳を過ぎて自らの過去をふりかえり、両親の言動に真心がこもっていたことに気づくところや、中村久子が親鸞の教説を学び、真実の宗教が何であるかを解明するところに焦点をあてて考察する。第二に、晩年の中村久子が記した文章表現に注目し、「生かさるるいのち尊し」と歌った意味を考察する。本研究にあたり、岐阜県高山市の真蓮寺、中村久子女史顕彰会に所蔵されている中村久子の遺品や著述を調査し、三島多聞住職や久子の娘、中村富子に教示いただいた。中村久子口書きの新資料『法味手帳』には、久子が心の支えとする先師の言葉が記されていて、中村久子が苦難の中で人生の羅針盤となる教えを大切にしていたことを知った。中村久子が親鸞の教説によりながら、「どんなところにも必ず生かされていく道があります」と力強く語った彼女の生き方に学び、生死を超える道を明らかにしたい。

一　亡き父と母への感謝——中村久子にみる求道の足跡

では、中村久子の宗教遍歴を顧みる。あわせて久子が大人になってから、両親に対して感じるようになった御恩報謝の気持ちについて考察する。

中村久子は、三歳から四歳にかけて両手両足を切断する手術を受けた。父親の釜鳴栄太郎は、手足を失った娘の久子を救いたい一心から、天理教に救いを求め、神の利益を得ようと必死に祈った。娘の久子も神を信じれば、両手両足がはえてくると父親から聞かされていた。父が亡き後も、移り住んだ自宅の向かいにあった天理教の集会所に行き、二十歳の頃までその教えに触れながら育った。同時に、父との死別後、母方の祖母、丸野ゆきに養育され、浄土真宗の教えを聞きながら育った。それでは、中村久子はこの父親の傾倒した宗教をどのように見ていたのであろうか。

中村久子は、『歎異抄』第二章によりながら、亡き父親が自分のためにしてくれた祈りについて、深く感謝して受けとめている文章がある。中村久子が五十五歳の時に出版した『生きる力を求めて』に、こう記されている。

昔、ある人が十余ヶ国をはるばる越えて、京の親鸞様をおたずねになり、往生極楽の道を問われたとき、親鸞様は、

「親鸞におきては、ただ念仏して、弥陀にたすけられまいらすべし」と仰せになりました。

親鸞様はただ念仏だけをして、仏に助けられている、という、あの歎異抄のお言葉を、私はしみじみ味あわせて頂きながら、申し上げますことは、

「私は学問もなく、信仰も皆さまとちがって何も持っておりません。お念仏が最上の宝物と、きかせて頂いております」

そんなことは今更聞かんでもよく知っている、という顔で、物足りなさそうな姿を見ますとき、失礼ながら、真実のお念仏のみ声が、心の奥底にひびき渡っていないのではないだろうか、と私は思うのでございます。

夕暮れどき、山の端に入陽の沈むころ、しずかになったお寺の書院で、一人瞑目しながら、我が心をみつめさせていただく時があります。

長い年月、私は天理教の神様は父を早世させて、私の手足を治して下さらなかったことを、恨むまでにはならずとも、いい感じを持たずに過ごしてきました。が、ある日思ったことは、ほんとうにご利益はいただかなかったのだろうか、という事でした。

いいえ、立派にご利益は頂いていたのです。なぜならば、五十何年か前に亡き父が火の玉のようになって祈り、願いを神様にかけて下さった時、切り落としたときの手足が今よりももっと長かったら、それに痛みも苦しみも無かったら、一体私はどんな心で今日まで生きてきただろうか、そこに思い到ったのです。

苦しい時、悲しい時、神や仏に無理な祈りや願いをかけることは当然のこと、そして宗教とはこんなもの、と信じ込んで、これを容易に納得していたら、おそらく今つかんだ真の仏の正法と、真実の道を求めようとはしなかったにちがいない。

亡き父は肉体にとらわれず、真実の道を歩み行けよ、と教えてくれていたのです。父の心こそはまさしく広大な「仏心」だったのでございます。

前にも申しましたように、沢山の善知識（師）の方々によって、教え導いていただいたお蔭さまで、ここまで連れてきて頂きましたが、ほんとうの善知識は、先生たちではなく、私の体、この、「手足のない体こそが善知識」だったのです。

なやみと、苦しみと、悲しみの宿業を通して、よろこびと、感謝にかえさせて頂くことが〝正法〟でございました。

親鸞聖人さまの、みおしえの〝たまもの〟と思わせて頂きます(1)。

ここに明らかなように、久子は、自分の父親が手足の失った娘を救いたい一心で、神仏に祈願したことは当然なことであると受けとめながら、しかし、真実の宗教は、神仏に頼み事をして自らの願いを満たしてもらうようなものではないと記している。現実に、父親がどれだけ神に祈ろうとも手足が長くなるわけでもなかった。むしろ、手術をくりかえして久子の手足は短くなった。この事実からも、神仏に願いをかけるという行為が真実の道ではないことを、久子はごまかしのきかない自分の身体から学んだ。やがて、久子が大人になってより深く考えてみれば、自分の父親が悲しみの中で祈らずにいられなかった姿勢は、娘の久子に「真実の道を歩み行けよ」と教え導く父親の声であったと、と久子は受けとめなおした。ここに中村久子は、父親の祈願行為の中に、必死になってわが子を救おうとした親の愛情と真実を探求する姿勢を感じとっていったことがわかる。

しかし、なぜ中村久子は、逆境にありながら、いわゆる願い事をかなえる宗教、病気治しの信仰に走らなかったのであろうか。それについて、中村久子は、次のように記している。

苦難のどん底にあえぎながら、何の救いの声にも、手にも、なぜ私はすがらなかったのでしょうか。その頃（大正、昭和の初め頃）には新興宗教という、お金もうけ、病気なおし、災難よけ、等の人の心を引きつけるものは無かったのでしょうか？

いいえ、そうしたものは何時の頃にも、いっぱいうようよしております。人間のどん底にうごめいている私に、さそいの手も言葉も、いやというほどございました。

でも、何が私をそうさせなかったか。

私の父は真宗門徒でありましたが、私の病気を治すため、親族会議をふりきって天理教に走りました。貧乏のどん底におちいりながら、三年間、火の玉のようになって信仰しました。

父は天理教の布教師から、あなたは若い頃、女色の関係があって、それが原因となって、今、娘さんが手足を切り落とさねばならない程になっている。この恐ろしい因縁を根本から断ち切って、病気を治したい、と思われるなら、神様へ一心に懺悔しなさいと、言われ、真夜中に降りしきる雪をものともせず、集会所へ行かれる道で、

「かんにんしてなァ、おとっつあんがわるかったんや。この通りあやまる。どうかゆるしてよなァ」

とわびられました。

その父は七歳の私を残して三十九歳で亡くなりました。母は父が亡くなったとき、天理教の布教師から、

「ご主人のさんげと、尽くし運び（金品を捧げること）が足らなかったので、ご利益の方はどうも……」

と言われました。

私は母の再婚先が天理教の集会所の前だったので、二十まで大半の時間を天理教でくらし、人から私は〝天理教の久ちゃん〟といわれました。

けれども、先生から教えを聞けば聞くほど、私の心は年と共に、天理教から離れて行きました。理由は、あれほど信仰した父はあっけなく死に、私の手足は四本とも短くなってしまったではないか。

お可愛そうな父上、お気の毒なお父様、久はどんな苦しみにも、悲しみにも負けないで、手足こそ無いが、きっと強く正しく生きて行きます。

ご安心下さいませ。いつとはなしに、私の心の奥そこに、こうした固い信念ができましたことは、やはり亡き父の魂がみちびいて下さったと思います。(2)

ここに明らかなように、中村久子は、現実が好転するように神仏に祈る人間の心情を理解しながらも、父親が三十九歳で亡くなった時、天理教の布教使から、あなたの父は「懺悔と尽くし運び（寄付）が少なかったから利益をえられなかった」といわれたことを縁として、利益ばかりを願う信仰がはたして真実の宗教であるかどうかを疑問に感じた。こうして中村久子は、願い事充足のための祈願信仰に落ち着かずに、さらに真実を求めたことがわかる。しかも、亡き父が久子の病気が治るように祈ってくれたことに感謝して、その父親の行為が苦しみや悲しみに負けずに生き抜く信念を与えてくれたと受けとめている。ここに中村久子が、娘のために救いを求めつづけた父親に対して深いご恩を感じていることがわかる。

次に、中村久子は、母に対してもその亡き後で深いご恩を感じ、六十九歳の時に、悲母観世音銅像を建立した。その「悲母観世音銅像建立発願文」には、こう記されている。

洗うが如き極貧の中に四肢切断の私を抱え、夫に死別後再婚なし、あらゆる苦境の中にもかかわらず、人間として女として、生きて行くことの出来るまでに、正しい愛情ときびしいお躾を以て愛育して下さったお蔭で、見世物小屋の中にも二十数年を無学で無一物の体で、その後も「生き抜く力」を心にしっかり植えつけて下さったのは、母のご恩に他ならぬのであります。

身体障害、精神障害等のお子様は現在数十万人に上っております。順次社会福祉も充実されてはまいりますものの、殊に母なる人の悲しさ切なさは他人のうかがい知る限りではありません。

念願の「悲母観音像」が世の悲しい親ご様のお心に、こんな母もあったのだ、と少しのささえにでもして頂けますれば、この上ない幸せに存じます。[3]

また、『無碍の道』には、母のご恩について、中村久子がこう記している。

不具の子供を思う母の心は、世の母のお心よりも幾百倍のものでした。十一歳の夏より（手足の痛まないとき）、母から私にきびしい躾が始まりました。衣類のほどきもの、おそうじ、いろりに火をたく、小さなお洗濯など、普通の母だったら、おそらく何もさせられはしなかったでしょうが、手足のない娘が自分のこと一つも出来なかったら、自分が死んだら、この子はどうして生きてゆくだろうか――、少しのことでも自分に出来るようにしておかなければ可愛そうだ、と思われての結果、一つ一つをさせられました。どれだけ工夫しても、考えても出来ず、心の中で母をうらみに思ったことも、いく度ありましたか。でも短い腕先と口を相手に、歯が大半の仕事をしてくれました。お裁縫、編みもの、へら付け、その他室内のことはともかく、何かと出来るようになったことは、母のお陰さまでさせていただける体に、心にしていただいたことは、終生忘れることの出来ない、大きなご恩の賜でございます。(4)

麻糸を幼い久子の前に置いて、口の中で結び合わせるようにさせたことなど、母親の厳しい躾に対して、久子は最初、恨みに思うような時があった。しかし後になって、厳しい躾をする母の言動に、母親の言うに言えぬ悲しみと、だからこそわが子の自立を願う、母親の真の愛情がこもっていることを、中村久子は深く気づいた。さらに、母から久子が受けた愛情が、障がいを持って生まれた子どもをもつ母親たちすべての悲しみと愛情に思い重なっていった。中村久子にとって、母こそが大悲の菩薩のような存在となった。こうして昭和四十年九月三日、久子が六十九歳の時に、自分の母への御恩報謝の気持ちを込め、また、多くの障がい者とその親たちの心の礎になるように、久子は悲母観世音菩薩像を国分寺境内に建立し、その開眼法要を勤修した。注目すべきことは、この悲母観世音菩薩像が抱く幼子の姿である。その幼子の像は両手両足がないまま悲母観世音を見上げてほほえんでいる。そこに深い安心と希望を見出すことができる。

「悲母観世音菩薩さま」という歌の作詞をした吉村比呂詩の言葉にも、そのような母の子を思う限りない優しさが満ちている。

声をかぎりに　母の名よべば
花のおもかげ　やさしく浮ぶ
ああ生きる日の哀しみも
み手にすがれば　涙にとける
うれし　なつかし　観世音
悲母観世音菩薩さま(5)

さらに、中村久子の口書きした『法味手帳』に、次の詩がつづられているのを発見した。新資料の『法味手帳』とは、中村久子が自ら読んだ聖典や本の中から、心に残ったものを書き留めたノートである。(6)

無　常　　　ヘルマン・ヘッセ

命の木から葉が落ちる
一枚、また一枚。
おお、めくるめくばかり
華やかな世界よ
なんとお前は満ち足らせることか
なんとお前は満ち足らせ疲れさすことか
なんとお前は酔わせることか
今日まだあつく燃えているものが
まもなく消えてしまう
やがて私の褐色の墓の上を

風が音立てて吹き過ぎる
幼な子の上に
母が身をかがめる
母の目を私はもう一度もう一度見たい
母の眼差は私の星だ
他のものはすべて移ろひ
消えさるがいい
すべてのものは死ぬ、喜んで死ぬ
永遠の母だけはとどまっている
私たちのやってきた母だけは
母のたはむる指が
はかない虚空に
私たちの名を書く

この詩はヘルマン・ヘッセの書いた「無常」（Vergänglichkeit）という詩であり、彼の詩集『放浪 Wanderung』（一九二〇年）の中に収められている。この詩の中でも、「母の目を私はもう一度見たい。

母の眼差は私の星だ……永遠の母だけはとどまっている」という言葉には、今は亡き母へのこみあげるような切なさがあふれている。中村久子は二十四歳の時に母を亡くした。その頃の久子は、母の厳しかった躾や見世物興行界に娘の自分を働きにいかせたことをよく思ってはいなかった。しかしやがて、久子が家庭をもって子どもに恵まれることを通して、母の厳しさの中に娘への無限の愛情があったことに気づいた。そういう母への思慕がふくらむなかで、このヘルマン・ヘッセの詩が、久子自身の気持ちを表現してくれているように感じたのであろう。

二　中村久子の見出した真実の宗教観

ここでは、中村久子が見出した真実の宗教について考察する。中村久子は、昭和四十年、六十九歳の頃に、『無碍の道』を執筆した。この『無碍の道』の書は、アメリカの浄土真宗本願寺派西羅府(西ロスアンゼルス)別院の開教使、藤村文雄が、昭和四十年(一九六五)に、岡崎市に在住していた中村久子を訪ね、西羅府仏教会の会報『慈光』に執筆を依頼して書かれたものである。(7)

科学だ、文化だ、宇宙旅行だ、と人は足もとを忘れて、上ばかり向いて夢中になっている現在の時代にも、昔と同じ何様を拝めば病気がなおる、金がもうかる、災難がよけられる、立候補させて投票せねば、お前の家には病人が出るとか、事故でケガ人が出るから覚悟しておれ、とある家の御主人が、〇〇〇会の知人におどされて、青くなって私にどうしたらよかろうかとのことでした。…（中略）…

病気も、災難も、貧乏も、自分にあたえられているものは、何でも受けてゆく、しっかりしたものを、なぜ心の底にもたないのでしょうか。…（中略）…

つい数日前の出来事に、県下のある夫婦が、〇〇宗教の信者になって、本部とか本山へお詣りの帰り途に、男の親が、子供があると生活が苦しいからと、走ってきた貨車の線路目がけて、抱いていた幼児をなげこんで、殺してしまった記事を、新聞で読みまして、手足のある立派な男が何事かと、他人ごとながらいきどおらしくさえなりました。

宗教を金もうけや、災難よけや、病気なおし、ぐらいに考えるとはもってのほかと思います。宗教とは、いかなる境涯にも、どんな体でも、生かされているかぎり、世間にごめいわくをかけないように、正しく強く生きぬいて行くことではないかと思います。与えられた境遇を素直にうけて正しく生きる。それが真実の道、宗教の道でございます。

今一つは、仏教といえば、特にご老人の方は、死んでからのことに、考えておられる方もあるようですけれど、死後のことよりも、今日を、否、今の一刹那を、生かされていることを、合掌念仏しなければならんのでございます。

考えて見ますと、昔父が天理教に入信されて、私の手足の上に御利益をいただいておりましたら、きっと後年は天理教の布教師になっていたと思います。肉体の上に御利益をいただかなかったことは、私の精神上に大きな目に見えないもの、――（金もうけ、災難よけ、病気なおし、などは正しい教でないこと）を仏さまは私にお恵み下さいました。

人にはそれぞれのご縁がございます故、信仰の初めは、なやみ、災難よけ、などの面からでも結構です。けれども御利益をいただくことのみ目当てにしないで、もっと深く広く「自分を見る」ことを求めてほしいと思います。

そして皆で、「無碍の道」を歩こうではございませんか。

人間には絶え間のない苦しみがある。夫に先立たれた妻、子に死なれた親、一生を身うごきすらも出来ないお気の毒な方もあります。どんな境遇の人でも、その苦しみや、かなしみを、ぐちや不平でおわることなく、それを喜びにかえていただくことが、善知識と思わせていただき、われ一人の助かりでなく、人さまにも喜びをお分けさせていただくのでございます。

守りに守られているこの生活に（貧しくとも）感謝させられますことも、仏さまよりの大きなおはからいなのです。

両手のある皆さま。お国こそ海をへだてて、異なった地上に住んでおりますが、仏さまのお守りは決して、異なってはおらないのでございます。しっかり手を合わせて、合掌してくださいませ。[8]

神仏は病気を治して下さるものではありません。また神仏に、自分の手足を元々どおりに治して下さい、と祈ることが決して宗教ではございません。何者にもすがらない〝安心〟の境地の到達点が真の宗教です。

宗教とは肉体を超えた、我利我欲も出来るだけ取りすてて、仏にすべてを委ねる魂の奥深い境地だと思います。多くの人々が迷信に走ったり、色々なところに拝んでもらいに行くのは…（中略）…つまり経済的な問題も多分にあると思います。その経済的なものをのり越える気概こそ宗教です。[9]

ここに明らかなように、巷の宗教には、金儲けや災難よけ、病気治しのようなものが多いが、利益目当ての信仰は真実の宗教ではない。真実の宗教とは、いかなる人生でも、どのような身体の状態であっても、生かされている限り、今の刹那を正しく生き抜いていくことを教えるものである。「何者にもすがらない安心の境地」こそが真の宗教である、と中村久子は強く語っている。久子にとってその真実の宗教とは、合掌して念仏し、仏にすべてをゆだねることであった。中村久子の見出した真の宗教とは、金儲けや病気平癒の利益をえることを目的とせず、本願を信じただ念仏して、自己を深く広く見つめられるものであった。久子は利益にすがることから解放され、如来の大悲に、ないままにいだかれて、素直に生きられる安心を見出している。苦しみや悲しみをそのまま善知識として喜びに変えていったことがわかる。

三　恩徳の真意——親鸞を慕いて

では、中村久子は親鸞をどのように追慕していただろうか。それについては、昭和三十六年（一九六一）、親鸞聖人七百回御遠忌の際に、中村久子が記した歌が遺されている。

『親鸞さまを　お慕いして』

手足を切断して　十四年の間
苦痛と貧苦の谷間におちて
いのちのともし灯は
かそけくもゆれていいた

　このともし灯を消してはならじ
と、あらしの昼も　雨の夜も
守りつづけて　育てて下さったのは
今は亡き
大恩ある　父と母のおかげさま

南無阿弥陀仏をとなふれば
この世の利益きわもなし
流転輪廻のつみきえて
定業中夭のぞこりぬ

と、おしえて下さったのは
親鸞さま、あなたで御座いました
うつし身の手足の無い
苦しみと悲しみを
最上のえんとして

極重悪人の私を
お救い下さった　歓喜の世界に――
光りかがやく　この地上に――

おお　何たる素晴しさでしょう
真実の仏法のみ教えをきかせて頂き
この大きな幸福を　下さったのは
親鸞さま　あなたで御座いました
生きがたくして　生かされている
このしあわせ
遇いがたくして　遇わせて頂く
この大遠忌
ききがたき正法を　きかせて下さった
親鸞さま――けふも　お念仏の裡に
お慕い申させていただきます
ほんとうに　ほんとうに

有がとう、有がとう御座いました

南無阿弥陀仏

宗祖親鸞聖人七百回御遠忌に当り作詩(10)

ここに示されているように、手足の無い苦しみと悲しみを最大の縁として、極重悪人の私を救い、歓びを教えてくれたのは、親鸞であると、久子は記している。あわせて自分を守りつづけ育ててくれたのは、今は亡き両親であることも記している。この「生きがたくして　生かされている　このしあわせ」という久子の感慨は、長い懊悩のプロセスをくぐりぬけ、親鸞の教説に出遇って見出した境地である。すなわち、久子は幼い頃からずっと、手足の無い状態で、苦難や差別を受け、両親や弟、祖母、夫との相次ぐ死別にみまわれて、「なぜ私はこんな目にあわなければならないのか」と苦悶してきた。その彼女の苦悩のプロセスの中で、常にはたらきつづけていたのは、両親の愛情であると共に、祖母の教えと念仏の声であり、親鸞の明かした真実の念仏道であった。救いとは突然の奇跡ではない。雨が大地に沁みて、長い年月を経て、やがて河となって流れ出すように、長い求道の時を経て、念仏の声がわが身に沁み、仏の大悲が心に満ち満ちて、あるがままで救われていく。ふりかえってみれば、中村久子が真実の宗教に出遇うまでには、実に多くの縁と人々の愛情が重なっている。父親が両手をなくした娘の久子を悲しみ、死に物狂いで真実の救いを求めた姿、母親がわが子を思うが故に厳しくしつけた姿、祖母が久子を特別扱いしないで教育し、「他人を怨まず、念仏申しながら一心に努力して、仏の心に背かぬようにしなくてはならない」と慰めた姿、見世物小屋時代には、書家の沖六鵬と出遇い、「泥中の蓮になれ」と励まされたこと、座古愛子、伊藤証信、伊藤あさ子、ヘレン・ケラーらと出遇ったことが、久子の心の灯となり、障がいを抱えつつ心の糧を大切にして、生き抜く道を開いてくれた。また、福永鷲邦に出遇い、『歎異抄』の心を学び、祖母の称えていた念仏の声が仏の大悲の呼び声となって聞こえてきたこと、あわせて暁烏敏、金子大栄らの多くの書を読むことを通して、自らの慢心に気づき、苦しい業を抱えたままで念仏の大悲に摂めとられるという深い安心を見出した。さらに久子は、本願の真実に出遇った後も、念仏を称えて自己を見つめつづけ、傷ついた自分を慰めたこと、自分自身が家族や多くの人々に支えられて「ある、ある、ある」と感謝して生かされていった。

このように、「ご恩とは、私のいのちになっている志願と、それをはぐくむ志願の歴史に気づくこと[11]」であることを、中村久子の生涯が物語っている。この中村久子にみる恩徳に生きる道は、親鸞が、

如来大悲の恩徳は
身を粉にしても報ずべし

師主知識の恩徳も
ほねをくだきても謝すべし[12]

と示した道と相通じる。すなわち、如来と善知識から受けた恩徳に気づく時、その仏の志願がわが身を貫徹し、自己を突き動かして、世界の安穏のために尽くす生き方を生み出していく。自らにかけられた過去からの恩徳を知る時、その感動の力が、現在から未来に向かって縁ある人々に報徳の慈しみとなって広がっていくのではないだろうか。それが知恩報徳の恵みである。

四　晩年の中村久子

中村久子は、七十歳の時に、次の歌を歌っている。

生かさるるいのち尊し　けさの春
生かさるるよろこびにほふ春の梅

手足なき　身にしあれども生かさるる
いまのいのちは　たふとかりけり

手足なく　六十年はすぎにけり
お慈悲のみ手に　ともなわれつつ(13)

今ここにこのままで生かされているいのちの尊さを深く感得している。「生かさるるいのち尊し」とはどういう意味が込められているだろうか。この自らのいのちは、両親より誕生し、家族や先生に支えられてきたいのちである。仏より信心を恵まれ、仏に願われている。自己のいのちでありながら、両親、祖母、夫、子ども、先生という善知識に導かれ、如来に生かされているいのちであるから尊い。中村久子は、自らのいのちを如来に生かされているいのちとして受けとめている。三歳から手足のない身ではあったものの、仏の御手にひかれて歩んできた尊いいのちであると、中村久子は実感している。こうした意味をこれらの詩からうかがうことができる。

翌年、久子が七十一歳の時には、座古愛子女史の二十三回忌法要を神戸の祥福寺と神戸女学院で勤め、『座古愛子女史の一生』を編集発行した。その本の中に収められている「慈光に照らさるる」には、こう書かれている。

「天の試練としてはあまりにむごたらしい。過し世のさだめとしても悲しすぎる。不自由なお体の上に、まだこんなに迄も苦しまねばならぬ女史を、もういいかげんに許して上げてほしい――。

……

長い一生を厳しい天の試練にあいつつも世を恨まず人を呪わず、しずかに昇天されました事を、後になって人づてに聞きまして、私には暁の明星が消えたさびしさを味わいました。

この道をかく来よかしと、人世の茨の道を、百万余の身障者私たちの行く手に、教えの灯しびをかかげて下さった女史のお心を、自らの心とさせて頂きたいと思います(14)。」

この中村久子の文章には、重い障がいをもって生き抜いた座古愛子に対して二つの気持ちが表れている。一つは、座古愛子が重度のリューマチで一生苦しんだことを、「天の試練」と受けとめなくてはならないことへの疑問である。「あまりにもむごたらしい」「いいかげんに許してあげてほしい」という久子の声は、神に向かって発せられた言葉であろう。もう一つは、座古愛子が久子にとって「暁の明星」であり、多くの身体障がい者の心の灯となって励ましてくれたことを深く感謝していることである。「天の試練にあいつつも世を恨まず人を呪わず」生き抜いた座古愛子を、久子は尊敬し、宗教は異なっても、座古愛子の心を自らの心としていきたいと、久子は願ったのである。

この翌年、中村久子が七十二歳の時のことであった。一月三日に脳溢血で倒れた。そしてついに、昭和四十三年三月十九日午前六時五十三分に天満町の自宅で往生された。中村久子の遺言により、彼女の遺体は岐阜大学医学部に献体され、解剖された。中村久子は亡き後も、さらに手足なき身を医療のために捧げつくしたのだった。

結　論

中村久子は、生死の苦悩を超える道について、こう語っている。

人生に絶望なし。如何なる人生にも決して絶望は無い。私は今、しみじみとこう叫ばずにはゐられない。少なくともたゆまざる努力と、逞しい意志力の前には道は常に展けて行く。(15)

怒ることも、泣くことも、それが尊いご縁です。悲しみを、辛さを、怒りを通して、私のあさましい心根を照らしていただけます。照らさせていただくこと、そのこと自体に、気づかせていただけることが最上の幸せです。(16)

逆境こそ恩寵なり。(17)

私を軽蔑し、私を酷使した方々でさえ、いまになって思えば、私という人間をつくりあげるために力を貸してくださった方々だとそう感じているのです[18]。

人の命とはつくづく不思議なもの。確かなことは自分で生きているのではない。生かされているのだと言うことです。どんなところにも必ず生かされていく道があります[19]。

人間には絶え間のない苦しみがある。夫に先立たれた妻、子に死なれた親、一生を身うごきすらも出来ないお気の毒な方もあります。どんな境遇の人でも、その苦しみや、かなしみを、ぐちや不平でおわることなく、それを喜びにかえていただくことが、善知識と思わせていただき、われ一人の助かりでなく、人さまにも喜びをお分けさせていただくのでございます。

守りに守られているこの生活に（貧しくとも）感謝の生まれてくることは、仏さまよりの大きなおはからいなのです[20]。

水仙が冬の寒い岸壁で、北風に向かって咲くように、逆縁から人は学び、本当に大切なものを心に咲かせることができる。人は困難に直面する時、「なぜ私はこんな目にあわなければならないのか」と悲嘆する。誰にも代わってもらえない苦しみの渦中で、どう生きていったらいいのだろう。その答えを指し示す親鸞の言葉が遺されている。

それほどの業をもちける身にてありけるをたすけんとおぼしめしたちける本願のかたじけなさよ

（『歎異抄』後序）[21]

この文章は、中村久子自身が、『真宗聖典』に赤い傍線を引いていたところである。現にこの通りの私、どうしようもない苦しい業を背負った私を、仏は抱きかかえる。そのままで、自分が願われた存在であると感じられること、そこに深き救いがある。現実を引き受け、自らの宿業が深く自覚されるところにこそ、仏の本願が身と心に沁みてくる。なす術もないこの自分にかけられた悲願に気づく時、悲しみの中で自分の生きる意味を見出し、生き抜く力が生まれてくる。中村久子は、両親や祖母、夫、子ども、先生に願われていたご恩、両手両足のない身にかけられた仏の悲願を深く感じとった。母のわが子に対する願いそのままが仏の悲願となって感じられたことだろう。父母の深い愛情と躾によって、中村久子は、手足のない身で、生き抜く力を心にしっかりと育むことができた。

ふりかえってみると、中村久子は五十九歳の時、自らの人生が手足のない人生ではなく、支えてくれる家族があり、短いけれど何でもしてくれる手足もあると実感し、「ある、ある、ある」と受けとめ直した。「ある、ある、ある」という表現は、手足がないことへの愚痴から、如来の限りなき慈悲にいだかれ、家族の愛情に支えられていることに気づき、あることへの感謝となって表れた言葉であった。この「ある、ある、ある」という感謝の思いは、七十歳の時、「生かさるるいのち尊しけさの春」「どんなところにも必ず生かされていく道があります」とも表現されるようになった。

このように如来にいつも願われ、家族や先生に育まれたいのちであるから、生かされている感謝の気持ちが、残された部分を生かして、努力して生きたいという生き方をうみだした。人はひとりで生きているのではない。他の誰かに生かされている。思いのままにならない孤独な自己が仏に願われている。天がすべてを包み、大地がすべてを載せるように、仏は生きとし生けるものを分け隔てなく慈しんでいる。この仏の大悲に突き動かされる時、一人の小さな存在は、そのままで慈悲に満ちた存在となり、世の灯となるだろう。

註

（1）中村久子『生きる力を求めて』昭和二十六年十月十五日、久子五十五歳。『花びらの一片』一二八～一二九頁。
（2）中村久子『無碍の道』、黒瀬昇次郎著『中村久子の生涯』三〇四～三〇五頁。
（3）三島多聞「中村久子の生涯」『花びらの一片』一一六頁。
（4）中村久子『無碍の道』四四頁。『花びらの一片』所収。
（5）『花びらの一片』一一七頁。
（6）中村久子口書き『法味手帳』参照、中村久子顕彰会、岐阜県高山市真蓮寺所蔵。

（7）『無碍の道』は、後に、昭和五十六年（一九八一）の国際障がい年を記念して、藤村文雄らの力によって出版された。
（8）中村久子『無碍の道』。黒瀬昇次郎著『中村久子の生涯』三〇五～三〇六頁。
（9）中村久子『無碍の道』四七～四八頁。『花びらの一片』所収。黒瀬昇次郎『中村久子の生涯』三〇六～三〇八頁。
（10）真宗大谷派本願寺、宗祖親鸞聖人七百回忌御遠忌にあたり作詞、『花びらの一片』一二四頁、久子六十五歳。
（11）三島多聞「ご恩―中村久子・無手足の大恩」七頁、『報恩講』所収、真宗本廟（東本願寺）。鍋島直樹・三島多聞編『中村久子女史と歎異抄―生きる力を求めて』三四頁、龍谷大学 人間・科学・宗教オープン・リサーチ・センター、二〇〇八年。
（12）『正像末和讃』（五九）。『浄土真宗聖典全書』二巻、四九八頁。『註釈版聖典』六一〇頁。
（13）『こころの手足』一二六頁。『花びらの一片』一一八頁。
（14）中村久子編『座古愛子女史の一生』一〇七頁、昭和四十二年八月六日発行、久子六十九歳。
（15）中村久子『宿命に勝つ』冒頭部分、昭和十八年。三島多聞「中村久子の生涯　生まれて・生きて・生かされて」一〇五頁。『花びらの一片』所収。『こころの手足』一二一頁。
（16）昭和二十二年四月十六日、東海毎日新聞、中村久子五十一歳、『花びらの一片』六一頁。
（17）『花びらの一片』六五頁、久子五十九歳、昭和三十年七月十日、愛媛新聞。
（18）三島多聞監修、マイケル・コンウェイ英訳『生きる力を求めて　Give Me the Power to Live―中村久子の世界』一一一頁。東本願寺出版部、二〇一一年。
（19）『花びらの一片』六五頁、久子六十九歳の時の講演、昭和四十年、「花びらの一片」より。黒瀬昇次郎『中村久子の生涯』二九二頁、致知出版社。
（20）中村久子『無碍の道』、昭和四十年（一九六五）、中村久子六十九歳。『花びらの一片』四九頁。黒瀬昇次郎『中村久子の生涯』三〇六～三〇七頁。
（21）『浄土真宗聖典全書』二巻、一〇七四頁。『註釈版聖典』八五三頁。

あとがき

この拙論は、フィールドワークと文献研究をつづけながら、岐阜県高山市浄蓮寺住職で中村久子顕彰会の三島多聞氏、中村久子の娘・中村富子氏との交流を重ねたことによってまとめることができた。ここに感謝をこめて記しておきたい。

一九九二年七月五日夜九時から、日本テレビによる関口宏の「知ってるつもり?!」で中村久子の生涯が放送された。深い感動があった。一九九七年六月二十九日、NHK教育テレビ放送「こころの時代」で、『逆境をあるがままに生きる』が放映された。その深い対談に考えさせられた。それらが縁となって探求が始まった。なぜ中村久子はヘレン・ケラーや座古愛子に会いながらも、精神的に行き詰まったのか。なぜ中村久子は、『歎異抄』にふるえるような感動を覚えたのか。いかにして苦しみから喜びに変容していったのか。それらの真意を知りたかった。以降、中村富子氏との文通がはじまった。また、岐阜県飛騨高山の真宗大谷派高山別院、中村久子女史顕彰会の真蓮寺を訪ねるようになった。

三島多聞氏には、二〇〇六年秋冬の「死を超えた願い」展の開催にあたって、初めてご連絡し、中村久子の遺品数点をお借りし、三島多聞氏に龍谷大学において特別講演をいただいた。特に、二〇〇八年秋冬に「中村久子女史と歎異抄」展を龍谷大学パドマ館で開催するにあたり、飛騨高山を訪ねて、三島多聞氏や中村久子の次女・中村富子氏に面談して、中村久子の生涯と思想を聞き学んだ。三島多聞編『花びらの一片』は、真実を求め、真実に出遇った中村久子女史の生涯をまとめたものである。『花びらの一片』を何度も読んで、新たに発見する世界があった。二〇〇八年八月十九日、三島多聞氏は高山の真蓮寺に訪れた私に対して、優しく深く中村久子の世界を聞かせてくれた。そして貴重な中村久子の遺品を何も計らうことなくお貸しくださった。中村久子の肖像などの写真についても、展示に際して必要ならば自由に使うことを許してくださった。三島多聞氏には、「中村久子女史ご自身の気持ちは、手足に恵まれている私たちがどれだけ思ってもわからない経験であるけれども、中村久子女史の表した真実の言葉と、それを支える聖典の真実の言葉との往復運動ができるような研究を進め、人々に知っていただけたらいい」と助言いただいた。深く感じる言葉であった。

中村富子氏とは以前、拙著『アジャセ王の救い』を送付したことをご縁にして、互いに文通が始まり、先方から瀬上敏雄氏の本や中村富子氏ご自身の本『合掌に二重まる　心に満点　「ある、ある、ある」の世界に生きた母・久子の四肢のない人生』(ざ・ぼんちわーく)や、藤木てるみ著『光の人中村久子』(マンガ伝記　探究社)などを寄贈いただいた。さらには、中村久子の愛読していた書物や口書きの色紙をいただいた。
二〇〇八年に『中村久子女史と歎異抄―生きる力を求めて』の展示を龍谷大学 人間・科学・宗教オープン・リサーチ・センターで開催し、特別講演会を開くことができたのも、中村久子の世界に触れることができたのも、三島多聞氏や中村富子氏、そして中村久子女史顕彰会の支援があったおかげである。二〇一一年の東日本大震災のあった年に、親鸞聖人七百五十回大遠忌法要が勤修され、中村久子女史「人生に絶望なし」という特別展観と記念講演会が東本願寺で開催された。大震災の悲しみの最中にあって、「人生に絶望なし」という中村久子女史の言葉は人々を勇気づけてくれた。そして今も私に生きる意味を問いかけてくれる。

〈キーワード〉中村久子　『歎異抄』　親鸞　人生に絶望なし

〈論文発表した学術刊行物〉
鍋島直樹・三島多聞編『中村久子女史と歎異抄―生きる力を求めて』龍谷パドマ一一号、二〇〇八年
中村久子の生死観と超越（上）真宗学一二一号、龍谷大学真宗学会、二〇一〇年
中村久子の生死観と超越（中）龍谷大学論集四八〇号、龍谷大学龍谷学会、二〇一二年
中村久子の生死観と超越（下）龍谷大学論集四九〇号、龍谷大学龍谷学会、二〇一七年

Yuien. Through reading the *Tannishō*, Hisako's experiences of hardships in her life transformed into gratitude. Some sayings by Hisako Nakamura are ; "In any place, there is a path by which one can continue to live," "There is no such thing as a hopeless life. In any life, of whatever kind, there is never hopelessness.", "Getting angry and crying are also precious opportunities. Through sadness, suffering, and anger, the shallowness of my heart becomes light. Being able to realize this, is the greatest of happiness." Especially, I will clarify the meaning of life through these messages of Hisako Nakamura.

The Life, Death and Transcendence of Hisako Nakamura

Naoki NABESHIMA

In this paper, I would like to consider the life, death and transcendence of Hisako Nakamura (1897–1968) who was born in Hida Takayama in Gifu prefecture. When Hisako was only three years old, she suffered from gangrene caused by frostbite and ultimately lost both her hands and legs. In the summer of her seventh year, her beloved father died. When she was eleven years old, her mother taught Hisako homemaking skills, such as sewing and cooking, so that she could live independently. As her trainings were so strict, Hisako felt resentful towards her mother. However, her mother's strictness came from her love and deep concerns for Hisako's future. Another person who deeply supported Hisako was her maternal grandmother, Yuki Maruno, who looked after Hisako without offering her any special treatment.. Yuki taught her manners and gave her an education through teaching her reading and handwriting. She also nurtured Hisako's religious mind by sharing many Buddhist stories with her. Hisako's grandmother's gentle education rooted in Shin Buddhist teachings gave Hisako the strength to live through her hard life.

During her life, Hisako Nakamura faced countless hardships both physical and mental, which are beyond one's imagination. But fortunately, she found the Nembutsu teaching by reading the *Tannishō*, a collection of the sayings of Shinran (1173–1263) compliled his disciple

鍋島　直樹（なべしま　なおき）

龍谷大学文学部真宗学科教授。世界仏教文化研究センター応用研究部門 人間・科学・宗教オープンリサーチセンター長。浄土真宗本願寺派住職。日本医師会生命倫理懇談会委員。
専門 真宗学。親鸞における生死観と救い、ビハーラ活動論。
死の前で不安を抱える人、死別の悲しみにある人の心に届くような仏教死生観と救済観の研究に取り組む。東日本大震災の被災地を震災直後から訪問し、遺族と心の交流をつづけている。2014年から東北大学大学院と連携して「臨床宗教師研修」を龍谷大学大学院で実施。
主著 『死別の悲しみと生きる』（本願寺出版社）、『アジャセ王の救い　王舎城悲劇の深層』（方丈堂出版）、『親鸞の生命観　縁起の生命倫理学』（法蔵館）など。
“A Buddhist Perspective on Death and Dying”, pp.229-252, Buddhism and Psychotherapy: Across Cultures, Edited by Mark Ty Unno, Wisdom Publication, Boston, August 2006
“The Emancipation of Evil Beings: The Story of the Salvation of King Ajātaśatru”, Pacific World Journal Third Series Number 10, pp. 45-66, Fall 2008

中村久子女史顕彰会
住所：〒506-0857　岐阜県高山市鉄砲町2　電話：0577-34-2507
書籍　三島多聞編　『花びらの一片　中村久子の世界』

中村久子女史と歎異抄―人生に絶望なし―
龍谷大学仏教文化研究叢書三八

二〇一九年二月二八日　初版第一刷発行

著　者　鍋島直樹
発行者　光本　稔
発行所　株式会社　方丈堂出版
京都市伏見区日野不動講町三八―二五
郵便番号　六〇一―一四二二
電話　〇七五―五七二―七五〇八
発売所　株式会社　オクターブ
京都市左京区一乗寺松原町三一―二
郵便番号　六〇六―八一五六
電話　〇七五―七〇八―七一六八
装　幀　小林　元
印刷・製本　亜細亜印刷株式会社

ISBN978-4-89231-205-2

Printed in Japan